KÄRNTNER KESSELTRIEB

Alexandra Bleyer ist verheiratet (natürlich mit einem Jäger) und lebt mit ihrer Familie am Millstätter See. Die promovierte Historikerin ist Autorin mehrerer populärer Sachbücher. In ihren Jägerkrimis, die in Oberkärnten angesiedelt sind, kann sie ganz ungestraft mörderische Energien freisetzen.

Alle Personen und Handlungen sind frei erfunden und keinesfalls als Abbild der im Mölltal lebenden »echten« Menschen zu verstehen. Etwaige Ähnlichkeiten mit real existierenden Personen sind zufällig und unbeabsichtigt; ebenso spiegeln die aus der Perspektive der Romanfiguren geäußerten Vorurteile beispielsweise gegenüber deutschen Nachbarn weder reale Verhältnisse noch die persönliche Meinung der Autorin wider.
Im Anhang findet sich ein Glossar zu Dialektausdrücken und Begriffen aus der Jägersprache.

ALEXANDRA BLEYER

KÄRNTNER KESSELTRIEB

Kriminalroman

emons:

Bibliografische Information der Deutschen Nationalbibliothek
Die Deutsche Nationalbibliothek verzeichnet diese Publikation in der Deutschen Nationalbibliografie; detaillierte bibliografische Daten sind im Internet über http://dnb.d-nb.de abrufbar.

FSC www.fsc.org
MIX
Papier aus verantwortungsvollen Quellen
FSC® C083411

Umschlagmotiv: margie/photocase.de
Umschlaggestaltung: Nina Schäfer, nach einem Konzept von Leonardo Magrelli und Nina Schäfer
Umsetzung: Tobias Doetsch
Gestaltung Innenteil: César Satz & Grafik GmbH, Köln
Lektorat: Christine Derrer
Druck und Bindung: CPI – Clausen & Bosse, Leck
Printed in Germany 2019
ISBN 978-3-7408-0610-1
Originalausgabe

Dieser Roman wurde vermittelt durch die Agentur für Autoren und Verlage, Aenne Glienke, Massow.

Mit lången Stången Wåssaschlången fången gången.

Kärntner Sprichwort

Prolog

»Wieso nicht?«

Tanja fuhr mit dem Zeigefinger die dunklen Linien des Tattoos nach, das sich über Paulis linke Brust und Schulter bis auf den Oberarm hinab zog. Ein Dämon mit Hörnern und Flammenschwert; das teuflische Gesicht zur furchterregenden Fratze verzerrt. Er erhob sich über bluttriefenden Totenschädeln. Ein Kämpfer. Ein Sieger.

»Bist du wahnsinnig?«, ächzte er.

Wie kam ein Schlappschwanz wie Pauli dazu, sich so ein Tattoo stechen zu lassen? Er war einfach nur erbärmlich.

Sie seufzte laut. »Was bist du nur für ein Mann?«

Pauli kämpfte mit der Bettdecke, die sich um ihrer beider Beine verheddert hatte. Als er endlich stand, beugte er sich über das Bett und fuchtelte mit seinem erhobenen Zeigefinger vor ihrem Gesicht herum. »Pass auf, wie du mit mir redest!«

Langsam ließ sie ihren Blick über seinen schmächtigen Körper gleiten. Was für ein Idiot.

»Zeig gefälligst mehr Respekt! Oder …«

»Oder was?«

Tanja trat die Decke nach unten und wälzte sich auf den Bauch. Sie wusste, dass er auf ihren nackten Hintern starrte und ließ aufreizend ihr Becken kreisen, bevor sie nach dem Handy langte, das inmitten leerer Pizzaschachteln neben ihrem Bett auf dem Boden lag.

»Du hast Schiss.«

»Fick dich!«, schrie er. »Ich habe vor nichts und niemandem Angst!«

»Hast du wohl.«

»Halt dei Goschn, du blöder Trampel!«

Sie checkte ihre Nachrichten und beachtete ihn nicht, während er sich anzog. Sollte sie ihn hinauswerfen aus ihrer Wohnung? Pauli war nicht perfekt, aber sie hätte es schlechter treffen können. Seit etwa drei Jahren führten sie eine Beziehung. Manchmal. Er bezeichnete sie vor anderen als seine Freundin. Für sie war er ein Stecher. Jünger als Tanja mit ihren neunundzwanzig Jahren hatte er noch dieses unreife Etwas an sich. Wenn er so wie vorhin von Respekt quatschte, war ihr nach Lachen zumute. Er war noch mehr Bub als Mann.

Dennoch war sie nicht bereit, ihn ganz fallen zu lassen. Er hatte seine Qualitäten. Nie käme er auf die Idee, ihr tatsächlich eine runterzuhauen, auch wenn er eine große Klappe hatte. Was jedoch das Wichtigste war: Meistens konnte er es ihr besorgen. Das war ihr Stichwort.

»Hey, Pauli.« Tanja ließ das Handy fallen, setzte sich auf und lächelte ihn an. »Hast du was für mich?«

Kurz wirkte es, als ob er böse bleiben und ihr den Stinkefinger zeigen wollte.

Tanja warf den Kopf in den Nacken und reckte ihm die Titten entgegen.

»Hm. Vielleicht.« Er grinste dämlich.

Sie spitzte die Lippen wie zum Kuss.

Pauli trat ans Bett heran, und sie streckte die Hand aus, fasste nach seinem Gürtel und zog ihn näher zu sich heran.

»Ich wette, du hast etwas Gutes für deinen Liebling.« Aufreizend rieb sie über die Vorderseite seiner Hosen, die zu tief auf seinen knochigen Hüften saß. »Gib's mir!« Tanja leckte sich gierig über die Lippen. Sie konnte es förmlich schmecken. Das Wasser rann ihr im Mund zusammen.

Viel zu langsam für ihren Geschmack fischte Pauli mit zwei Fingern ein kleines Plastiksäckchen aus der Hosentasche.

»Willst du das?«

Sie nickte hektisch. Er gab es ihr. Mit den Zähnen riss sie die Verpackung auf, schüttelte die beiden Pillen in ihre Handfläche und warf sie sich ein. Ohne Getränk in Reichweite brauchte sie zwei Anläufe, sie zu schlucken. Mit einem zufriedenen Seufzer ließ sie sich aufs Bett zurückfallen.

»Und was krieg ich dafür?«, fragte Pauli, und sie spürte, wie seine Hand über ihre bloße Haut kroch.

»Was immer du willst.«

Es war ihr egal.

Alles war egal.

Stunden später wurde Tanja munter. Pauli lag neben ihr. Sie hatten den ganzen Sonntag verschlafen. Na und?

Sie schüttelte ihn an der Schulter, bis er grummelig aufwachte.

»Hörst, ist es dir nicht zu blöd, immer der kleine Handlanger zu sein? Der Boss sahnt so richtig ab, und du? Du lässt dich mit Peanuts abspeisen.«

Dabei könnten sie mehr haben.

Mehr.

Viel mehr.

Wenn Pauli nur nicht so ein feiger Loser wäre.

1

Kennst du den schon? Steigt ein Jäger auf den Hochsitz. Hockt schon ein Pärchen drauf. Sagt der Jäger … Keine Ahnung, was irgendein Jäger drauf sagen würde. Der Sepp Flattacher jedenfalls knurrte böse: »Runter von meinem Sitz!«

»Huch!«, japste die Tschåldra, die offensichtlich nicht damit gerechnet hatte, dass plötzlich ein grantiger Jäger auf der Leiter stehen und seinen rechtmäßigen Platz einfordern könnte.

»Schnacksln könnts meinetwegen in den Brombeerstauden, wenns euch ka Hotel leisten könnts!«, schnauzte er die beiden an.

Was manche Leit an Hochsitzen romantisch fanden, konnte Sepp nicht nachvollziehen. Gut, so eine halb geschlossene Kanzel wie diese mochte lauschige Abgeschiedenheit gewähren; aber dennoch blieb es eng, ungemütlich und nicht ganz ungefährlich. Nur zu leicht konnte man sich beim Herumwetzen einen Špal im Allerwertesten einhandeln. Wenn dann noch so ein liebestolles Pärchen mitsamt Hochsitz fünf Meter zu Boden krachte – die Dinger waren hålt nicht für dynamische Wackelbelastungen ausgelegt, sondern für Waidmänner, die ruhig und still dasaßen –, war Schluss mit sexy. Und wer hatte dann wieder den Ärger? Die Jäger, die einen neuen Hochsitz errichten und sich vielleicht noch rechtfertigen mussten, warum der alte zusammengebrochen war. Also wirklich!

»Wie bitte?«, fragte der Mann begriffsstutzig. »Was meinen Sie?«

»Wir wohnen in der Pension Hanni in Mallnitz«, fügte seine bessere Hälfte gschaftig hinzu.

Oha, mit seinem Verdacht war Sepp wohl falsch gelegen, wie er auf den zweiten Blick feststellte. Das Pärchen mittleren Alters wurde nicht vom zweiten Frühling heimgesucht, sondern saß voll bekleidet – und sichtlich verkrampft – auf dem schmalen Sitzbrett. Kleinkariert und bunt die Hemden, nagelneue Multifunktionsfreizeittreter und zwei Paar Wanderstecken für den zackigen Marsch durch Mutter Natur.

Scheiß Touristengfrasta!

»Das ist kein Aussichtsturm, also runter!«, fuhr er sie mit gedämpfter Stimme an. »A bissl flott – und leise! Im Wald gibt's ka Gschra!«

Über nichts konnte sich Sepp so sehr ärgern – also gut, abgesehen von Jagdkameraden, die ihm seine Trophäen streitig machten, korrupten Politikern, tepaten Leit im Allgemeinen und seinen Nachbarn Heinrich Belten im Speziellen und so weiter und so fort – wie über Touristen, die im Wald a Metn veranstalteten, dass die Hälfte gnua wäre. Wenn eine Touristenhorde trällernd durch seinen Wald stapfte, keinen Ton traf und das fehlende Talent durch Lautstärke wettzumachen trachtete, griff er schon aus Umwelt- und Tierschutzgründen hart durch. Mindestens genauso schlimm fand er Schwammerlsucher, die sich zum systematischen Abgrasen der Waldhänge trennten und sich dann mit lautstarken Zurufen miteinander verständigten, wenn sie drei verdorrte Eierschwammerln gefunden hatten. Das einzig Gute daran war, dass Waldbesitzer, Jäger und die Bergwacht dadurch genau wussten, wo sich die übereifrigen Sammler befanden, und sie an geeigneter Stelle abfangen konnten. Und wehe dem – egal ob Italiener oder Einheimischer –, der zu viel auf die Waage brachte!

Sein Blick fiel auf den gut gefüllten Korb zu Füßen der beiden Touristen. Ha! Er hasste es, wenn sich Leute in seinem Revier nicht an die Regeln hielten. Und die beiden vor ihm brachen gerade mehr als ein Gesetz.

»Unbefugten ist die Benutzung jagdlicher Einrichtungen verboten, und das sind garantiert mehr Steinpilze als erlaubt!«

Hardigatte, die herbstliche Abenddämmerung brach bereits herein, es begann die beste Jagdzeit des Tages, und er musste sich mit zwei Piefkes herumplagen, statt Anblick zu haben.

»Aber …«

»Jetzt aber runter von meinem Sitz!«

Er bedeutete ihnen unwirsch, in Bewegung zu kommen, aber sie blieben stocksteif sitzen.

»Wollen S' hier übernachten oder was?«

»Aber die Bären ...«, flüsterte die Frau und umklammerte den Arm ihres Mannes. »Hören Sie doch!«

»Was?«

»Na, die Bären! Sie hören sie doch auch, oder?«

Ein dumpfes Röhren klang durch den Wald. Da ging dem Jäger das Herz auf – den beiden Touristen aber rutschte es in die Hochwasserhosen.

»Bären?«

Wollten die ihn verarschen? Nein. Sie sahen ernst und betreten drein; geradezu furchtsam, als ob sie sich gleich anscheißen würden.

»Bären, aha«, murmelte er mehr zu sich selbst und schüttelte den Kopf.

Ob im tiefen Wald oder auf der hohen Alm – da konnte so mancher Bauer, der seine Kühe oben weiden ließ, ein Lied davon singen –, mit den Stadtmenschen hatte man nichts als a Gscher.

»Bitte entschuldigen Sie. Nur deshalb sind wir auf den Hochsitz herauf, verstehen Sie«, erklärte die Frau.

»Wir hörten die Bären und konnten uns gerade noch rechtzeitig retten«, ergänzte der Tschriapl und nickte mehrmals. »Wir haben uns vor dem Urlaub schlaugemacht und gelesen, dass es in Kärnten neben Wölfen auch Bären geben soll. In der Nähe von Klagenfurt wagte sich einer ganz frech an die Siedlung heran, nicht wahr? Gibt es hier im Mölltal denn viele Bären?«

Sepp kratzte sich am Bart. »Oh ja. Viele«, brummte er. »Vor allem Schwarzbeeren.«

»Sind die sehr gefährlich?«

»Hm-hm.«

Wieder erklang ein Röhren.

»Es hört sich an, als hätten sie uns umzingelt«, jammerte die Frau. Sie erhob sich halb und spähte vom Hochsitz hinunter.

Sepp schnaufte ungeduldig über und schickte sich an, die Leiter hinunterzusteigen.

»Warten Sie! Wo wollen Sie denn hin? Sie können doch nicht ... und uns hier allein ...«

Der Mann machte einen Satz nach vorn und umklammerte beinahe schmerzhaft Sepps Hand, mit der sich dieser am Einstieg festhielt. »Ich heiße Hans-Jürgen. Und das ist meine Frau, die Doris.«

Wen interessierte das? »Sollen wir uns jetzt verbrüdern oder was?«

»Na ja, wir sitzen ja irgendwie ... im selben Boot? Die Gefahr ... das schweißt zusammen, gemeinsam ...«

Die Piefkes hatten doch alle einen gewaltigen Klopfer. Und da hatte Sepp immer gedacht, nur der Belten wäre saublöd.

»Bitte, lassen Sie uns nicht im Stich, Herr ...?«, flehte Doris.

»Sepp.« Er seufzte.

Was die heutige Jagd betraf, galt: Der Zug war abgefahren. Verärgert wollte er nur noch eines: Die beiden Deppen aus seinem Revier verjagen. Doch Hans-Jürgen und Doris würden garantiert wie die Trampeltiere durch den Wald hirschen und sich bei seinem Glück in der einbrechenden Dunkelheit verirren und umso lauter um Hilfe schreien. Dann würde die Bergrettung mit großem Tamtam anrücken ...

Kruzitürken! Es blieb ihm wohl nichts anderes übrig, als die beiden sicher ins Tal zu geleiten. Gut, dass sein Suzuki nur zweihundert Meter entfernt parkte. Er würde sie einpacken und runter nach Mallnitz bringen müssen. Was blieb ihm auch anderes übrig? Die Jagd konnte er für heute vergessen.

»Also gut, wir steigen jetzt –«

»Ich trau mich nicht runter!«, fiel Doris ihm hysterisch ins Wort.

Sepp verdrehte die Augen. Weiber!

»Um Himmels willen, können die Bären zu uns heraufklettern? Sind wir hier oben überhaupt sicher?«

Wenn Hans-Jürgen noch weiter zurückwich, würde er seiner Holden am Schoß hocken vor lauter Angst. Konnten diese Flachländer aus dem Norden nicht einfach bleiben, wo sie waren? Das wäre für alle Beteiligten besser. Dann könnte Sepp in seliger Ruhe die Hirschbrunft genießen, und die beiden könnten … was auch immer.

»Zum Glück haben Sie … hast du ein Gewehr, Sepp.«

»Auch genügend Munition?«, hakte Hans-Jürgen nach.

»Drei Patronen«, antwortete er wahrheitsgemäß.

»Nur drei?«

»Ja, lei drei. Ich geh auf die Jagd und zieh nicht in den Krieg!«

Was glaubten Stadtmenschen eigentlich, was Jäger taten? Blindlings jedes Tier abknallen, das ihnen vor die Büchse kam? Sepp war weder ein Barockfürst noch ein osteuropäischer Diktator, der sich das Wild von seinen Untertanen zutreiben ließ und an einem Tag locker hundert Tiere abschlachtete. Von Jagd konnte da doch keine Rede mehr sein; das war hirnloser Blutrausch. Ganz anders hier im Revier: An neun von zehn Jagdtagen fiel gar kein Schuss; zudem kam Sepp allmählich in das Alter, in dem er schon mal auf Beute verzichtete und einfach zusah, was sich in der Natur abspielte.

Hege und Pflege wurde bei ihm ebenfalls großgeschrieben, und Sepp machte sich schon jetzt Gedanken über den nahenden Winter. Was, wenn dieser so hart und schneereich wurde wie in den letzten Jahren? Was konnten, was durften sie tun, um das Wild über die kalte Jahreszeit zu retten? Darüber wurde nicht nur in der Hubertusrunde, sondern auch in anderen rotwild- und schneereichen Jagdgebieten hitzig diskutiert. An der Frage, Fütterungen ja oder nein, schieden sich die Geister. Sepps Meinung nach nutzte es niemandem, schon gar nicht dem Jäger, wenn die Tiere elendig verhungerten und im Frühjahr haufenweis die Kadaver herausaperten. Wobei das Futter nur einen Teil ausmachte, genauso wichtig war es, dafür zu sorgen, dass das Wild im Winter die notwendige Ruhe fand, damit es – den Stoffwechsel fuhr es ohnehin hinunter – trotz jahreszeitbedingt geringerem Nahrungsangebot überlebte.

Bei der letzten Vorstandssitzung der Hubertusrunde hatte sich auch Sepp dafür eingesetzt, dass sie heuer schon frühzeitig mit der Presse- und Öffentlichkeitsarbeit – wo Obfrau Irmgard Leitner ja so auf den Austausch mit den Medien und der Bevölkerung stand – begannen, um den Winterfreizeitsportlern klarzumachen, dass sie abseits der präparierten Pisten nichts zu suchen hatten. Die gingen mit ihrem riskanten Quer-über-die-Hänge-und-durch-den-Wald-Teufeln nicht nur den Bergrettern gewaltig auf den Sack, die unter dem Einsatz des eigenen Lebens hirnlose Tourenskifahrer unter den Lawinen herauszerren mussten, sondern trieben auch das Wild in sinnlose, energieraubende Fluchten und damit in den Tod. Das waren echte Probleme eines Jägers.

Zwei Touristen, die seinen Hochsitz blockierten, waren dagegen nur ein Ärgernis. Jetzt fing Doris auch noch zu schluchzen an. Am liebsten hätte Sepp abgepackt und wäre geflohen.

»Unsere Handys haben keinen Empfang. Wir können keine Hilfe rufen«, klagte Hans-Jürgen. »Was sollen wir nur tun? Oh mein Gott!«

Wieder ertönte das dumpfe Röhren, und Sepp verlor endgültig die Geduld. Er hatte doch wirklich Besseres zu tun, als seine kostbare Zeit mit den Touristen zu vergeuden.

»Jetzt kriegts euch wieder ein. Wir steigen runter und gehen –«

»Aber wenn uns diese Bestien jagen …«

»Ich will nicht sterben«, jaulte Doris auf.

Hans-Jürgen schüttelte sie an der Schulter. »Wir müssen stark sein und um unser Leben rennen!«

Wie bitte? Er musterte die beiden. Wie Sportskanonen sahen sie nicht aus. Hans-Jürgen glich mehr einem aufgedunsenen Krapfen, und Doris hatte zwar dicke Stampfer, aber Sepp bezweifelte, dass es sich dabei um Muskelmasse handelte.

»Wie schnell könnts denn laufen?«, fragte er skeptisch.

»Ich … ich weiß nicht, ob ich schneller rennen kann als ein Bär«, antwortete sie verzagt.

»Wurscht. Es reicht, wennst schneller bist als dein Mann.«

»Wie? Wieso?«

»Was meinst du?«

Sepp grinste boshaft. »Den Letzten beißen die Hunde. Oder in diesem Fall die Bären. Und derweil können die anderen … verstehts?«

Es dauerte ein bisserl, bis bei denen der Groschen fiel.

»Ich glaube nicht, dass das eine gute Idee ist«, wimmerte Hans-Jürgen, der die kümmerlichen Reste seiner Männlichkeit wohl an der ersten Leitersprosse zum Hochsitz herauf abgegeben hatte. »Da bleibe ich lieber still hier oben und warte auf Hilfe.«

Sepp rieb sich über den struppigen Bart. Der Gedanke, den zwa so einen Graus einzureden, dass sie so schnell keine Exkursionen mehr in den Bergwald wagen würden, hatte etwas für sich. Und mit viel Glück gab es vielleicht noch eine Chance, den Abend und die Hirschbrunft wie geplant zu genießen. Einen Versuch war es wert.

»Also gut. Wir müssen ja nicht alle unser Leben riskieren. Ihr zwei bleibts hier sitzen, und ich versuche, mich ins Tal durchzuschlagen. Aber ihr müssts ganz, ganz leise sein! Damit sie euch nicht hören, die … Bären.«

»Danke! Vielen Dank!« Hans-Jürgen drückte Sepps Hand. »Sie sind ein wahrer Held!«

»Hm-hm. Die Steinpilze nehm besser ich mit. Die Bären fressen sich gerade ihren Winterspeck an und könnten vom Duft angelockt –«

Fast hätte es ihn rückwärts die Leiter runtergeworfen, so schwungvoll drückte ihm Hans-Jürgen den Korb mit den Pilzen gegen die Brust.

»Da, nimm! Bitte!«

Sepp machte sich an den Abstieg. »Denkts dran: Psssst!«

Der Abend war doch nicht im Arsch. Von einem – zum Glück unbesetzten – Hochsitz ganz in der Nähe aus hatte er den perfekten Blick auf eine Fratn und das Vergnügen, zuzusehen, wie ein kapitaler Platzhirsch seinen Nebenbuhler vertrieb. Hach, das kräftige Brunftgeschrei der Hirsche war Musik in seinen Ohren. Nur Stadtmenschen, die die Natur ausschließlich von TV-Dokumentationen kannten, konnten das mit Bärenrufen verwechseln. Wobei Hans-Jürgen und Doris nicht die Ersten waren, denen das passierte; es betraf zudem keineswegs nur Piefkes. Laut Zeitungsberichten waren auch schon Tschechen und Österreicher – bei der Wienerin hatte es ihn nicht gewundert, aber angeblich war auch einer aus Vorarlberg dabei gewesen – demselben Irrtum erlegen. Deppen gab es eben überall auf der Welt.

Erst sehr viel später, als er längst auf dem Heimweg war, fiel ihm das deutsche Pärchen wieder ein. Unschlüssig trommelte er mit den Fingern auf das Lenkrad. Was sollte er tun? Umdrehen und sie holen? Dazu hatte er keine Lust. Hans-Jürgen und Doris die Nacht über auf dem Hochsitz ausharren lassen? Das würde ihnen recht geschehen! Andererseits hatten sie sich tatsächlich still genug verhalten, um das Rotwild nicht zu vertreiben. Wurde er auf seine alten Tage mild? Gnade vor Recht ergehen lassend, rief er in der Pension Hanni an; der Besitzer war ein Jagdkamerad. »Du, falls dir zwei Flachländer abgehen, ich weiß, wo du sie dir holen kannst.«

Kein Zweifel: Er wurde alt. Martin Schober hielt sich die Hand vor den Mund, um sein Gähnen zu verbergen. Dabei war es noch nicht einmal Mitternacht! Zusammen mit Kerstin war er die überfüllten Parkplätze rund um das Obervellacher Erlebnisbad abgegangen; jetzt warteten sie auf dem Parkplatz vor der Tennishalle auf Kommandant Georg Treichel und Gerhard Koller; auch die aufgrund ihrer jungen Kinder Teilzeit arbeitende Vanessa Liebetegger war heute im Dienst. Laut letzter Meldung kontrollierte sie mit zwei Kollegen vom

KKD, dem koordinierten Kriminaldienst, den Campingplatz Pristavec unten an der Möll. Gern hätte Martin mit Vanessa getauscht – denn dort war es gewiss sehr viel ruhiger als hier oben.

Die Obervellacher Tennishalle wurde nicht zum ersten Mal zur Konzerthalle umfunktioniert. Im Frühjahr hatte es unter dem Titel »Sound of Mölltal« ein stimmiges Aufeinandertreffen von Blasmusik und Pop & Rock gegeben. Gar nicht übel. Jetzt jedoch konnte Martin den Stil nicht einordnen. Was war das? Techno? Rave? Auf jeden Fall war es laut, schrill und unverständlich. Mit dieser Art Musik konnte er nicht warm werden, und er empfand sie mehr als Lärmbelästigung – ein Hinweis auf sein fortschreitendes Alter? Da wären ihm sogar schmalzige deutsche Schlager à la Helene Fischer noch lieber gewesen, denn das war – auch wenn es nicht seinen persönlichen Geschmack traf – zumindest als Musik erkennbar.

Vor ein paar Jahren, da war auch Martin noch bei der Wiener Polizei gewesen, hatten zwei der Großstadtkollegen im Dienstwagen ein Handyvideo zu Fischers »Atemlos« gedreht, das überraschend zum großen YouTube-Hit geworden war. Selbst Jahre später redete man noch darüber, und das besagte Video war von der Landespolizeidirektion sogar beim letzten Rundschreiben als Vorzeigebeispiel herangezogen worden, nämlich dafür, wie man die sozialen Medien für positive PR nutzen konnte und sollte. Also keine Videos von peinlichen Polizeieinsätzen oder gar übertriebener Polizeigewalt, wie sie auch aus den USA bekannt waren, sondern lustige Wohlfühlvideos, die die freundliche, menschliche Seite der Polizei zeigten, könnten doch bitte verbreitet werden. Das war freilich keine Dienstanweisung, nein, nur eine Anregung.

Treichel war, nachdem er sich das Video der Wiener Kollegen dreimal angesehen hatte, begeistert auf den Zug aufgesprungen.

»Die singen nicht mal selba!«, trumpfte der Chef auf. »Die bewegen lei die Lippen dazu und fuchteln mit den Händen herum.«

»Wie die großen Stars auf der Bühne«, sagte Kerstin und lachte. »Die kriegen dafür noch richtig viel Kohle!«

»Was die können, können wir schon lang!«

»Was denn? Wir sollen ein Musikvideo machen. Spinnst?«, lieferte Gerhard sofort konstruktive Kritik.

»Zwei Kärntner, ein Gesangsverein, heißt es nicht umsonst!«, beharrte Treichel auf seinem Vorhaben.

Er berief kurzerhand eine außertourliche Dienstversammlung an der Bar der Grillkunst ein. Auf ein passendes Lied konnten sie sich in den folgenden Stunden zwar nicht verständigen, aber sie wurden sich einig, dass man mit trockener Kehle schon gar nicht singen könnte. Bevor der Lokalbetreiber sie zur Sperrstunde hinauswarf, stellte Treichel sein Talent unter Beweis und stimmte die Kärntner Landeshymne an. Es sprach für die edlen Tropfen, die die Grillkunst zu bieten hatte, dass sogar Gerhard Koller einstimmte. Arm in Arm mit dem Chef schmetterten sie die ersten Zeilen, bevor sie – wie ging noch mal der Text?, wurscht! – weitersummten. Oh mein Gott, hatte Martin nur gedacht, wenn der Treichel sich selbst sehen könnte!

Das konnte er am nächsten Tag, denn Kerstin hatte die Szene heimlich mit ihrem Smartphone festgehalten. Treichel war atemlos, Gerhard sprachlos vor Entsetzen.

»Lösch das sofort! Das ist ein Befehl!«

»Blödsinn. Auf YouTube habts bereits fünftausend Klicks«, schmetterte Kerstin die beiden verkannten Popstars an.

So wieselflink bewegte sich der gelassene Treichel sonst selten. Er warf sich vor den nächsten Bildschirm und rief die YouTube-Seite auf. Gerhard pickte ihm förmlich an der Schulter.

»Unter was hast das eingegeben?«, fragte er nervös, während Treichel hektisch mit dem Zeigefinger auf die Tasten einhackte.

»Kerstin? Kerstin!«, brüllte der Chef.

Was Martin bis ins Stiegenhaus hörte, wohin sie ihn gezerrt hatte. Kerstin hielt sich die Seiten vor lauter Lachen und stolperte die Stufen hinab.

»Du hast das aber nicht echt ins Internet gestellt, oder?«

»Selbstverständlich nicht. Ich bin ja nicht lebensmüde.«

Martin schüttelte den Kopf und lachte, insgeheim froh, dass er sich gestern Abend nicht auf die Trällerei eingelassen hatte und damit Kerstins fiesem Streich entkommen war.

»Ich lade dich auf einen Kaffee ein«, sagte sie und wischte sich die Lachtränen aus dem Gesicht. »Weil der Treichel und der Gerhard, die sind die nächsten Stunden eh mit etwas anderem beschäftigt.«

»Hat dir schon mal jemand gesagt, dass du ein kleiner Teufel bist?«

»Oh ja.« Sie wackelte mit den Augenbrauen. »Ich bin ein böses Mädchen.«

Die Kellnerin der Grillkunst grinste, als sie – diesmal in Uniform – das Lokal betraten. »Geht's euch gut nach dem gestrigen Abend?«

»Uns schon. Aber der Chef hat Kopfweh«, antwortete Kerstin.

»Das hat er sich redlich erarbeitet«, gab die Kellnerin mitleidlos zurück. »Wie wär's mit hausgemachten Cremeschnitten?«

»Unbedingt! Martin, sündigst mit mir?«

Da Kerstin aber auch lieb und nett sein konnte – tatsächlich! –, nahmen sie ein paar Cremeschnitten mit nach oben. Und irgendwann zeigte sie Erbarmen mit Treichel und verriet ihm, dass sie das Video doch nicht veröffentlicht hatte.

»Das täte ich dir doch nie an, Chef.« Treichel vertrollte sich erleichtert, Kerstin rieb sich die Hände. »Eins sag ich dir, Martin. Das Video wird in ein paar Jahren *der* Hit auf Treichel seiner Pensionsfeier!«

Martin schmunzelte jetzt noch, als er daran zurückdachte. Treichel hatte das Thema Musikvideo zu PR-Zwecken seither nie, nie wieder angesprochen.

Ma, wie schön wäre es, statt jetzt hier vor der Tennishalle zu stehen, am anderen Ende des Hauptplatzes in der Lounge der Grillkunst zu sitzen oder sogar am Schreibtisch in seiner Kanzlei. Egal, in welchen frühen Morgenstunden er heimkommen würde: Martin war fest entschlossen, seine CD mit den Klassikern von U2 zu hören – und die Lautstärke voll aufzudrehen, um seine Gehörgänge ordentlich durchzuputzen. Kopfhörer hatte er zum Glück, sodass er weder eine Anzeige der Nachbarn noch eine aus seligem Tiefschlaf gerissene Bettina fürchten musste. Sie war zwar kein klassischer Morgenmuffel, sondern als Bauerntochter das frühe Aufstehen von klein an gewöhnt. Auch als Studentin und später als Arztgattin in Graz war sie dem Motto vom frühen Vogel und dem Wurm gefolgt. Wenn Martin Tagdienst hatte und sein Wecker um sechs Uhr klingelte, stand sie meist mit ihm auf, und sie genossen noch ein kurzes, gemeinsames Frühstück. Aber drei oder vier Uhr morgens an einem Sonntag war eindeutig zu früh, und er müsste mit einem grummeligen »Der frühe Vogel kann mich mal« rechnen. Wobei Bettina garantiert nichts dagegen hätte, wenn er sich – nach U2 – zu ihr ins Bett kuscheln und sie in seine Arme ziehen würde. Ganz behutsam würde er sie dann …

»Tolle Stimmung, was?«, brüllte Kerstin ihm ins Ohr.

Sie riss die Arme hoch und machte ein paar Tanzschritte. Mit löchriger hautenger Hose, ärmellosem Top und kurzer Jacke darüber könnte sie mit ihrer zierlichen Gestalt mühelos als Teenager durchgehen. Vor allem, da sie ihr schulterlanges Haar in zwei kecke Pippi-Langstrumpf-Zöpfchen geflochten hatte. Die extra für den heutigen Einsatz eingefärbten blauen Strähnen ließen sich laut ihrer Friseurin mühelos auswaschen. Mal sehen. Jedenfalls konnte man Kerstin ihren Spaß an der Verkleidung ansehen.

So viel Mühe hatte sich Martin nicht gemacht. Er trug seine bevorzugte Freizeituniform, Jeans und ein hellgraues Shirt, und war sich ziemlich sicher, dass Passanten in ihm am ehesten Kerstins Vater sehen würden, was er ihr mitteilte.

»Das, oder sie halten dich für meinen Sugar Daddy«, erwiderte sie und versetzte ihm tanzend einen Rempler mit der Hüfte.

Die fast – aber nur fast! – zehn Jahre, die er ihr voraushatte, wurden ihm schmerzlich bewusst, und sie ließ keine Gelegenheit aus, sie ihm unter die Nase zu reiben. Wie gesagt: Teufelchen! Er fuhr sich über seine Haare; angesichts des jugendlichen Publikums hier fühlte er seine Geheimratsecken auf das Doppelte anwachsen. Hätte er doch eine Baseballkappe aufsetzen sollen wie Gerhard, der in Ermangelung der Dienstkappe darunter seine stoppelkurzen Restkopfhaare verbarg?

»Oh yeah, yeah, yeah!«, sang Kerstin aus voller Kehle.

Dabei übersahen sie, dass Gerhard und Treichel zu ihnen zurückgekehrt waren.

»Wir sind im Dienst«, fauchte Gerhard Kerstin an.

»Aber Undercover! Kannst du dich noch ein bisserl auffälliger unauffällig benehmen, du Grantnzipf?«

»Ha? Was hast gesagt?« Treichel rieb sich über die Ohren und verzog das Gesicht. Er hatte es für eine gute Idee gehalten, kurz in den Konzertsaal hineinzuschauen. »Da wirst ja terisch! Welcher Idiot zieht sich noch Drogen rein, wennst schon von der Musik ganz wurlat wirst im Schädel?«

»Ich sag's eich glei: Die Aktion ist a voller Griff ins Klo!«

»Gerhard, halt dei …«, polterte der Chef los, bevor er sich fing. »… eh schon wissen.«

Der Einsatz war seine Idee gewesen. Im Vorjahr hatte er bei einer stinknormalen Verkehrskontrolle einen jungen Mann aus der Grazer Umgebung angehalten und war, nachdem dieser das Fenster heruntergelassen hatte, von dem starken Cannabisgeruch fast umgeworfen worden. Bei der freiwilligen Nachschau – »Das Auto gehört meiner Oma!« – fanden sie jede Menge Cannabiskraut; laut den darauf ebenso aktiv werdenden Kollegen in der Steiermark besaß der Täter dort eine Outdoor-Plantage mit fünf Cannabispflanzen.

Was Treichel beinahe zum Explodieren brachte? Die Großlieferung war anscheinend für das Mölltal bestimmt, woraufhin er dem Drogenmissbrauch noch vehementer als zuvor den Kampf angesagt hatte. Aus einschlägigen Cannabiskonsumentenkreisen hörte man, dass der aufsehenerregende Stopp des Steirers und verschärfte Kontrollen durchaus eine abschreckende Wirkung auf andere Zulieferer hätten, und das Mölltal aktuell ein wenig »ausgehungert« wäre. Allerdings war es durch das Darknet relativ leicht, selbst in den hintersten Winkeln der Provinz auch an härtere Suchtmittel zu kommen.

Das wachsende Drogenproblem betraf keineswegs nur größere Städte; ländliche Gemeinden konnten sich ebenso zu wahren Hotspots der Szene entwickeln. Beispielsweise war Radenthein mit seinen paar tausend Einwohnern früher als Drogenhochburg verschrien gewesen. Dort hatten übrigens die Kollegen vom Landeskriminalamt und dem Spittaler Kriminaldienst noch vor gar nicht allzu langer Zeit eine voll ausgerüstete Indoor-Cannabisplantage mit mehr als hundert erntereifen Pflanzen aufspüren können; bei den Tätern wurden zudem Kokain und Methamphetamine gefunden.

Auf der Polizeiinspektion Obervellach gaben sich Martin und seine Kollegen keinen Illusionen hin: Das Abfangen des Steirers war höchstens ein Etappensieg; weder Drogenhandel noch -konsum wurden dadurch langfristig unterbunden, und es galt, vor allem angesichts der steigenden Zahl Drogentoter, wachsam zu bleiben. Viele junge Leute griffen nicht mehr zur Zigarette als klassischer Einstiegsdroge, sondern gleich zum Joint. Auf die Jugend abzielende Spektakel wie das heutige Musikevent erwiesen sich leider nur zu oft als heißes Pflaster, daher der nächtliche Einsatz.

Martins Handy vibrierte in der Hosentasche.

»Im Bereich der Schießau tut sich was Verdächtiges«, meldete Vanessa.

Das klang vielversprechend! Falls sich heute Nacht illegale Drogengeschichten abspielten, ob Deals oder Konsum, dann im Schatten, abseits des Hauptevents. Viele Konzertbesucher übernachteten am Campingplatz Pristavec, denn obwohl es nachts schon recht frisch werden konnte, luden tagsüber noch spätsommerliche Temperaturen zum Zelten ein. Direkt gegenüber vom Campingplatz befand sich am nördlichen Ufer der Möll der kleine Naturpark Schießau – wie eine Erinnerungstafel festhielt, hatten hier über Jahrhunderte hinweg Schießübungen stattgefunden –, der Jugendlichen als beliebter Treffpunkt galt.

Martin und Kerstin nahmen das Zivilfahrzeug. Sie fuhren bis zum Ende des Hauptplatzes hinauf, statt schon davor abzuzweigen und in den engen Seitengassen Zeit zu verlieren. Zügig steuerte Martin den Wagen an der Feuerwehr vorbei und durch die Unterführung. Er sah im Rückspiegel, wie Treichel mit dem Dienstwagen in den Ortsteil Untervocken abbog, um sich so von Nordwesten her durch die Schrebergartensiedlung der Schießau zu nähern. Martin bog erst kurz darauf unmittelbar vor der Brücke ab und fuhr einen Feldweg direkt der Möll entlang, bis sie an eine von einem Bretterzaun umgebene Weidefläche stießen und das Auto abstellten. Von hier aus ging es auf einem schmalen Pfad – laut Hinweistafel war der Durchgang bis auf Widerruf gestattet – zu Fuß noch etwa hundert Meter weiter.

Martin eilte voran. Telefonisch fragte er nach Vanessas Standort.

»Ich parke am Weg nach Stallhofen, weiter nordöstlich, bei so einem Minibauernhof«, gab sie an.

»Hugo's Ranch«, riet Martin.

Den Namen würde er so schnell nicht vergessen, da ihm Bettina – als sie auf ihrer Laufrunde dabei vorbeigekommen waren – einen sprachwissenschaftlichen Vortrag zum Thema »Deppenapostroph« gehalten hatte. Während sie ihre Muskeldehnungsübungen vollzogen, hatte sie ihm den McDonald's-Effekt erklärt, der sich keineswegs nur im Mölltal dramatisch auf den zweiten Fall auswirkte. Bei Personalnamen, die nicht auf »s« endeten, gehörte sich kein Apostroph; das war ein ganz normaler zweiter Fall. Allerdings knickten schon die maßgeblichen Rechtschreibexperten vor der massenhaften, falschen Verwendung des Apostrophs ein; selbst der Duden beugte sich und akzeptierte ihn zur Verdeutlichung der Grundform eines Personennamens wie bei »Andrea's Blumenecke« oder »Willi's Würstelstand«. Richtiger wurde es deswegen noch lange nicht.

Wurscht. Wichtig war für Martin nur, zu wissen, wo sich Vanessa aufhielt. Zudem informierte sie ihn über den Standort der beiden Kriminaler.

Vor ihnen leuchtete das fahle Licht einer Campinglampe auf. Ein paar Jugendliche hatten es sich bei der Sitzgruppe aus Naturstein gemütlich gemacht. Sie hatten eine Kiste Bier dabei, verhielten sich aber bis auf ihr johlendes Gelächter nicht weiter auffällig. In einem weiter fortgeschrittenen Grad der Alkoholisierung dürften sich jene Personen befinden, die am anderen Ufer der Möll beim Motorikpark ihre Gaudi hatten und tapfer überprüften, wie kalt denn das Wasser sei. Den entsetzten Schreien und derben Flüchen nach eisig.

Martin und Kerstin beachteten sie nicht weiter, sondern gingen unter den Bäumen weiter Richtung Osten.

»Jö, schau, ein Spanner!«, raunte Kerstin und kicherte.

Hinter einem hüfthohen Mauerrest und einem Gebüsch verborgen, kauerte eine dunkel gekleidete Gestalt, die Kapuze des Shirts über den Kopf gezogen, ein Fernglas ans Gesicht gepresst. Sie schlichen näher heran, bis sie direkt hinter ihr standen.

»Na, wer tuat denn da die Leit ausspechteln?«, sagte Kerstin unvermittelt.

»Shit!« Der Mann sprang auf und wirbelte herum. Vor Schreck glitt ihm das Fernglas aus der Hand; zu seinem Glück hing es an einem Lederriemen um seinen Hals. »Wollts, dass ich an Herzinfarkt krieg?«

Der drahtige Kerl war etwa einen halben Kopf kleiner als Martin. Zottelige Haarsträhnen fielen ihm ins Gesicht; er war unrasiert und die Kleidung schlawuzig. Der erste Eindruck vermittelte ein Bild: Sandler. Was fehlte, war der penetrante Gestank nach Schweiß, Alk und Zigaretten.

»Gibt's etwas Interessantes zu sehen?«, fragte Martin leise.

Der Mann zerrte sich den Riemen über den Kopf und reichte ihm das Fernglas, das sich als hochwertiges Nachtsichtgerät entpuppte.

»Schau selba. Da vorn, die Typen bei der Mauer.«

Martin spähte in die angegebene Richtung. Weiter vor ihnen ragte eine etwa zweieinhalb bis drei Meter hohe und einige Meter lange Mauer auf, vor der sich sieben Personen aufhielten. Zwei saßen auf der Parkbank davor, die anderen standen im Kreis herum. Die Glut einer Zigarette leuchtete strahlend hell auf. Er fand nichts Ungewöhnliches an der Szenerie.

»Und?« Kerstin, der er das Nachtsichtgerät weitergegeben hatte, konnte ebenfalls nichts entdecken.

»Die Flamme ist größer als bei einem Tschick. Und an Tschick gibt man auch nicht weiter«, erklärte Michl Berger, der auf Suchtgift spezialisierte Kollege vom KKD. Er schnupperte hörbar. »Riechts das? Eindeutig Cannabis.«

Man musste schon eine verflixt gute Nase haben, um auf die Entfernung den Hauch des unverkennbar süßlichen Geruchs wahrzunehmen. Auf Michl traf die Bezeichnung Schnüffler eindeutig zu.

»Ich habe einen Schnupfen«, verteidigte sich Kerstin.

Martin informierte per Telefon die anderen.

»Die schnappen wir uns!«, jubelte Treichel. »Schön umzingeln, dass uns keiner durch die Lappen geht!«

Sie tasteten sich von ihren jeweiligen Standpunkten aus vorsichtig an die Gruppe heran und bezogen in einigem Abstand Position. Dann schlenderte Michl, die Hände lässig in den Hosentaschen vergraben, zu den Verdächtigen. In seiner Aufmachung – so geht Undercover, wie Kerstin sichtlich beeindruckt bemerkte – fiel der beinahe vierzigjährige Suchtgiftexperte unter den jüngeren Leuten gar nicht weiter auf. Bereitwillig machten sie ihm in ihrem Kreis Platz.

»Uh, der Dübel zieht rein«, jubelte ein Halbstarker mit Strickmütze auf dem Kopf. »Hier.«

Michl griff mit der linken Hand nach dem Joint und zog gleichzeitig die rechte aus der Hosentasche. Er hielt ihnen seine Dienstkokarde unter die Nase. »Guten Abend, Polizei«, tat er höflich kund.

Im gleichen Moment aktivierten Vanessa und Gerhard ihre Handsuchscheinwerfer. Perplex verharrten die halb zugekifften Cannabiskonsumenten und schauten blöd; sie brauchten mehr als einen Moment, bis sie schnallten, was los war.

»Scheiße!« Der Kerl mit der Strickmütze fing sich als Erster, machte auf dem Absatz kehrt und sprintete los. Allerdings rannte er geradewegs in den kompakten Treichel hinein und prallte zurück. Wie ein nasser Sack ging er nieder.

»Na, na, wer wird denn weglaufen wollen«, grummelte Treichel und sicherte ihn, da er Anstalten machte, erneut zu fliehen, indem er sich auf ihn draufsetzte. Wirksam.

»Keine Bewegung!«, schrie Gerhard.

Die anderen blieben perplex, wo sie waren, bis auf einen stämmigen Kerl mit einer Wodkaflasche in der Hand.

Er stürmte zuerst auf Gerhard los und schlug dann einen Haken. Vanessa erwischte ihn zwar am Ärmel, aber er haxelte sie und riss sich los, bevor er auf dem schmalen Feldweg zwischen zwei Weidezäunen aus Drahtgeflecht in Richtung Norden lief.

Martin setzte ihm nach. Am Hauptweg angekommen, überlegte der Flüchtende nicht lange; statt nach links zu den Schrebergärten zu laufen oder rechts dem Weg Richtung Stallhofen zu folgen, rannte er geradeaus an einem Hochspannungsmast vorbei und querfeldein über die Wiese.

»Stehen bleiben«, rief Martin. Er stolperte über eine Bodenunebenheit, fing sich aber noch vor einem Sturz. Von der Schießau bis zur Bundesstraße waren es in der Luftlinie vielleicht dreihundertfünfzig Meter. Mist, er musste es schaffen, den Flüchtenden davor zu stellen! Nicht, dass der zwischen den ersten Häusern Obervellachs abtauchte – oder, wenn er Pech hatte, blindlings über die Bundesstraße rannte und wie ein Hirsch von einem Auto erwischt wurde.

Vor einem weißen Haus taumelte der andere eine kurze Böschung hinauf; Martin war ihm knapp auf den Fersen. Schon schmetterte ihnen die Leuchtreklame des direkt an der Bundesstraße gelegenen BILLA ihr grellgelbes Licht entgegen.

Scheiße!

Zugleich flackerte an der Bundesstraße von links kommend blaues Licht auf.

Als Martin zwei Schritte hinter dem Verfolgten den asphaltierten Zufahrtsweg parallel zum BILLA-Parkplatz erreichte, bog der Dienstwagen mit quietschenden Reifen auf diesen ein.

Schlitternd kam der Flüchtende im Scheinwerferlicht zum Stehen und sah sich aus geweiteten Augen panisch um; er torkelte um die eigene Achse.

»Lass das Kasperltheater«, rief Martin ihm zu. »Das bringt doch nichts!«

Treichel und Kerstin stiegen aus. Drohend ging der Chef, die Hand am Holster, einen Schritt auf den Cannabiskonsumenten zu, während Kerstin per Funk das erfolgreiche Ende der Verfolgungsjagd verkündete.

Der Gestellte war im gegenwärtigen Zustand keiner Vernunft zugänglich. Mit einem Aufschrei schleuderte er Treichel die Wodkaflasche entgegen, die aber einen unschuldigen dunklen BMW traf. Mit einem Knirschen zerbrach die Scheibe der Fahrertür und die Alarmanlage schrillte los.

»Na toll«, murrte Martin.

Sachbeschädigung, was bedeutete: mehr zu schreiben.

Der Übeltäter brach zusammen, hielt sich die Ohren zu und leistete keinen größeren Widerstand, als Martin und Treichel ihm die Achter anlegten. Dabei schimpfte er ohne Unterlass vor sich hin. Martin verstand kein Wort. Das war wahrscheinlich besser so.

»Mein Auto!«, kreischte eine Frau.

Sie wechselten über den am Boden Liegenden hinweg einen Blick.

»Das ist was für dich und dein Deeskalarationsseminar«, befahl Treichel.

Mit einem unterdrückten Seufzer stand Martin auf und ging auf die Frau zu, die mit einer, tiefste Empörung ausdrückende, Handbewegung auf das Auto wies.

»Mein BMW!«

Ihr waren drei Männer mittleren Alters gefolgt, von denen Martin nur einen auf Anhieb erkannte: Ex-Bürgermeister Max Müller, der sich naturgemäß sofort in den Mittelpunkt drängte und wichtig die Klappe aufriss.

»Was ist hier los? Ich verlange eine Erklärung!«

Müller spielte sich noch immer gern als Ortskaiser auf, obwohl er bei der letzten Wahl von Veronika Schwarzenbacher klar geschlagen worden war und seither in der Landespolitik – und wer weiß, wo noch – mitmischte.

Er schien Martin zu erkennen, denn er kniff die Augen zusammen. »Sie sind doch von der Polizei! Warum tragen Sie keine Uniform? Was geht hier vor? Wer hat das Kommando?«

»Ich!«

Wie man einen Zwei-Meter-Koloss wie den Treichel übersehen konnte, blieb Martin ein Rätsel. Aber genau das war Müller passiert, der erschrocken zurückwich, als ob der Krampus persönlich vor ihm stand.

»Müller«, knurrte der Chef, der nichts mehr davon wissen wollte, dass Martin für Deeskalation sorgte, sondern den Fall nun persönlich nahm.

»Treichel.«

Bei jeder, aber wirklich jeder Begegnung der beiden, deren Zeuge Martin wurde, erwartete er einen klassischen Showdown. Georg Treichel und Max Müller verband seit Jahren eine intensive Hassliebe, mit der Betonung auf Hass und sehr, sehr wenig Liebe. Zwar rissen sich beide zusammen und versuchten, zumindest bei offiziellen Terminen vor Dritten die Fassade aufrechtzuerhalten, aber meist machten sie keinen Hehl aus ihrer abgrundtiefen Abneigung.

»Wer bezahlt den Schaden?«, ereiferte sich Müller.

Treichel musterte den teuren BMW. »Ist das dein Auto?«, fragte er ihn. »Was ist das für ein Modell?«

»Marke Schwanzverlängerung«, wisperte Kerstin, und Martin hustete in die Faust, um sein Lachen zu verbergen.

Neugierig schlenderte er zum Autoheck. Wow, BMW 7er-Limousine. Wenn das das neue Dienstfahrzeug eines mittelprächtigen Politikers sein sollte, war klar, warum sich Parteien ständig neue Förderungsgelder in unverschämter Höhe genehmigten.

»Hier liegt ein Missverständnis vor«, mischte sich einer der anderen Männer ein. »Der Wagen gehört meiner Frau Tessa.«

Ein gut gekleideter Mann mit auffälligem Schnauzer und Kinnbärtchen streckte Treichel die Hand entgegen. »Gruber, mein Name. Donald. Wie der US-Präsident, da hört die Ähnlichkeit mit dem Trumpel aber auch schon auf, schwöre!«, sagte er mit einem selbstironischen Grinsen und fügte fast entschuldigend hinzu: »Mein Vater war ein Donald-Duck-Fan. Ich bin nur froh, dass ich keine Mickymaus oder ein Dagobert geworden bin.«

Der dritte Mann wurde von ihm als Thomas Schneider vorgestellt, der sich aber im Hintergrund hielt und an seinem Handy fummelte.

»Wer kommt jetzt für den Schaden auf?«, wollte Müller wissen und deutete auf den Verhafteten. »Der da etwa?«

Gute Frage. Der zugedröhnte Täter sah nicht so aus, als ob er den Schaden aus seiner Portokassa zahlen könnte. Gruber dürfte zur selben Einschätzung gelangen. Er seufzte. »Einem Nåckerten kann man nicht in den Sack greifen.«

Seine Frau umklammerte seinen Arm. »Was? Wer zahlt –«

»Schon gut, Tessa-Schatz, kein Grund zur Aufregung«, beschwichtigte er sie, legte ihr den Arm um die Taille und drückte sie an sich. »Lass dir deswegen bloß keine grauen Haare wachsen.«

Sie warf ihre blondierte Mähne zurück und sah den Schuldigen böse an.

»Wenn Sie morgen auf die PI kommen, nehmen wir die Sachbeschädigung auf. Es tut mir leid, dass Sie durch unsere Amtshandlung geschädigt wurden«, entschuldigte sich Treichel.

»Das wird ein Nachspiel haben!«, drohte Müller und stach Treichel den Zeigefinger fast ins Gesicht.

Keine gute Idee. Der Chef war übernächtigt, gereizt durch die Drogengeschichte und jetzt noch mit seinem Erzfeind konfrontiert. Ohnehin nicht gerade für seine Engelsgeduld bekannt, reagierte er entsprechend sauer und packte das provozierende Körperteil. Mit dem Druck seines Daumens bog er Müllers Finger zurück.

»Aua!«

»Mit dem nåckerten Finger zeigt man nit auf angezogene Leit«, tadelte er ihn gespielt oberlehrerhaft.

Thomas Schneider lachte und hob sein Handy, vermutlich um das Geschehen zu filmen. Treichel ließ Müller los, denn YouTube-Star wollte er nicht mehr werden.

»Ach was«, sagte Gruber. »Ich klär das mit der Versicherung, aber vermutlich ist der Selbstbehalt höher als der Schaden. Schwamm drüber.«

»Aber ...«, protestierte Müller.

»*Ich* lass mir deswegen keine grauen Haare wachsen.«

Tessa Gruber gluckste und strich ihrem Mann über die melierten Schläfen. Martin schätzte ihn auf Ende vierzig und seine Frau dürfte trotz energischer Gegenmaßnahmen nicht allzu viel jünger sein.

»Ah, aber bei einem Mann ist das sexy.«

Gruber lachte, bevor er die Autotür öffnete und den Schaden aus der Nähe begutachtete. Vorsichtig wischte er ein paar Glassplitter vom Ledersitz. »Jedenfalls haben wir auf der Heimfahrt genug Frischluft.«

»Sie nehmen das echt locker«, wunderte sich Kerstin.

»Da gibt's einen klugen Kalenderspruch: Gott gebe mir die Gelassenheit, die Dinge hinzunehmen, die ich ohnehin nicht ändern kann. Das kann ich jedem empfehlen.«

Hm, den Spruch musste sich Martin merken. Den sollten sie am Posten dem Gerhard als Spickzettel an den PC picken.

»Außerdem kann Blech – oder in diesem Fall – Glas mühelos ersetzt werden. So lange kein Mensch zu Schaden gekommen ist, kann ich damit leben.«

Treichel nickte und reichte ihm die Hand. Dann ging Gruber um den BMW herum und hielt seiner Frau galant die Tür auf. Er winkte ihnen beim Wegfahren noch aus dem offenen Fenster zu; auch Thomas Schneider verabschiedete sich und vertrollte sich, das Handy ans Ohr gepresst.

»Denk nur nicht, dass die Sache damit erledigt ist«, fauchte Müller Treichel an.

»Was machst du überhaupt hier? Warst beim Konzert? Bist nicht schon zu alt dafür?«

»Treichel, Treichel«, erwiderte Müller in falscher Nachsichtigkeit. »Ich bin vielleicht schon etwas zu reif für diese Art von Musik, aber viele meiner Wählerinnen und Wähler nicht.« Er feixte.

»Wenn ich mich recht erinnere, haben sie dich bei der letzten Wahl abgwatscht, Herr *Ex*-Bürgermeister«, rieb Treichel seinem Kontrahenten genüsslich unter die Nase.

»Es kommen wieder Wahlen, und ich trete selbstverständlich an! Direkter Kontakt zur Bevölkerung ist das Zauberwort. Die amtierende Bürgermeisterin ist nach ihren Begrüßungsworten ja schnell wieder verschwunden, nicht sehr geschickt von ihr.«

»Sie macht den Job weit besser als du!«

»Von Politik hast du echt keine Ahnung, Georg.«

Treichel grinste und tippte mit seinem Zeigefinger kurz an Müllers Nasenspitze. Der wagte keine ähnliche Gegenwehr, wie sie Treichel – immerhin in stundenlangen Einsatztrainings geschult – gesetzt hatte. Mehr als ein wütendes Schnauben konnte der Berufspolitiker nicht bieten.

»Dafür rieche ich einen Gauner fünfzig Meter gegen den Wind. Und du«, Treichel senkte seine Stimme zu einem Grollen, »stinkst mir gewaltig.«

Beleidigt wandte sich Müller ab und stapfte zu seinem in der Nähe geparkten Auto. Ein besserer Audi, der Grubers BMW vom Preis her aber nicht das Wasser reichen konnte. Martin konnte seine Neugierde nicht bezähmen.

»Ist Herr Gruber auch in der Politik?«, fragte er.

»Nein, wieso?«, erwiderte Müller unwirsch.

»Na ja, er und seine Frau sehen nicht aus wie typische Besucher eines solchen Events.«

»Ihr Dorfgendarmen habts keinen Tau, wer im Tal was zählt und«, er sah demonstrativ zu Treichel hin, »wer nichts zu sagen hat. Das heutige Event ist eine Benefizveranstaltung für die Opfer des Hochwassers im Vorjahr und Donald Gruber der großzügige Hauptsponsor. Den Namen solltet ihr euch also merken!«

2

Am nächsten Morgen klaubte Sepp den dem Touristenpärchen abgenommenen Korb durch, entsorgte ein paar schlatzige Butterpilze und betrachtete die sieben Steinpilze. Bis auf zwei waren sie kaum wurmstichig.

»Was meinst du, Akko? Machen wir zwei einen kleinen Ausflug?«

Sein Wachtelhund hob nicht mal die ergraute Schnauze von den Pfoten, raffte sich aber folgsam von seinem Platzerl unter der Eckbank auf, als er mit der Hand gegen seinen Oberschenkel klopfte.

Ganz so sicher war sich Sepp seiner Sache allerdings nicht. Als er vom Pfaffenberg herunten war und die Bundesstraße erreichte, trat er nur sachte auf das Gaspedal. Es scherte ihn wenig, dass ihn die anderen Fahrzeuglenker ungeduldig überholten. Was sollte er sagen? Guten Morgen war noch einfach. Aber danach? Vielleicht sollte er einfach den Korb auf der Türschwelle abstellen, klingeln und abhauen. Obwohl ... dann wäre nicht klar, von wem die Pilze stammten. Und dass ein anderer die Dankbarkeit einheimsen könnte, die ihm zustand, war unerträglich.

Gewiss hatte er Papier und Stift im Handschuhfach. Er könnte eine kurze Nachricht hinterlassen. Das war's! Er fuhr nicht in die Einfahrt, sondern parkte auf der Straße. Er fand einen zerknudlten Erlagschein, dessen Rückseite sich gut für eine kurze Nachricht eignete, und einen Kugelschreiber, den er dreimal anhauchen und ablecken musste, damit er schrieb. So weit, so gut. Und jetzt? Was sollte er schreiben? Guten Morgen ... und weiter? Hardigatte, war das schwer!

Akko schnaufte hörbar auf.

Sepp stocherte mit dem Kuli auf seinem Oberschenkel herum. Da er heute ausnahmsweise nicht seine Kråchane trug, sondern eine Jagdhose aus leichtem Lodenstoff, waren ihm blaue Flecken sicher.

»Geh, das ist doch lächerlich«, schimpfte er sich selbst.

Ohne weiter nachzugrübeln, brachte er ein paar Worte zu Papier. »Guten Morgen. Für dich. Sepp«.

Das genügte.

Er griff nach dem Korb, stieg aus und hastete zur Haustür.

Abstellen, klingeln, abhauen.

Im letzten Moment entschied er, auf das Läuten zu verzichten. Warum die Pferde scheu machen …

Mit langen Schritten hetzte er die gepflasterte Einfahrt zurück.

»Sepp?«

Er zuckte zusammen. Wie ein von der Kugel getroffener Gams rannte er – obwohl tödlich getroffen – blindlings weiter; jeder Muskel seines Körpers war auf Flucht eingestellt.

»Sepp!«

Er ging in die Knie. Also, nicht wortwörtlich. Aber doch. Er hielt abrupt inne, fasste sich ein Herz und drehte sich um.

Er schluckte den Kloß in seinem Hals hinunter. »Grias di, Irmi.«

Er konnte sich einfach nicht erklären, warum er sich in ihrer Gegenwart befangen fühlte. Nach allem, was im Vorjahr passiert war, müssten sie doch die besten, vertrautesten Freunde sein. Eigentlich. Hatten nicht die Alten immer davon erzählt, wie gemeinsam durchgestandene Todesangst zusammenschweißte, wie im Schützengraben geschlossene Freundschaften alles überdauerten, da es nichts Vergleichbares gab?

Seltsam. Als es zusammen eine Pflicht zu erfüllen und einen hinterfotzigen Verbrecher zu stellen galt, waren sie ein eingespieltes Team gewesen. Ganz selbstverständlich hatten sie auf der Jagd nach dem Täter viele Stunden miteinander verbracht. Vielleicht hatte auch die Weihnachtszeit mit ihrer besonderen, schwermütigen Stimmung dazu beigetragen, ein Gefühl von Nähe zu schaffen. Aber danach? Danach hatte es keinen triftigen Grund mehr gegeben, warum sie als Obfrau der Hubertusrunde und er als deren Aufsichtsjäger weiterhin mehrmals die Woche zusammen sein sollten. Das war ja davor auch nicht der Fall gewesen.

Irgendwie war sich Sepp nutzlos und überflüssig vorgekommen. Irmi hatte Schlimmes durchgemacht, aber sie hatte ihre erwachsenen Söhne, eine große Familie und gute Freunde, die ihr zur Seite standen. Da brauchte sie keinen Sepp, zumal sie ihm oft genug klar gemacht hatte, dass sie ihn für einen … nun ja, schwierigen Zeitgenossen hielt. Damit war sie nicht allein. Während es ihn nicht störte, wenn andere ihn nicht mochten – er mochte umgekehrt die meisten Menschen ja auch nicht –, irritierte ihn der Gedanke, dass Irmi ihm ablehnend gegenüberstehen könnte, und er hatte Angst, dass sie sich ihm gegenüber verpflichtet fühlte, weil er ihr das Leben gerettet hatte. Handelte sie aus einem Schuldgefühl heraus, wenn sie ihn – wie sie es in den ersten Wochen des neuen Jahres noch getan hatte – anrief oder einen selbstgebackenen Kuchen vorbeibrachte? Er hasste den Gedanken und vielleicht hatte er sich ihr gegenüber das eine oder andere Mal deswegen ein wenig abweisend verhalten. Er hatte eine gewisse Distanz gewahrt, und schließlich hatten sich ihre Kontakte auf ein Maß eingependelt, das in etwa dem vor dem großen Familiendrama entsprach.

Wirklich glücklich war er mit der Situation nicht.

Als ihm gestern die Steinpilze in die Hände gefallen waren, tja, da hatte er automatisch an Irmi denken müssen und wie gern sie kochte. Es wäre zu schade, sie verderben zu lassen, oder? Er konnte nicht bis zum nächsten Jagdvereinstreffen zuwarten, das in ein paar Tagen anberaumt war. Was sprach dagegen, wenn er seiner Jagdkameradin ein paar Pilze brachte? Das war keine große Sache. Er hätte sie genauso gut dem Karl Hartmann oder dem Toni Brugger schenken können. Oder dem Pfarrer.

»Magst nicht hereinkommen auf einen Kaffee?«

Sepp schob etwas umständlich seinen Hemdsärmel zurück und sah auf die Uhr.

»Uh, also, na. Es ist ja schon fast elf. Du wirst kochen für deine Leit, da will ich dich nicht aufhalten.«

Sie nahm den Korb hoch und einen der Pilze heraus. »Mmm. Danke. Wie lieb von dir!«

»Ich hab sie gar nicht selbst geklaubt«, winkte er ab.

Irmi hob die Brauen. Verlegen kletzelte er an seinem Bart.

»Die haben mir Touristen geschenkt.«

»Einfach so?«

»Einfach so.«

»Weil du so ein netter Kerl bist.«

Das war jetzt aber eindeutig sarkastisch, oder? Bei Irmi wusste er nie so genau, ob sie etwas ernst meinte oder ihn auf den Arm nahm. Er mochte es nicht, dieses Gefühl der Unsicherheit, und machte einen Schritt zurück Richtung Auto.

»Bleib doch zum Essen. Ich möchte mich für die schönen Steinpilze revanchieren und –«

Er hob die Hände und wich weiter zurück. »Du bist mir nix schuldig, gar nix.«

Nach der Grießnockerlsuppe gab es einen würzigen Schweinsbraten – »Natürlich vom Schopf, von der Schulter ist er zu trocken. Aber der Bauch wiederum ist zu fett, das ist nicht gesund« – mit Semmelknödel und Sauerkraut. »Vergiss bloß nicht, die Zwiebeln und den Speck anzuschwitzen fürs Kraut, sonst schmeckt's nach nichts«, erklärte die stolze Köchin. »Wacholderbeeren und ein Lorbeerblatt … Willst's dir nicht aufschreiben?«

»Nein, Mama, das merk ich mir a so.« Bettinas Stimme klang leicht gereizt.

»Ich mein's ja lei guat.«

Doch das Gegenteil von gut war leider oft gut gemeint.

»Liebe geht nun mal durch den Magen«, legte sie mütterlich noch ein Schäuferl nach. »Die Urmi hat immer gesagt:

›A Diandle, was nit krendln kann, kriagt kan Mann.‹ Da ist schon was dran.«

Barbara Hader war eine herzliche Frau, die nichts mehr genoss, als ihre Liebsten nach Strich und Faden zu verwöhnen und die Meinung vertrat, dass das jede Frau – ihre Tochter eingeschlossen – so handhaben sollte, was aber nun mal nicht jedermanns Sache war. Die fünfziger Jahre lagen schon lange zurück, hatte Bettina ihr mehr als einmal klarzumachen versucht; im 21. Jahrhundert lebten und liebten Frauen anders. Zum Glück führten die beiden Frauen diese Gespräche meist unter sich; Martin bekam sie nur aus zweiter Hand mit, wenn Betti sich bei ihm Luft verschaffte.

Sonntag war traditioneller Familientag, und sie beide waren selbstredend am Haderhof zum Mittagessen eingeladen; sofern er nicht Dienst hatte oder die Zeit mit Bettina anders verplant war, kamen sie gern. Ihre Eltern hatten ihr Sonntagsgewand ånglegt – werktags trugen sie Arbeitsmontur – und nur die dreckate Schürze, die Barbara über ihrem geblümten Kleid trug, bewies, dass sie gerade eben noch am Herd gestanden hatte. Ganz in bäuerlicher Tradition stach der Sonntag aus der Woche heraus; der war quasi heilig. Nicht, dass die Haders übertrieben religiös wären. Wie so viele moderne Christen besuchten sie nur gelegentlich den sonntäglichen Gottesdienst. Vor allem, wenn sie Gäste zum Essen hatten, fand Barbara keine Zeit dafür; kochen ging vor. Dafür war das Tischgebet unverzichtbarer Bestandteil jeder Mahlzeit.

Martin mochte die Haders, sehr sogar. Sie waren ihm mit all ihren Eigenheiten, Stärken und Fehlern ans Herz gewachsen, was glücklicherweise auf Gegenliebe beruhte. Nach den bitteren Erfahrungen mit Bettinas auf die Seite springendem Ex-Mann, einem arroganten Grazer Arzt, erschien ihnen Martin wohl als Prinz. Darin lag allerdings der Hund begraben. Bettinas Eltern hatten sich daran gewöhnt, in ihm ihren künftigen Schwiegersohn zu sehen, und den wollten sie offenkundig behalten, wobei es naturgemäß an Bettina läge, Martin zu *halten*, wie Barbara ihr auf eine alles andere als subtile Art zu vermitteln trachtete und sie damit in nullkommajosef von null auf hundert treiben konnte.

»Du, dem Martin schmeckt meine Küche«, verteidigte sich Bettina. »Sogar so gut, dass er, seit wir zusammenwohnen, vier Kilo zugelegt hat.«

Aua. So schnell wurde Mann zum Kollateralschaden. Zumindest hoffte er, dass Bettinas Schuss der Mutter gegolten hatte und sie ihm nicht durch den Kaktus mitteilen wollte, dass er fett geworden war. Vielleicht sollte er nachher die Waage unter dem Badezimmerschrank hervorholen.

Martin müsste jedoch schön blöd sein, wenn er sich die Chance entgehen ließ, durch Bettinas Aussage Barbaras fragwürdigen Backkünsten zu entgehen. Mit einem erleichterten Lächeln – er versuchte, es als schuldbewusst zu verkaufen – verkündete er: »Dann werde ich heute lieber auf den Kuchen verzichten.«

»Reini, wann bist du hamkemmen?«, fragte Raimund.

Wie schön, dass sich die elterliche Aufmerksamkeit auf den Sohnemann richtete. Der hob kurz den Kopf. Seine Augen waren verschwollen, die Haare strubbelig. So, wie Martin die Lage beurteilte, war er erst zwei Minuten vor zwölf äußerst widerwillig aus dem Bett gekrochen. Das sonntägliche Mittagessen zu verschlafen, hätte Raimund jedoch nicht geduldet.

»Weiß nicht«, murmelte er.

»Wo warst?«

Folgsam nannte Reini eine bekannte Diskothek in Lienz, deren Name seinen Eltern nichts sagte. Er war noch nicht dazugekommen, sich unter die dringend notwendige Dusche zu stellen, denn er roch unangenehm nach kaltem Rauch und Schweiß.

»Du bist fast jedes Wochenende unterwegs«, motschkerte Barbara, während sie Reinis Teller nachfüllte. »Das ist ka Art nit.«

»Schlägst du dir jetzt die Nächte in der Disco um die Ohren?«, mischte sich Bettina ein und grinste frech.

»Was geht dich das an? Lass mich in Ruhe, du Tru–«

Raimunds flache Hand klatschte direkt neben Reinis Teller auf den Tisch, ließ diesen erschrocken zusammenfahren und schnitt ihm erfolgreich das Wort ab.

»Mit de Tanz kannst aufhören. Fortgehen kannst, dafür bist alt gnua. Aber bis Mittag an Rausch ausschlafen, das gibt's nit«, sagte er mit ruhiger Stimme. »Am Hof is imma a Arbeit und –«

»I will a amål leben, nit ållweil schepfn wie a Viech!« Reini schob den Teller so heftig von sich, dass der Semmelknödel über den Tisch kugelte. Zornig stampfte er aus der Küche und knallte die Tür hinter sich zu. So viel zum Thema Familienidylle.

»Was is lei los mit dem Buam?«, klagte Barbara, nachdem sie den Tisch abgeräumt hatte und Kaffee und Kuchen – dieser sah appetitlich aus, aber Martin würde kein Risiko eingehen – servierte.

Manchmal hatte er den Verdacht, dass Barbara mit Vanessas Mutter Rezepte austauschte. Denn deren Koch- und Backkünste waren dank abenteuerlich gemixter Zutaten ebenso nur mit Vorsicht zu genießen, beziehungsweise war es besser, wenn man nicht wusste, was darin steckte.

»Der kommt wohl in die Pubertät.« Bettina kicherte. »So, wie er die Tür hinter sich zu gedroschen hat … wie ich als Fünfzehnjährige, oder, Mama?«

Barbara lachte und schüttelte den Kopf. »Da werden Erinnerungen wach. Oje.«

Sie schien nicht zu wissen, ob sie lachen oder weinen sollte, und fuhr sich mit der Hand über die Augen.

»Weißt noch, wie ich früher umagflogn bin? Mich hätten an einem Samstag auch keine zehn Pferde daheim halten können.«

»Da warst ein Teenager«, raunzte Raimund. »Er geht auf die Dreißig zu.«

»Na und? Der Reini-Heini braucht hålt a bisserl länger und ist erst jetzt draufgekommen, dass es mehr gibt als den Hof und die Jagarei. Zeit ist geworden!«

Raimund holte sich Pfeife und Tabak aus der Lade. Barbara rührte gedankenverloren in ihrer Kaffeetasse. Sacht strich Martin über Bettinas Rücken. Sie wandte ihm das Gesicht zu, und er drückte ihr einen raschen Kuss auf die Lippen. Bettina lächelte; er lehnte sich entspannt zurück. Familie. Das konnte schon was.

»Wissts ihr zwa schon, wann ihr mit dem Hausbau anfangen wollts?«, fragte Raimund unvermittelt.

Martin war nicht böse, dass er am nächsten Sonntag Tagdienst hatte.

»Alles easy«, stammelte Pauli wenig überzeugend. Er schniefte. »Ich hab's im Griff, versprochen, Tommy.«

»Wie hast du mich genannt?«, fuhr er ihn an.

»Äh … Herr Schneider, sorry, Herr Schneider.«

Zufrieden verzog Tommy die Lippen zu einem höhnischen Grinsen. Wo kämen sie denn hin, wenn jeder dahergelaufene Möchtegerndealer ihn lässig beim Vornamen nannte? Pauli war nur eine kleine Nummer, woran er ständig erinnert werden musste.

»Na also. Geht doch.« Er öffnete den Kofferraum und nahm ein kleines, in braunes Papier gewickeltes Päckchen heraus, das er Pauli reichte. Der griff mit beiden Händen danach, aber Tommy ließ es nicht los. Noch nicht. Er sah Pauli drohend an. »Verbock es nicht.«

»Werde ich nicht, Herr Schneider. Verlassen Sie sich auf mich. Sie können mir voll und ganz vertrauen.«

Tommy schnaufte verächtlich. »Als ob!«

Pauli konnte seinem Blick nicht standhalten, biss sich nervös auf die gepiercte Unterlippe und taumelte beinahe einen Schritt zurück, als er das Paket unvermittelt losließ.

»Sieh zu, dass die Abrechnung stimmt. Ich schneide mir jeden fehlenden Cent aus deinem Fleisch heraus.«

Das Paket an die Brust gedrückt, schluckte Pauli mehrmals, bevor er ganz kleinlaut fragte: »Kann ich gehen?«

»Willst du hier Wurzeln schlagen? Los, hau ab!« Tommy

verschränkte die Arme vor der Brust und sah ihm nach, als er zu einem in der Nähe geparkten aufgemotzten Golf GTI – für einen anständigen Untersatz reichte es nicht – hetzte und eilig den Motor startete. Ob er mit dem kernigen Sound beim GTI-Treffen in Reifnitz Eindruck schinden wollte?

Als Pauli an ihm vorbeifuhr, sah Tommy eine junge Frau am Beifahrersitz. Sie war keine herausragende Schönheit, aber Tommy würde sie nicht von der Bettkante stoßen. Wie ein Versager wie Pauli an so eine kam, war ihm schleierhaft.

3

Sepp ging mit Akko eine Runde, damit er sich lösen konnte, und genoss dabei den weiten Blick über das Mölltal. Die kurvenreiche Fahrt zum Almgasthof Himmelbauer herauf lohnte sich schon für die Aussicht und war, sofern man keinen bergunerfahrenen Holländer im Gegenverkehr hatte, stressfrei. Schade, dass die Brettljausn warten musste, bis die Themen der heutigen Jagdvereinssitzung abgehakt waren. Das konnte sich ziehen, wenn es strittige Fragen gab, und die Bauernschädel auf stur schalteten. Na, damit musste sich die Obfrau herumschlagen, das war ihr Job. Und Irmi konnte sogar gut mit rotzfrechen Kindergartenkindern, wenn er sich recht erinnerte.

Wer hätte gedacht, dass sie die Zügel so straff in die Hand nehmen könnte? Auf ihre Bewerbung als Obfrau hin hatte es so manchem Jaga die Sprache verschlagen, aber sie zeigte selbst den alten Herren in ihrer Runde, dass sie als Frau … hm, konnte man sagen, ihren Mann stand? Das Bild passte nicht ganz. Aber selbst Karl Hartmann musste widerstrebend zugeben, dass Irmi ihre Sache als Obfrau gut machte.

Pünktlich auf die Minute betrat Sepp das Stüberl und setzte sich neben Reini Hader, der ihm – braver Bua, der er war – einen Stuhl freigehalten hatte. Irmi nahm ihm gegenüber Platz. Sie sah ihn an, als ob sie mehr als den knappen Gruß von ihm erwartete. Sepp griff nach der Speisekarte und studierte sie von vorn nach hinten und von hinten nach vorn, bis alle auf ihren vier Buchstaben saßen, und Irmi die Sitzung offiziell eröffnete.

Es ging um den Bau eines neuen Hochsitzes, den Abschussplan sowie die Beteiligung der Hubertusrunde am Erntedankfest, das Anfang Oktober stattfinden sollte und den Obervellacher Hauptplatz in Beschlag nahm. Sepp übte sich in äußerster Zurückhaltung, als es um Fragen rund um das Erntedankfest ging und Irmi »Freiwillige vor!« rief, meldete sich aber zur

Stelle, um die Leitung beim Hochsitzbau zu übernehmen. Sonst wurde garantiert nix draus. Den Deppen traute er nicht mal zu, ein Vogelhäusl aufzustellen.

»Gibt es noch etwas zu besprechen? Fragen? Anliegen?«, wandte sich Irmi abschließend in die Runde.

»Ja«, ergriff Sepp das Wort, »wisst ihr, was ich bei meiner letzten Pirsch im Revier gefunden habe? Wenn ich den erwische, dann …«

Sie alle kannten ihn lang genug, um zu wissen, dass Feuer am Dach war, wenn er einen Regelverstoß oder eine Untat entdeckte. Unter zusammengezogenen Brauen sah er bewusst langsam von einem zum anderen. Toni Brugger versteckte seine geäderte Schnapsnase im Bierglas. Kassier Vinzenz Hinteregger wetzte auf dem Stuhl hin und her. Karl Hartmann räusperte sich. Sepps stechender Blick fiel auf Walter Liebetegger, der mit Anfang dreißig zur jüngeren Riege im Verein gehörte. Dessen Adamsapfel hüpfte auf und ab, als er nervös schluckte.

»Es war keine Absicht!«

»Was?« Sepp blinzelte.

»Das mit der hinigen Gambsbichl-Fütterung.«

Interessant. Von einer zerstörten Fütterung hatte Sepp gar nichts gewusst, zumal er selten am Gambsbichl oben war.

»Ich hab den Rückwärtsgang eingelegt und bin … Kein Problem. Ich werde das in Ordnung bringen, versprochen! Gleich morgen.«

»Wehe, wenn nicht! Am Montag schau ich es mir an. Bis dahin hast Zeit.«

Walter nickte kleinlaut.

»Aber ich hab was anderes gemeint.« Sepp stand auf, zog ein paar Cannabisblätter aus der Jackentasche und warf sie mitten auf den Tisch. »Das Zeug hat in unserem Wald nix verloren. Wenn ich draufkomme, dass ana von euch das war, schlagt's dreizehn.«

Alle beeilten sich, jegliche Schuld von sich zu weisen. Sepp glaubte ihnen sogar, denn so manches Mitglied der Hubertusrunde tschickte zwar wie ein Schlot oder soff sich wie der Toni Brugger um Hirn und Führerschein, aber Giftler war, soweit er wusste, keiner darunter.

Es kam häufiger vor, dass ein Jäger eine vereinzelte Cannabisstaude im Wald aufspürte, deren Samen garantiert nicht vom himmlischen Wind dort hingeweht worden war. Aber was Sepp in einem Jungwald gefunden hatte, war keine Lappalie. Ganze fünfzehn hoch gewachsene Cannabispflanzen hatte er gezählt; vom Blütenstand her dürften sie bald reif für die Ernte sein.

»Unglaublich«, reagierte Irmi mit der richtigen Portion Empörung.

»Da sind Profis am Werk«, bekräftigte Sepp.

»Die werden immer frecher, diese Giftler«, schimpfte Toni und bestellte sich noch ein Bier. »Die pflanzen ihr Gras überall an!«

Sepp schmetterte seine Faust auf den Tisch. »Nicht in unserem Revier! Wir werden –«

»Morgen zur Polizei gehen und es anzeigen«, unterbrach Irmi ihn.

»Aber –«

»Kein Aber! Wir sind ein Jagdverein und spielen im Wald nicht Räuber und Gendarm mit Drogendealern.«

Sie starrte ihn entschlossen an, er starrte zornig zurück. Sepp presste die Lippen zusammen, damit ihm nicht die süffisante Frage herausrutschte, wer denn ihrer persönlichen Erfahrung nach im Wald hilfreicher war: die Polizei oder ein Jäger mit Gewehr. Denn das hätte aussehen können, als wollte er mit seinem Zweihundert-Meter-Treffer angeben oder Schuldgefühle in ihr wecken oder was auch immer. Scheiß drauf. Wenn sie ihm so kommen wollte, dann würde er …

»Hast morgen Zeit?«, fragte sie. »Dann könnten wir beide zur Polizei gehen und das regeln.«

Das könnte Sepp auch allein, wie sie wissen musste.

»Gemma danach auf einen Kaffee?«, schlug sie vor.

Mit ihrem unvermuteten Lächeln warf sie ihn völlig aus

der Spur. Sein Ärger war wie weggeblasen, und er brummte eine Zustimmung. Er war beinahe froh, als Reini ihn ansprach und fragte, ob sie am Samstag gemeinsam auf die Jagd gehen wollten.

Nach dem Essen löste sich die Gesellschaft zähflüssig auf; die Jäger standen in kleinen Grüppchen vor dem Gasthof, und Sepp rief jene zu sich, mit denen der geplante Hochsitzbau am ehesten eine Chance auf baldige Fertigstellung hatte: Reini, Karl, Vinzenz und auch Walter, der Geschäftsführer in einem Baumarkt war und sich selbst viele Prozente geben konnte. Toni Brugger gesellte sich ungebeten dazu. Da er anbot, zwei Kisten Bier zu sponsern, war er den anderen willkommen.

»A Sauferei gibt's erst, wenn der Sitz steht«, mahnte Sepp, der schon viele Aktionen miterlebt hatte und wusste, was alles passieren konnte, wenn Jäger tuttnzua die Motorsäge in die Hand nahmen. Schnell war geklärt, wer was mitbringen wollte, und als Termin der nächste Sonntag festgelegt.

»Ähm, geht's a nach dem Mittagessen?«, fragte Reini.

»Wieso? Hast am Vormittag am Hof zu tun oder weshalb fragst?«

Der Bua wich seinem Blick aus. »Na, ich hab nur ... wir sind eh sechs.«

Fünf, korrigierte Sepp stumm, denn den Toni Brugger konnte kein Mensch mitzählen.

»Und da geht's ja schnell. Da habe ich gedacht, es wäre fein, am Sonntag ausschlaf...« Reini verstummte mitten im Wort, als er ihm endlich ins Gesicht blickte.

»Fang'ma hålt erst um achte in der früh an statt um sieben, damit die Jugend zu ihrem Schönheitsschlaf kommt«, legte Sepp fest.

Toni stöhnte, traute sich aber nicht zu widersprechen.

»Gut, dann –« Ein nerviger Handyklingelton unterbrach Sepp. »Kruzitürken!«

Mit hochroten Wangen zog Reini sein Telefon aus der Hosentasche; dabei fiel ihm etwas aus dem Sack. Mit dem Handy am Ohr trat er ein paar Schritte auf die Seite und kehrte ihnen den Rücken zu.

Nett, wie Sepp nun einmal war, bückte er sich und starrte dann irritiert auf das winzige Plastiksackerl auf seiner Handfläche, das zwei blaue Pillen enthielt.

»Geh, braucht der Reini schon Viagra?«, wieherte Walter los.

Karl griff nach dem Beutel, hob ihn gegen das Licht und musterte den Inhalt. »Nein«, entschied er, bevor er ihn Sepp zurückgab. »Das ist kein Viagra.«

»Bist sicher? Das sind blaue –«

Karl formte mit seinen Fingern eine Raute. »Viagra schaut so aus, und außerdem ist der Name aufgedruckt. Auf diesen Tabletten da steht ›MiM‹ ... was denn?«, fragte er, als er lauter verdutzte Augenpaare auf sich gerichtet sah.

Toni grinste mit Vinzenz blöd um die Wette.

Sepp rieb sich über seinen Mund.

Nur der Walter musste unter seinen Vorfahren Brauereipferde haben, denn er wieherte schon wieder. »Woher weißt du das denn so genau, ha?« Er wackelte anzüglich mit den Brauen. »Brauchst du überhaupt noch ein Viagra in deinem Alter?«

So a rotzfreche Pipn! Karl kam ihm mit einer Antwort zuvor, die weit sanfter ausfiel, als jene, die Sepp auf der Zunge lag.

»Merk dir ans, *Bua*: A wenn am Berg schon Schnee liegt«, er strich sich mit der Hand über sein weißes, von wenigen grauen Strähnen durchzogenes Haar, »ist's im Tal unten immer noch grün.«

Obwohl Sepp der Meinung war, dass Respekt keine Frage des Geburtsdatums sein sollte, sondern man ihn sich verdienen musste, ging der junge Hupfer mit seiner goschaten Art eindeutig zu weit. Derart schlechte Manieren ließ er nicht durchgehen, und das hatte rein gar nichts damit zu tun, dass Sepp in Karls Alter war und diese Frage der Potenz theoretisch auch ihn treffen könnte. Na warte! Versäumnisse der Kinderstube ließen sich sehr wohl nachholen, wenn man die richtigen Methoden kannte. Dem ångschoderten Walter würde er am Sonntag die blöde Art abgewöhnen, das stand fest.

»Um was geht's denn bei euch mit Berg und Tal?«

Unbemerkt von ihnen war Irmi herangetreten; zum Glück schien sie nur Karls letzte Äußerung mitbekommen zu haben.

»Ah, wir haben über Karls Haare geredet«, stammelte Vinzenz, was Irmi natürlich nicht überzeugen konnte.

»An Witz haben wir gemacht«, ergänzte Sepp und grinste. »Weißt eh, der Karl ist ein heller Kopf ... wenn die Sonne drauf scheint.«

»Er trägt schon friedhofsblond«, stichelte Walter weiter.

»Soll ich mir eppa går die Haare färben? Komm du erst amål in mein Alter!«

Sepp schnaubte verächtlich. »Die Haar färben tuan sich nur die alten Schastrommeln, die nicht in Würde älter werden können.«

Ein diskretes Räuspern lenkte seine Aufmerksamkeit auf Irmi, die neben ihm stand. Langsam griff sie nach einer Strähne ihres rabenschwarzen Haares und ließ sie durch ihre Finger gleiten. Dass es – immerhin ging sie auch, wenngleich äußerst langsam, auf die sechzig zu – nicht naturgegeben war, verstand sich von selbst.

Sepp schluckte.

Sie funkelte ihn an. »Du bist echt ein Charmeur, was?«

Wenn er gehofft hatte, dass sie seinen Fauxpas über Nacht vergeben und vergessen würde, wurde Sepp eines Besseren belehrt. Als er Irmi am nächsten Morgen wie vereinbart vor der Polizei traf, war sie kurz angebunden und bissig wie der Dackel, den der Brugger Toni vor Jahren gehabt hatte und den alle nur Wadlbeißer genannt hatten. Sepp wunderte bis heute, dass keiner den Dackel bei einer Treibjagd mit einem Fuchs »verwechselt« hatte. Das kleine Biest war im Alter von fünfzehn Jahren friedlich vor dem Ofen entschlafen, und Toni verzichtete darauf, sich einen neuen Jagdhund zuzulegen, was bei seinen Qualitäten als Hundeführer auch besser war.

Irmi erinnerte ihn an Dr. Jekyll und Mr. Hyde: Sepp gegenüber war sie gschnaprig, dass für zwa gnua wäre, gegenüber Martin Schober aber so siasslat, als hätte *der* ihr das Leben gerettet. Weiber!

Er klatschte Schober die Blätter auf den Tisch.

»Haben Sie vielleicht verdächtige Personen in dem Bereich angetroffen?«

Sepp schüttelte den Kopf. »Ich wollte ja meine Wildkameras aufhängen, aber die Frau Obfrau meinte, wir sollen das der Polizei überlassen.« Sein Tonfall machte klar, was er davon hielt.

Beim Gehen hielt er Irmi höflich die Tür auf. Sie schmetterte ihm ein »Pfiat di« zu und ging. Kein Wort mehr von wegen Kaffee.

Bei fünfzehn Cannabispflanzen konnte von Eigenbedarf, wie ertappte Giftler der Polizei gegenüber gern als Ausrede benutzten, keine Rede mehr sein. Outdoor-Plantagen im tiefen Wald waren im Mölltal keineswegs neu oder selten. Im Vergleich zu Indoor-Anlagen hatte der Anbau in freier Natur den Vorteil, dass Nachbarn weder durch den Geruch noch durch die mit Folie abgeklebten Fenster aufmerksam und misstrauisch wurden. Früher versteckten die Täter ihre Pflanzen gern inmitten von Maisfeldern, wo von außen kein Mensch etwas bemerkte. Seit jedoch vermehrt Polizeihubschrauber aktiv waren, hatte diese Methode weitgehend ausgedient.

Der Wald bot unzählige Möglichkeiten, und es musste schon ein Wanderer oder Jäger über die Pflanzen stolpern, damit der illegale Anbau aufflog. Oben bei Flattach sollte sich da einiges abspielen, wie Martin gehört hatte. Dem Hörensagen nach war ein ganz besonders engagierter Bauer einmal sogar mit dem Bagger in seinen eigenen Wald gefahren und hatte dort eine Plantage im großen Stil angelegt.

Weder Anbau noch Ernte war eine Wissenschaft; in ihrer bäuerlich geprägten Region sogen viele landwirtschaftliche Kenntnisse ohnehin mit der Muttermilch ein. Und selbst wer nur mit Ach und Krach die Neue Mittelschule absolviert hatte, konnte sich ausrechnen, wie lukrativ das Geschäft war. Eine Pflanze kostet etwa fünfzehn bis zwanzig Euro. Erntete man hundert bis dreihundert Gramm und verkaufte ein Gramm zum Freundschaftspreis von etwa zehn Euro – ein Pappenstiel im Vergleich zu Kokain, das zwischen achtzig und hundertzwanzig Euro pro Gramm kostete –, kam unterm Strich schon einiges heraus, was sich pro Pflanze multiplizieren ließ. Mist. Das würde dem Treichel nicht gefallen.

Martin sah von seinen Notizen auf, als Sepp Flattacher erneut seine Kanzlei betrat – die Tür stand offen – und vor seinem Schreibtisch stehen blieb. Höflichkeit war in diesem speziellen Fall pure Verschwendung.

»Haben S' was vergessen?«

»Hm.«

Martin legte seinen Kugelschreiber hin und lehnte sich in seinem Drehstuhl zurück. Er verschränkte die Arme vor der Brust. Anscheinend hieß Flattachers heutiges Spiel Bockschauen. Irgendwie passend für einen Jäger.

»Sie sind mit der Bettina zåm. Der Schwester vom Reini Hader.«

Es war weniger eine Frage denn eine Feststellung. Martin nickte knapp.

Flattacher kramte einen Plastikbeutel aus seiner Jackentasche und warf ihn auf den Tisch. Überrumpelt schnellte Martin vor. Da hätte es keiner Schulung durch Michl Berger bedurft, um zu wissen, dass es sich bei den blauen Pillen nicht um Kopfwehtabletten handelte. Er tippte auf eine der beliebten Mischungen mit aufputschendem Amphetamin, vielleicht in Kombination mit Kokain. Was genau, würde sich rasch mittels »DrugLab« zeigen. Der einem Schwangerschaftstest nicht unähnliche Test ermöglichte es der Polizei, gleich vor Ort festzustellen, welche der bekannten psychoaktiven Substanzen enthalten waren.

»Woher haben Sie die?«

Flattacher biss sich auf die Unterlippe. Dann schien er sich einen Ruck zu geben. Er zog sich den Besucherstuhl zurecht und ließ sich darauf fallen.

»Vom Reini.«

Martin stand auf und schloss leise die Tür.

4

Um die Mittagszeit packte Sepp zusammen und holte Reini bei einem nahegelegenen Hochsitz ab. Zum Schuss war keiner von ihnen gekommen. Dafür hatte Sepp viel Zeit zum Špekuliern gehabt. Manchmal war er richtig froh, keine Kinder zu haben. Nichts als Ärger hatte man mit ihnen! Er war sich nicht sicher, wer daran mehr Schuld trug: die Kleinen oder die Großen. Das war wie bei schwierigen Hunden, bei denen das Problem sich meist auch am anderen Ende der Leine befand. Was für ein Gschisdigschasdi manche Eltern machten, war unglaublich. Hundertmal sagten sie dem Gschråp, er soll mit dem Roller nicht die Schotterstraße runterdüsen; was tut der? Macht exakt das.

Manche Menschen – egal in welchem Alter – mussten eben selbst ordentlich auf die Goschn fallen, damit ein Lerneffekt erzielt wurde. Sollte man die Deppen eppa in Watte packen? Ständig wollten sie etwas, und die Alten sollten springen und es ihnen bringen, statt dass sie die Jugend zu mehr Selbstständigkeit erzogen. Immer nur hieß es Mama hin und Papa her, bitte oder danke war anscheinend überflüssig geworden.

In seiner aktiven Zeit als Eisenbahner hatte Sepp nur den Kopf schütteln können – gut, hin und wieder hatte er seinen Mund nicht halten und das Geschehen kommentieren müssen, woraufhin schon mal ein Beschwerdebrief eingetrudelt und sofort in der Rundablage unterm Tisch gelandet war – wenn sich ein Teenager am Bahnhof nicht ohne Mama aufs Klo traute (als ob man sich am Mallnitzer Bahnhof hätte verirren können) oder ein Winzling für den ganzen Ort hörbar kundtun musste: »Papa, ich habe Durst!« So ein Gewinsel und Gezeter war das oft gewesen …

»Boah, hab ich an Hunger«, klagte Reini.

Sepp wuchtete seinen ledernen Rucksack auf einen Baumstumpf und kramte die blecherne Jausenbox sowie eine Thermoskanne hervor. Der Reini strahlte wie ein neuer Schilling. Euro. Was auch immer.

»Du hast was mit!«

»Meinst, ich schlepp an leeren Zegga uma?«

Sepp reichte ihm a Hirschwürstl und Brot. Was der Bua verdrücken konnte, war zum Staunen. Nur gut, dass er ihn kannte und vorgesorgt hatte.

Mit einem Anflug von Wehmut strich er über die verbeulte Blechdose, die er von seinem Vater erhalten hatte. Was der wohl zu den heutigen Eltern – vor Kurzem hatte er in der Zeitung den Begriff »Helikopter-Eltern« gelesen – gesagt hätte? Wer nicht hören kann, muss fühlen; das war sein Standardspruch gewesen, und recht hatte er gehabt, der Vater! Wenn Sepp sich aus purer Dummheit wehgetan und geweint hatte, hatte er von ihm noch a Flåschn gekriegt – nicht fürs Wehtun, aber fürs tepate Weinen, weil er ja selbst schuld war an seiner Verletzung –, bevor die Mutter mit der gemein brennenden Arnikatinktur gekommen war. Und was taten moderne Mütter und Väter? Statt zu schimpfen und darauf hinzuweisen, dass sie es dem Fråtz eh x-mal gesagt hatten, rannten sie ganz narisch hin, wenn's ihn wohlverdient hingeprakt hatte. Dann hieß es: »Hast du aua-aua gemacht?«, und für ein aufgeschlagenes Knie wurde der Notarzt gerufen. Was sollten die Gschråpn daraus lernen, außer, dass sie das nächste Mal wieder taten, was ihnen verboten worden war?

Er kraulte Akko am Goder, das mochte er besonders gern, der Brave, und der seufzte fast wie ein Mensch. Hunde waren eindeutig besser und leichter zu erziehen als Kinder. Mit denen hatte man von Anfang an nix als a Gscher, und sie wurden keineswegs gscheiter, wenn sie älter wurden. Kaum freute man sich, dass die Fråtzn nicht mehr in die Windel schissen, kamen sie mit Drogen daher.

Wie der Reini.

Was dachte er sich nur dabei? Wie konnte das passieren? Mit

was für falschen Freunden hatte er sich eingelassen? Es war höchste Zeit, dem Buam ein paar Fragen zu stellen, die er am letzten Donnerstag neben den anderen Jagdvereinsmitgliedern nicht hatte äußern wollen.

»Du, was waren das für Tabletten?«, fragte er beiläufig, als ob ihn die Antwort nicht brennend interessieren würde.

»Nix Besonderes«, antwortete Reini mit vollem Mund. »Nur so.«

»Was soll denn das für eine Antwort sein!«

Reini zuckte mit den Schultern. »Es sind so Tabletten zum Chillen.«

»Was genau?«, bohrte Sepp gereizt nach.

»Keine Ahnung.«

Jetzt ging ihm aber der Feitel im Sack auf!

»Du wirst wohl wissen, was du schluckst! Oder fragst du gar nicht? Ist's dir egal, was du dir unter die Nasen eine schiebst? Dann verschwend ich nie wieder a Hirschwürstl an dich!«

Selbst Akko winselte leise und vergrub seine Schnauze unter den Vorderbeinen. Reini wollte gerade nach einem zweiten Würstl greifen, doch Sepp riss die Jausenbox an sich und schloss den Deckel. Klare Botschaft.

»Lass deine Finger von Drogen!«

»Ich nehme doch keine Drogen!« Reini tat ganz empört.

»Ach nein? Dann sag mir, was das für Tabletten sein sollen!«

»Ähm … zum Chillen, damit man lockerer wird.«

»Warum zum Teufel musst *du* locker werden?«

Reini wurde rot und fing an, an seinem Daumennagel herumzukletzeln. Er gab keine Antwort.

»Wie oft nimmst das Zeug?«

»Die Tabletten?«

Manchmal, nur manchmal, da könnte der Sepp dem Reini … »Von was reden wir denn? Natürlich die Tabletten!«

»Ich … die habe ich noch nie … ich hab sie erst bekommen, zum Ausprobieren …«

»Von wem!«

»Das darf ich nicht –«

»Lass die Spompanadeln! Wenn es keine illegalen Drogen sind«, Sepp war felsenfest überzeugt, dass es welche waren, »kannst es mir ja sagen, oder?«

Seiner überlegenen Logik war Reini nicht gewachsen.

»Vom Staller Kevin.«

Der Name sagte Sepp etwas. Ihn hatte Reini schon mehrmals erwähnt und von ihm als »Freund« gesprochen. Ein schöner Freund war das!

Sepp hob den Deckel von der Jausenbox und hielt sie Reini hin. Während der gierig ein zweites und drittes Würstl verschlang, dachte er nach. Zumindest hatte er jetzt einen Namen. Nein, er wollte nicht Räuber und Gendarm spielen, wie Irmi ihm vorgeworfen hatte. Aber die Hände in den Schoß legen würde er ebenso wenig. Vielleicht würde ihm das ganze Theater mit den Drogen völlig am Arsch vorbeigehen, wenn er die Tabletten bei jemand anderem entdeckt hätte. Doch hier ging es um Reini, und der war im Grunde genommen noch a dummer Bua. Wie könnte er sich einfach von ihm abwenden, zusehen, wie er ins offene Messer lief? Nein, er würde ihm helfen, ob der es wollte oder nicht. Da gab es nichts zu überlegen.

Beinahe konnte Sepp jene Eltern verstehen, die ihren Kindern immer wieder aufhalfen, auch wenn diese selbst dran schuld waren, dass sie hingefallen waren. Immer und immer wieder. Was sollte man denn bitte sonst machen – sie einfach am Boden liegen lassen und drübersteigen?

»Ähm … gibst mir die Tabletten zurück?«

»Wie bitte?«

Beinahe trotzig schob Reini die Unterlippe vor. »Ich will heute Abend fortgehen und da …«

Sepp schnappte nach Luft. »Sag, bist jetzt komplett tepat geworden?«

»Es sind meine …«, bohrte Reini nach und scharrte mit dem linken Fuß im Waldboden.

Gegen das Gespräch mit Reini waren Diskussionen im

Kindergarten – und ja, da hatte Sepp im letzten Jahr dank der schadenfrohen Irmi eigene Erfahrungen sammeln dürfen, auf die er gern verzichtet hätte – eine Lappalie. Da redest und redest und redest auf den Todl ein wie auf an kranken Gaul, und es war völlig für den Hugo! Hut ab vor Raimund Hader. Reinis Vater musste eine Engelsgeduld haben. Ein anderer hätte den Buam für so viel Blödheit schon dreimal daschlågn.

»Krieg ich sie zurück?«

Sepp kribbelte es in den Fingern, und er ballte die Hand zur Faust.

»Ganz sicher nicht!«

Tanja zitterte am ganzen Leib. Dabei war ihr nicht kalt. Es war warm in dem Raum. Furchtbar warm.

Ihre Zähne klapperten.

Sie brauchte …

Tanja leckte sich über die Lippen und zwang sich, sich darauf zu konzentrieren, was der Mann vor ihr sagte.

»Wessen glorreiche Idee war es?«, fragte er nicht zum ersten Mal.

Er wirkte zugleich ernst und belustigt.

Ja. Er lächelte.

Nein, es war ein Grinsen. Ein irgendwie böses Grinsen.

Jemand schluchzte. Verwirrt sah sie sich um. Pauli?

Er kauerte am Boden. Sein Gesicht war ganz nass. Tränen und … Blut tropften auf den verfliesten Boden der Küche.

»Paul?«, kam es scharf von dem Mann vor ihr.

Pauli winselte, sagte aber kein Wort.

Der Mann wandte sich von ihm ab und trat an Tanja heran. Er strich ihr mit dem Handrücken über die Wange. Sie fühlte, wie Tränen über ihre Haut liefen.

»Tanja? Du heißt doch Tanja, nicht wahr?«

»Ja.«

»Also gut. Sag mir, Fräulein Hübsch, sag mir, war es deine Idee?«

Hatte er sie eben hübsch genannt? Sie blinzelte, als sie ihm ins Gesicht starrte. Er war nicht jung, nicht so wie Pauli. Älter. Nichts an ihm ließ sie daran zweifeln, dass er ein Mann war. Die anderen im Raum hörten auf ihn. Sie gehorchten ihm. Er war der Boss.

Tanja erschauderte und rieb sich die Arme. Warum war ihr kalt, wenn es doch so warm war?

»Ich kann das nicht durchgehen lassen«, sagte er mit leiser Stimme. Wieder lächelte er sein seltsames Lächeln. »Stehlen ist eine Sünde, das weißt du doch, Tanja, oder?«

Sie nickte.

»Sünden werden bestraft.«

Wieder nickte sie, denn er schien es zu erwarten.

»Hast du gesündigt?«

Nervös kratzte sie sich am Arm.

»Pauli … Er …«

»Es war seine Idee? Was für eine dumme, dumme Idee von ihm.«

»Das ist nicht wahr! Sie –«, kreischte Pauli auf, bekam aber von einem der anderen Männer eine kräftige Watschn.

Der Boss ignorierte ihn. Er sah nur sie an.

»Nein, du bist viel zu lieb. Du würdest mich niemals bestehlen, nicht wahr?«

»N… nein.«

»Du wirst es wiedergutmachen.«

Verwirrt runzelte sie die Stirn. »Wie …«

»Deine Schuld abarbeiten«, erklärte er geduldig.

Sie nickte heftig.

»Gut. Das ist gut. Gute Mädchen werden belohnt.« Er zwinkerte ihr zu. »Möchtest du eine Kostprobe?«

Plötzlich hielt er wie ein Zauberer eine blaue Pille zwischen Daumen und Zeigefinger. Seine Hand näherte sich langsam ihrem Mund, und wie ein kleines Vögelchen sperrte sie ihn weit auf, ließ sich die Tablette auf die Zunge legen.

»Setz dich«, befahl er und zog sie am Arm zur Wand.

Sie ließ sich auf den wackeligen Klappsessel plumpsen. Gierig lutschte sie an der Pille.

Wie durch einen dichter werdenden Nebel beobachtete sie, wie sich der Boss vor Pauli hockte und mit ihm sprach.

»Weißt du was? Ich gebe dir eine Chance. Eine. Geh hinten rein und nimm dir, so viel du tragen kannst.«

Tanja schloss die Augen und wartete auf den vertrauten Kick.

5

Nachdem Reini satt beziehungsweise die Blechdose leer war, machten sie sich an den Abstieg. Da Sepp in Erfahrung gebracht hatte, wo Kevin Staller wohnte, vermied er es bewusst, das Gespräch erneut auf die Drogen zu lenken. Dazu würde sich schon noch eine passende Gelegenheit ergeben. Er überließ ihm auf einem schmalen Wegstück den Vortritt und hörte nur mit halbem Ohr zu, als Reini vom schwierigen Kälbern einer Kuh und dem engagierten Einsatz der Tierärztin berichtete.

»… und dann steckte sie mit dem Arm bis zur Schulter …«

Endlich stießen sie auf den befahrbaren Forstweg; wenige Meter entfernt wartete der Suzuki. Er öffnete die Hecktür, wuchtete seinen Rucksack hinein und legte sein Gewehr sowie jenes von Reini hinein.

»Akko, hopp.«

Der Wachtel war nicht wie erwartet an seiner Seite. Färbte Reini auf den sonst so gehorsamen Hund ab?

»Akko!«

Als Antwort kam ein aufgeregtes Winseln, gefolgt von einem unmissverständlichen Bellen.

»Da liegt ana vorm Auto!«, rief Reini, der schneller bei Akko war als er.

»Teixl eine!«

Ein junger Mann lag halb aufgerichtet vor dem Suzuki und krallte sich mit seiner rechten Hand an der Stoßstange fest. Er atmete schnell, schwitzte wie eine Sau und zitterte. Epileptischer Anfall? Herzinfarkt? Wenigstens bewusstlos war er nicht, sondern er reagierte, als Reini ihn ansprach. Er nuschelte was von lange. Lag er schon lange hier? Sepp kniete sich ebenfalls nieder.

Der Kranke – Verletzte? – fiel kraftlos auf den Rücken. Erst jetzt sah Sepp seine linke Hand, die zuvor unter dem Auto verborgen gewesen war.

»Ang… Sch…«, keuchte er.

»Schlange«, vervollständigte Sepp die Silben.

»Das schaut ja arg aus«, flüsterte Reini entsetzt.

»Ruf die Rettung, 144«, wies er ihn energisch an. »Und bring mir den Verbandskasten!«

Hand und Unterarm des Verletzten waren aufgegangen wie ein Krapfen, die Haut hatte sich violett verfärbt. Wie ein riesengroßer blauer Fleck sah es aus. Zudem waren – obwohl aufgrund der irren Schwellung und der Blasen, die sich gebildet hatten, nur noch schwer erkennbar – Bissstellen zu entdecken. Den musste eine Kreuzotter aber ordentlich erwischt haben! Oder hatte er eine allergische Reaktion?

Sepp griff nach seinem Knicker und schnitt den zu eng gewordenen Ärmel bis zum Oberarm hinauf auf und versuchte, sich an seinen Erste-Hilfe-Kurs zu erinnern. Lang, lang war's her.

»Klapp… klappa…«

»A Schlangen hat dir in die Klåppan gebissen, schon klar«, beruhigte er den armen Hascher. »Des wird wieder.«

Zumindest hoffte er es.

Der Bursche warf den Kopf zur Seite.

»Der Hubschrauber kommt!«, sagte Reini und stellte den Verbandskasten hin.

Sepp wühlte sich durch das abgelaufene Zeug, bis er eine Mullbinde und eine Schere fand.

»Klapp…«, ächzte der Verletzte erneut.

»Jaja«, winkte er zunehmend genervt ab.

Konnte der Kerl nicht einfach seine Klappe halten? Was hatte er überhaupt so tief im Revier verloren? Der Forstweg war kein Teil einer Wanderroute. Der Verletzte wirkte auch nicht wie ein typischer Wanderer, sondern trug neumodische Turnschuhe, tiefsitzende Jeans – die, bei denen die Besitzer immer aussahen, als ob sie die Hosen voll hatten – und ein

Shirt mit verwaschenem Aufdruck. Kein Rucksack, keine Jacke. Dafür war er tätowiert, wie sich dank des aufgeschnittenen Ärmels offenbarte.

»Sollen wir das Gift auszuzln?«, fragte Reini so aufgeregt, dass Sepp fürchtete, er könnte vor lauter Schreck kollabieren.

»Spinnst a bissl? Meinst, mich graust's vor gar nix?« Sepp wand die Mullbinde straff um den Oberarm. »Gib mir das Dreieckstuch. Ruhigstellen ist nie falsch.«

»...pa...schlang...«

»Red nicht so viel, das strengt nur an. Und man versteht eh kein Wort!«, schnauzte Sepp ihn an.

Der Verletzte bäumte sich auf und krallte die Finger seiner gesunden Hand in Sepps Hemd. Ein irrer Blick. Fehlte nur noch der Schaum vor dem Mund ...

»Kla... Klapperschlange!« Dann verrollte er die Augen und verlor die Besinnung.

»So ein Todl!«, schimpfte Sepp. »Im Mölltal gibt's doch kane Klapperschlangen. Diese Stadtmenschen gehen mir so was von auf den Sack! Die einen glauben, ein Hirsch wär ein Bär, und der da ... Alles Deppen!«

Mit Reinis Hilfe brachte er ihn in die stabile Seitenlage und hoffte, dass bald die Rettung kam.

»Du, Sepp.«

»Hm?«

»Was, wenn das echt eine Klapperschlange war?«

Sepp versetzte Reini einen leichten Schlag auf den Hinterkopf, der angeblich das Denkvermögen beförderte. Half's nichts, schadete es auch nichts.

»Dann fress ich an Besen!«

6

»Um eins bist gštellt. Ich hole dich ab!«, befahl er Reini am Montagmorgen.

Sepp verzichtete auf einen Teller – warum mehr Geschirr abwaschen als unbedingt nötig? – und stellte die Rein auf einem Holzbrett auf den Tisch. Der Einfachheit halber hatte er das Geselchte gleich im Sauerkraut warm gemacht. Denn wie gesagt, abwaschen zählte nicht zu seinen Lieblingsbeschäftigungen. Eine Scheibe Bauernbrot dazu und fertig war die schnelle Mahlzeit.

Pünktlich wie ein D-Zug fuhr er auf den Haderhof, lud den parat stehenden Reini ein und machte sich auf den Weg.

»Wohin fahren wir?«

»Wirst schon sehen.«

Hart am Tempolimit trieb er den Suzuki durchs untere Mölltal.

»Ah, nach Spittal«, tippte Reini.

Sepp verzichtete auf die Antwort und fuhr auf der Bundesstraße weiter. Eine Autobahnvignette leistete er sich aus Prinzip nicht, wozu auch?

»Ähm, willst du nach Feistritz zum Büchsenmacher?«, fragte Reini, und später, als sie auch den Ort hinter sich gelassen hatten und der Mittagskogel ins Blickfeld rutschte: »Villach?«

Danach gingen dem Mölltaler Bua wohl die Geografiekenntnisse aus, und er gab das Raten auf. In Velden verrenkte sich Reini vor dem Casino fast den Hals; am Wörthersee entlang wies Sepp ihn auf die stilvollen Villen hin, in Krumpendorf auf den Schrottenturm. Das darunter befindliche, vor sich hin verfallende Terrassencafé weckte Erinnerungen an längst vergessene Zeiten. Als er in seinen Jugendjahren bei der ÖBB angefangen und am Villacher Bahnhof stationiert gewesen war, war er häufig mit dem Zug nach Krumpendorf gefahren und hier eingekehrt. Die Aussicht über den Wörthersee war eine Wucht gewesen, wobei er sich seinerzeit mehr für die Gesellschaft interessiert hatte als für die landschaftlichen Schönheiten Kärntens. Wenn er sich richtig erinnerte, schloss das Café 1970; das dem Bahnhof gegenüberliegende Tanzlokal, die Tenne, hatte Sepp auf energisches Drängen seines damaligen besten Freundes nur ein einziges Mal besucht und dem Lokal – sowie Annemarie – nach einem traumatischen Erlebnis auf der Tanzfläche für immer den Rücken gekehrt. Annemarie hatte kurz darauf besagten besten Freund geheiratet, der daraufhin nicht mehr in diese Kategorie gefallen war. Anstandshalber hatten die beiden Sepp zur Hochzeit eingeladen, doch er hatte genug Anstand und Stolz besessen, dieser fernzubleiben. Als er jetzt an dem Gebäude vorbeifuhr, sah er ganz bewusst nicht hin.

Kurze Zeit später erreichten sie Klagenfurt, fuhren am Europapark entlang, und nach der nächsten Kreuzung bog Sepp auf einen großen Parkplatz ein.

»Du willst mit mir zum Minimundus?«

»Ich soll dir die große Welt zeigen, wennst schon mit dem Mölltal überfordert bist?«

»Also gehen wir nicht in den Minimundus?«, fragte Reini nach einer Nachdenkpause.

Sepp atmete heftig aus, parkte ein und schlug die Fahrertür recht kräftig zu. »Da geht's lang.«

Beim gestrigen Hochsitzbau hatte Reini nur ein Gesprächsthema gekannt: das Schlangenbissopfer. Alle hatte er mit seinem »Was, wenn es eine Klapperschlange war?« narisch gemacht, bis dem Karl Hartmann der Kragen geplatzt war und er Reini ane aufglegt hatte. Dann war Ruhe. Für fünf Minuten.

Weil sich Sepp aber irgendwie aus welchen Gründen auch immer für ihn verantwortlich fühlte, hatte er sich zur heutigen Bildungsreise nach Klagenfurt entschlossen. Es gab eindeutig Nachholbedarf, was Reinis Wissen über einheimische Tierarten betraf; dass er das bei der Vorbereitung auf die Jagdprüfung nicht besser gelernt hatte, ärgerte ihn. Sepp würde sich den

Leiter des entsprechenden Kurses, den er kannte, ordentlich zur Brust nehmen, wenn er ihn das nächste Mal traf. Heute stand Nachhilfe auf dem Programm.

Wenn man mehr über Schlangen erfahren wollte, gab es in Kärnten nur eine Adresse: den Reptilienzoo Happ. Fast ohne mit der Wimper zu zucken, bezahlte Sepp den Eintritt für sie beide.

»Ha!«

Kaum hatten sie drei Schritte in den schwülen Raum getan, fiel sein Blick auf das gesuchte Terrarium mit einer Klapperschlange.

»Schau's dir genau an.«

Reini presste fast seine Nase an die Scheibe; Sepp hielt einen Schritt Abstand. Sicher war sicher. Schon wie die dreinschauten, die Viecher, ohne zu blinzeln. Ohne Mimik. Irgendwie gruselig.

»Jetzt lies auf dem Schild, wo's Klapperschlangen gibt.« Er wartete geduldig, bis Reini fertig war. »Und? Steht da irgendwas von Kärnten?«

»Na.«

»Eben.«

Sepp fragte die Angestellte an der Kasse, wo die einheimischen Schlangen wie die Kreuzotter zu finden wären, und sie verwies auf das Freigelände. Dort standen sie dann Seite an Seite, wobei nur Reini die Arme auf die Brüstung stützte.

»Wo ist da a Schlange?«

»Ich seh nix«, murrte Sepp und witterte schon Betrug. »Vielleicht haben sie gar kane! So a Frechheit!«

»Unsinn«, sprach sie eine nicht mehr ganz junge Frau an. Sie hatte einen Kübel und einen Haken bei sich, was sie als Teil des Inventars auswies. »Sie müssen schon ein bisserl genauer hinschauen. Schlangen sind gut an ihre Umgebung angepasst.«

»Die Kreuzotter wollen wir sehen«, maulte Sepp.

Sie streckte die Hand aus und zeigte auf einen verflixt nahen Strauch. »Da ist sie. Ein Prachtstück.«

»Wo? Hat sie sich darunter verkrochen?«, fragte Reini und beugte sich weiter vor.

Sepp packte seine Schulter. Dem Todl traute er zu, dass er vor lauter Aufregung ins Gehege fiel. Abdeckung gab es nämlich keine.

»Gleich hier vorn, auf dem Geäst.«

Mit ihrer Hilfe entdeckten sie die Kreuzotter. Unwillkürlich machte Sepp einen Schritt zurück. Dass die Schlange nicht wie erwartet am Boden dahinkroch, sondern sich auf Hüfthöhe durch das Gštaudach schlängelte, machte sie nicht sympathischer. Er dachte daran, wie oft er Schwarzbeeren brockte oder wilde Himbeeren naschte.

»Kennen Sie sich mit Schlangen aus?«, fragte Sepp sie.

»Ich denke schon.« Sie lächelte und streckte ihm die Hand entgegen. »Helga Happ.«

Die Chefin vom Reptilienzoo. Kein Wunder, dass sie ihm vage bekannt vorgekommen war. Sie lachte ålle Ritt aus der Zeitung, wenn sie wieder irgendwo Schlangen einfing oder eine Auszeichnung entgegennahm. Ausgerechnet Helga Happ zu fragen, ob sie sich mit Schlangen auskannte ... Sie schien es ihm aber nicht übel zu nehmen.

Wenn man schon den Schmied statt dem Schmiedl bei der Hand hatte, musste man die Chance nutzen.

»Geh, haben S' an Augenblick Zeit? Wir hätten eine Frage.« Oder zwei oder drei. »Gibt's außer der Kreuzotter noch andere Giftschlangen in Oberkärnten, genauer gesagt im Mölltal?«

»Nein, eigentlich nicht. Außer der Kreuzotter haben wir als einheimische Giftschlange nur noch die Hornotter, auch Sandviper genannt. Die findet man aber mehr im Süden Kärntens auf sonnigen Plätzen, in Geröllhalden wie in der Schütt bei Arnoldstein.«

»Aha. Wie leicht könnte ein Laie eine Kreuzotter mit einer Klapperschlange verwechseln?«

Sie hob überrascht die Brauen. »Gar nicht. Sehen Sie sich die Kreuzotter hier an. Die hat das markante Zickzackband am

Rücken. Sie kommt auch noch schwarz vor als Höllenotter. Sehen Sie, wie schlank sie ist?«

Reini nickte eifrig.

»Kommen S', schauen wir uns im Vergleich die Klapperschlange an.« Helga Happ ließ ihnen reichlich Zeit, die Klapperschlange zu mustern. »Und? Was fällt Ihnen auf?«

»Die Klapperschlange ist echt fett.«

»Muskulös«, korrigierte sie Reini, »nicht fett. Eine Schlange ist purer Muskel. Aber ja, sie ist viel stärker gebaut und ganz anders gezeichnet als die Kreuzotter. Außerdem ist sie mit ihrer Rassel einzigartig und nicht mit anderen Schlangen zu verwechseln.«

Sepp nickte zufrieden.

»Ich hab's dir ja gesagt. Im Mölltal kannst unmöglich von ana Klapperschlangen gebissen werden! Das war hundertprozentig eine Kreuzotter.«

»Er hat aber deutlich Klapperschlange gesagt«, beharrte Reini stur.

»Wer?«, fragte Happ.

»Irgend so ein Vollkoffer. Wir haben ihn im Wald gefunden, mit einem Schlangenbiss, und der Toker meinte, es wäre eine Klapperschlange gewesen«, tat Sepp ab. »Aber das gibt's ja nicht.«

»Beschreiben S' mir die Verletzung.«

Eifrig kam ihm Reini zuvor und arbeitete mit Händen und Füßen. »So angeschwollen war's und ganz lila und so mit Blasen.«

»Haben Sie die Einbissstelle gesehen?«

Reini hielt ihr seine Hand unter die Nase und deutete mit seinen Fingern an, wo sich die Bissstellen am Handrücken befunden hatten. »Da und da.«

»Sind Sie sicher?«

Sepp warf einen kritischen Blick darauf und nickte.

»Das waren ganz sicher die Bissstellen, und sie waren so weit auseinander?«, hinterfragte sie skeptisch.

»Ganz sicher«, bekräftigte er. »Ich bin weder blind noch verkalkt!«

Helga Happ eilte in den Kassenraum und kehrte mit einem Maßband zurück.

»Das sind mehr als vier Zentimeter Abstand zwischen den Giftzähnen.« Sie klang aufgeregt. »Selbst, wenn man die Schwellung berücksichtigt …« Sie schob sich das Maßband in die Tasche ihrer offenstehenden Weste.

»Das war wohl ein Mordstrum von einer Kreuzotter.«

»Nein«, entgegnete sie entschieden. »Kreuzotter war das keine, wenn Ihre Angaben stimmen.«

»Ich hab's ja gewusst«, jubelte Reini. »Es war a Klapperschlange! Wie cool ist das denn?«

Im Aufenthaltsraum der Polizeiinspektion Obervellach, der ihnen gleichzeitig als Besprechungszimmer diente, könnte man die sprichwörtliche Stecknadel fallen hören. Selbst Gerhard Koller saß stumm auf seinem Platz. Nur das von Kerstin sacht abgesetzte Kaffeehäferl wagte es, bei der Berührung mit der Tischplatte ein dezentes Klappern von sich zu geben.

Treichel stapfte gereizt auf und ab. Er schnaufte. Stieß einen Fluch aus, den Kerstin – sie war für das Protokoll zuständig – nicht notierte. Dann trat er an den Tisch heran und streckte die Hand nach dem Plastikbeutel mit den beiden blauen Tabletten aus, zog sie aber zurück, bevor er sie berührte. Wenn böse Blicke Gegenstände in Flammen aufgehen lassen könnten, wäre nur noch ein rauchender Haufen übrig.

Martin fuhr sich mit den Fingerknöcheln über das Kinn. Was für eine verzwickte Angelegenheit. Er hatte vor dem Chef und den Kollegen kein Geheimnis daraus gemacht, wie die Drogen bei ihm gelandet waren. Zumindest konnte er vorerst vermeiden, Reini offiziell zur Einvernahme auf den Posten zu bestellen; er wollte vor den Haders kein allzu großes Aufsehen erregen, bevor er mehr wusste, und die persönliche Beziehung zu ihm nutzen, um ihm diskret auf den Zahn zu fühlen.

Interessanterweise hatte ausgerechnet der eigenbrötlerische und nicht gerade für seine kooperative Art bekannte Sepp Flatacher die Zusammenarbeit angeboten. Dem alten Jägersmann schien Reini ehrlich am Herzen zu liegen, sodass er über seinen eigenen Schatten sprang. Noch am Samstagabend hatte er Martin auf seinem privaten Handy angerufen und ihm den Namen Kevin Staller genannt, von dem Reini die Pillen bekommen haben soll. Ein erster Ansatz, um die Ermittlungen voranzutreiben.

»Bei uns?«, knurrte Treichel zwischen zusammengebissenen Zähnen hervor. »Seids sicher?«

»Leider ja«, antwortete Michl Berger. »Wir haben in Spittal unten und auch in Winklern schon solche Pillen entdeckt. Martins Fund passt in das Muster.«

Das machte dem Chef am meisten zu schaffen: Nicht nur, dass Drogen im Mölltal kursierten; nein, die vorgefundenen Pillen trugen allesamt die Aufprägung »MiM«. Michl war ein größeres Briefchen in die Hände gefallen, das die Abkürzung in Form einer Werbebotschaft aufklärte: »Simply the best – Made im Mölltal«. Und das brachte Treichel so richtig in Rage, wie die auf seiner Stirn pochende Ader bewies.

Was, wenn hier keine in ausländischen Labors fabrizierten synthetischen Drogen im Umlauf waren, sondern diese tatsächlich hier produziert wurden? Das ruhige, gebirgige Mölltal, wo sich Fuchs und Hase und Murmeltier gute Nacht sagten, als neuer Hotspot der Drogenszene? Scheiße.

Es klang utopisch, aber undenkbar war es nicht. Was brauchte man schon groß für eine Drogenkuchl? Im Idealfall ein abgelegenes Haus, vielleicht eine Almhütte – davon gab es in der Region genug. Auch leerstehende Häuser waren in den von Abwanderung hart betroffenen Gemeinden keine Seltenheit. Für die Herstellung von Designerdrogen benötigte man zwar eine Laboranlage, aber da genügte eine relativ einfache Ausstattung, und die ließ sich ebenso wie die diversen Zutaten ohne Weiteres im Darknet bestellen. Man musste nicht wie Walter White in der Kultserie »Breaking Bad« Chemielehrer sein, um als Drogenkoch Erfolg zu haben. Rudimentäre chemische Kenntnisse genügten vollauf, und in einschlägigen Internetforen fanden Wissbegierige Tipps bis hin zur Videoanleitung. Der Experimentierfreude waren keine Grenzen gesetzt, und der erhoffte Gewinn stand in keinem Verhältnis zu dem, was sich mit ehrlicher Arbeit verdienen ließ.

»Die Analyse zeigte, dass es sich um einen ziemlich wilden Cocktail von neun psychoaktiven Substanzen handelt. Kokain und Amphetamin bilden die Basis. Von der Wirkung her fährt das Zeug teuflisch rein und pusht so richtig.«

»Hast es selbst probiert, ha?«, konnte es sich Gerhard nicht verkneifen.

Doch nicht nur bei ihm lagen die Nerven blank.

»Ich weiß nicht, ob sie es im Labor an Versuchstieren testen«, gab Michl zurück. »Wenn du dich freiwillig dafür melden willst, leg ich ein gutes Wort für dich ein.«

»Ich werde –«

Michl ahmte schweinische Grunzlaute nach.

»Du verd–«

»Schluss jetzt! Wir sind hier nicht im Kindergarten!«, polterte Treichel. »Wenn wir tatsächlich etwas Großem auf der Spur sind, dann müssen wir alle zusammenarbeiten. Wir werden uns auch mit den anderen Posten austauschen, weil jetzt ist netwerkeln angesagt.«

Kerstin grinste schief. »Chef, wir werkln immer nett!«

7

»Setzen wir uns da her.« Helga Happ deutete auf eine Sitzgarnitur im Eingangsbereich. »Kaffee?«

Kaffee? Sepps Blick zuckte immer wieder zur Klapperschlange, er war sich ganz sicher, dass sie ihn aus ihren dunklen, unheimlichen Augen fixierte.

»Das Wichtigste im Umgang mit Schlangen ist: Ruhe bewahren. Nur nicht ausflippen.«

»Ich flipp nicht aus!«

Wo war der Ausgang? Alles in ihm schrie danach, das Weite zu suchen. Was ihn von der Flucht abhielt, war ein letzter Rest an Vernunft. Er brauchte Antworten, die nur Helga Happ geben konnte. Und sich vor Reini und ihr die Blöße geben und so etwas wie Angst zeigen? Wenn das im Jagdverein die Runde machte, konnte er einpacken.

Er zwang sich dazu, ruhig durchzuatmen.

Helga Happ bat die Kassiererin, aus dem Automaten einen Kaffee herauszudrücken.

»Mit Milch?« Sepp nickte. »Hier. Mit einer Extra Portion Zucker. Der ist gut für die Nerven.« Sie zwinkerte ihm zu.

Frechheit!

Aus Versehen – und nicht etwa, weil seine Finger zitterten – verschüttete er ein paar Schluck. Verstohlen wischte er mit dem Ärmel seines karierten Jägerhemdes die Tischplatte sauber.

»Kann ich einen Kakao haben?«, fragte Reini.

Entschlossen leerte Sepp den letzten Schluck. »So, reden wir Tacheles. Ich will hier ja nicht übernachten.«

»Sie haben draußen die Kreuzotter gesehen. Denken S' dran, wie zart das Köpfchen war. Mehr als ein Zentimeter Abstand zwischen den Giftzähnen ist fast unmöglich, bei der Hornviper können es etwa zwei Zentimeter werden«, erklärte Happ. »Moment.«

Sie stand auf und ging in ihr Büro.

Sepp nutzte die Gelegenheit, sich noch einen Kaffee aus dem Automaten zu holen. Auf den übervollen Kaffeebecher konzentriert, ging er langsam zum Tisch zurück. Vorsichtig setzte er ihn auf der Kante ab und …

»Jessas!«

Er machte einen Satz zurück.

Da lag eine verdammte Klapperschlange mit aufgerichtetem Oberkörper und weit geöffnetem Maul mitten auf dem Tisch!

»Keine Angst, die ist schon tot.«

»Kann ich sie anfassen?« Wie ein naives Kind, völlig unbekümmert, berührte Reini die Schlange.

»Fällt Ihnen was auf?«

»Außer Ihrer sadistischen Ader?«, schnauzte Sepp sie an. »Sie haben mich fast zu Tode erschreckt.«

»Einen anderen Ton, bitte«, entgegnete sie. »Außerdem macht das«, sie zeigte auf das Präparat, das gut in eine Geisterbahn passen würde, »einem gštåndnen Jaga wie Ihnen doch nichts aus.«

Leicht irritiert sah er an seiner Kleidung herab. Wie …

»Ich jage selbst lang gnua, da werde ich wohl einen Jäger erkennen«, sagte sie mit einem ungeduldig klingenden Seufzer.

Sie holte das Maßband wieder hervor und zeigte den Abstand zwischen den Giftzähnen: rund fünf Zentimeter.

»Wie kommt eine Klapperschlange ins Mölltal?«, stellte Reini eine ausnahmsweise berechtigte Frage.

»Viele Leute halten sich Giftschlangen als Haustiere. In Deutschland hat einer im Internet eine Schwarze Mamba bestellt und sie sich in einem Packerl per Post zuschicken lassen.«

Na, besten Dank auch! Die nächsten Pakete würde Sepp mit einem mulmigen Gefühl öffnen.

»Es ist sehr wohl denkbar, dass das Opfer tatsächlich von einer Klapperschlange gebissen wurde. Entweder von einer, die im Terrarium gehalten wird, oder, da Sie den Mann im Wald fanden, von einer, die vom Besitzer ausgesetzt wurde.«

»Wahnsinn«, flüsterte Reini beeindruckt.

»Oder sie ist ausgebüchst.«

»Was?« Sepp sprang auf und sah zu den Terrarien hin. »Die sind doch hinter Schloss und Riegel, oder nicht? Wie können die Viecher ausbrechen? Durchs Glas durch geht's wohl nicht!«

»Man öffnet die Scheiben regelmäßig, zum Füttern und zum Saubermachen. Wenn man da einen winzigen Augenblick nicht aufpasst, ist's schon passiert. Nehmen wir zum Beispiel die Grüne Mamba, die ist unglaublich wendig und schnell.«

Sepp wollte sich nicht mehr hinsetzen und den Terrarien den Rücken zukehren.

»Das heißt, bei uns im Revier könnte tatsächlich eine Klapperschlange frei herumlau … kriechen?«

Eine riesige, dicke, fette, klappernde und bissige Giftschlange.

»Theoretisch ja.«

»Praktisch kommen Sie und fangen das Viech ein, oder?«

»Wie stellen Sie sich das vor? Dass ich jetzt wochenlang die Wälder absuche? Nein. Informieren Sie die betroffenen Leute und die Kameraden von Ihrem Jagdverein, und sobald es eine Sichtung gibt, verständigen Sie mich. *Dann* komme ich und hole die Schlange.«

Sie reichte ihm eine Visitenkarte.

»Was? Wir sollen jetzt ganz normal im Wald unterwegs sein, als ob nix wäre?«

»Genau. Passen S' einfach ein bisserl mehr auf als sonst. Augen und Ohren auf.«

Sepp fuhr sich mit der Hand über das Gesicht.

Sie lächelte beruhigend. »Keine Angst.«

»Angst und Geld habe ich nie gehabt«, brauste er auf.

»Menschen sind für Klapperschlangen keine Beute. Sie beißen nur, wenn sie sich bedroht fühlen, genauso wie die Kreuzotter. So lange Sie Abstand halten, passiert nichts.«

»Erzählen Sie das doch dem Kerl, den sie schon gebissen hat!«

»Er wird ihr zu nah gekommen sein. Die Kreuzotter zischt, wenn sie sich bedroht fühlt, die Klapperschlange rasselt mit ihrem Schwanz. Das heißt: Noch einen Schritt weiter, und ich beiße zu. Deshalb Augen *und* Ohren auf.«

»Sie haben leicht reden«, maulte Sepp.

»Versuchen Sie nicht, sie selbst einzufangen. Die meisten Schlangenbisse passieren, weil die Leute die Tiere anfassen und sie sich verteidigen. Einen fremden Hund greifen Sie ja auch nicht einfach so an.«

Reini war ganz aus dem Häuschen. »Wow! Wir machen Jagd auf eine Klapperschlange! Was da die anderen vom Verein sagen werden?«

Ja, daran dachte Sepp auch. Die würden ihn für völlig narisch geworden halten, wenn er daherkam und von einer exotischen Giftschlange laberte.

»Frau Happ, haben wir überhaupt eine Chance, die Klapperschlange zu entdecken? Bei den Nationalpark-Rangern heißt es immer, wenn man fest auftritt auf den Boden, dass das die Schlangen spüren und sie sich schnell verkriechen, weil sie mehr Angst vor uns Menschen haben als wir vor ihnen.«

»Auf unsere heimischen Schlangen trifft das meistens zu, auf eine Klapperschlange nicht. Stellen Sie sich die Prärie als Lebensraum vor mit den früher umherziehenden, großen Bisonherden. Wenn die Schlange da bei jeder Bodenvibration flüchten würde, käme sie gar nicht mehr aus ihrem Versteck heraus. Vermutlich deshalb haben Klapperschlangen die Rassel am Schwanzende entwickelt: Damit können sie unter anderem Huftiere warnen, hallo, pass auf, hier liege ich, damit diese nicht auf sie drauftreten.«

»Die Schlange würde also nicht abhauen, wenn sie einen Menschen bemerkt«, stellte Sepp ernüchtert fest.

»Nein. Aber sie greift auch nicht von sich aus an, solange Sie Abstand halten. Sobald sie rasselt, wissen Sie, dass Sie zu nah dran sind. Dann heißt es einen Schritt zurück.«

Beruhigend? Er seufzte.

»Wissen Sie, in welches Krankenhaus das Schlangenbissopfer gebracht wurde?«

Sepp gab ihr die gewünschte Auskunft, und sie ging ins Büro, um mit dem zuständigen Arzt zu sprechen.

Während er im Eingangsbereich wartete und sich einen dritten Kaffee gönnte, setzte Reini die Zoobesichtigung auf eigene Faust fort.

»Hast du gewusst, dass der Taipan die giftigste Schlange der Welt ist?«, kam er mit neuem Wissen zu ihm zurück. »Gut, dass nicht die –«

»Hålt einfach dei Pappm!«

Kurz darauf kam Helga Happ zu ihnen zurück und wusste zu berichten, dass sich das Opfer noch im künstlichen Tiefschlaf befand, der Zustand aber relativ stabil sei. Sie hatte dem Arzt den Verdacht auf einen Biss durch eine Klapperschlange mitgeteilt; viel mehr als stabilisierende Maßnahmen waren zurzeit jedoch nicht notwendig.

»Ich hab eh vorgeschlagen, das Gift auszuzuzln«, fiel Reini ihr ins Wort.

Helga Happ runzelte die Stirn. »Das ist ganz eine gute Idee«, Reini schnallte ihren sarkastischen Ton nicht und grinste erfreut, »wenn man sich selbst umbringen will. Da bekommt man das Gift in den Mund, und es wird über die Schleimhäute aufgenommen.«

»Oh.« Er trollte sich zu den Mambas.

»Haben Sie sonst noch Fragen?«

Sepp schüttelte den Kopf und bedankte sich – vor allem für die schlaflosen Nächte, die sie ihm garantiert bescherte. Alpträume waren ihm sicher.

»Reini, fahren wir!«, rief er durch den Raum.

»Komm her, das musst dir anschauen!«

Widerwillig ging er zu ihm hin. Reini beugte sich schon wieder viel zu dicht an die Glasscheibe heran, an der er mit dem Zeigefinger entlangfuhr.

Die kleinere der beiden Grünen Mambas, die auf einem Ast

lag, beobachtete ihn aufmerksam. Sie züngelte hektisch und zog sich leicht zurück, bis ihr Oberkörper ein gespanntes S bildete. Dann begann sie, mit dem Kopf leicht hin und her zu wippen.

»Schau, ich dressier sie!« Er klopfte mit dem Finger gegen die Scheibe.

»Lass –«

Tock!

Reini fuhr zurück. So schnell hatte Sepp gar nicht schauen können, war die Mamba vorgeschnellt und gegen das Glas gestoßen. Ohne dieses …

Die Schlange ging in ihre Angriffsstellung zurück.

Reini lachte nervös. »Jetzt hat's mich aber schön grissen!«

Tessa saß in dem kleinen, fensterlosen Raum, der ihr als Büro diente, und ging die Reservierungen der Woche durch. Das Geschäft lief dank treuer Stammgäste recht gut, zudem würde gewiss wieder einiges an Laufkundschaft hinzukommen. Zufrieden klappte sie das Büchlein zu.

Irritiert sah sie auf, als Tommy – wie immer ohne anzuklopfen – hereinkam. Er zog eine junge Frau mit sich. Tessa stand auf und kam um den Schreibtisch herum.

»Das ist Tanja«, sagte er knapp. »Sie arbeitet ab sofort hier. Tanja, deine neue Chefin, Tessa Gruber.«

Sie musterte Tanja abschätzend. Billiges Minikleid, strähnige Haare und sie kaute wohl häufig an den Nägeln, wie Tessa angeekelt feststellte. Da waren schleunigst Kunstnägel angebracht. Obwohl Tanja stark geschminkt war, entging ihr nicht, wie verschwollen ihre Augen waren. Hatte sie geweint? Tessa zuckte mit den Schultern und konnte sich ein Schnauben nicht verkneifen. Ein Junkie! Garantiert.

»Was soll ich mit so einer?«

»Sie hat Schulden abzuarbeiten.«

»Ausgerechnet hier?«

»Wo sonst? Soll ich sie etwa in die Buchhaltung setzen? Oder«, Tommy grinste fies, »zu deinem Mann ins Büro?«

Tessa kniff die Lippen zusammen; er lachte spöttisch. Dieser Tommy! Er wusste genau, wie er sie anstacheln konnte, wo es wehtat.

»Die würde dem Donald schon gefallen«, legte er boshaft nach.

Er klopfte Tanja anzüglich auf den Hintern. Wahrscheinlich bis oben hin zugedröhnt, zuckte sie nicht einmal zusammen. War es ihr egal, von ihm wie ein Stück Fleisch behandelt zu werden? Nun ja, das war vermutlich eine ihrer besseren Charaktereigenschaften, wenn man die Umstände berücksichtigte.

Tessa seufzte übertrieben auf. »Wenn es sein muss. Lydia! Komm und zeig der Neuen die Bar!«

Tommy setzte sich auf den Schreibtisch und griff nach dem Reservierungsbuch, das er nachlässig durchblätterte. »Da ist noch reichlich Luft nach oben. Mehr Werbung, mehr«, er warf ihr einen harten Blick zu, »Mundpropaganda. Zufriedene Kunden empfehlen weiter.«

»Wir haben zufriedene Kunden«, gab sie scharf zurück. »Aber wenn du irgendwelche grindigen Schlampen anschleppst, wird das nicht so bleiben! Weiß die überhaupt, wie's läuft?«

»Willst du behaupten, dass man für den Job studiert haben muss?« Er lachte laut und warf das Büchlein auf einen Stapel Rechnungen. »Ich kann sie ja einschulen.«

Tessa fuhr sich durch die Haare. Oh ja, Tommy wusste, wie er sie verletzen konnte. Sie blinzelte und zwang sich dazu, betont gelassen zur Tür zu gehen; doch diese ließ sich nicht öffnen. Tommy war hinter sie getreten und stemmte seinen Unterarm gegen das Türblatt. Sie roch sein Aftershave. Sie fühlte seine Wärme im Rücken, spürte, wie seine freie Hand über ihre Schulter strich.

»Bist eifersüchtig, Tessa-Maus?«, flüsterte er ihr ins Ohr.

Seine Hand kroch nach vorn und legte sich auf ihren Bauch. Sie musste sich dazu zwingen, sie wegzustoßen. Der Ehering an ihrem Zeigefinger erschien ihr enger als sonst; er brannte sich förmlich in ihre Haut.

»Lass das! Ich bin verheiratet«, sagte sie, was von ihr als Ehefrau erwartet wurde.

Wieder lachte er höhnisch auf.

»Glaubst du im Ernst, dass Donald dir treu ist?«

Nein. Sie *wusste*, dass dem nicht so war. Und sie wusste auch, dass eheliche Treue mit zweierlei Maß gemessen wurde. Sie war nicht verrückt genug, um Donald seine Seitensprünge vorzuwerfen; etwas zu sagen, wenn er nach billigem Parfum stinkend nach Hause kam oder sie – auch so ein Klassiker des Seitensprungs – Lippenstiftspuren auf seiner Kleidung fand. Noch verrückter wäre es, Tommys Drängen nachzugeben und ihren Mann zu betrügen. Gleiches Recht für alle konnte sie nicht geltend machen, sie war seine Frau. *Sein.*

Donald würde sie umbringen.

8

Heinrich Belten schlurfte noch etwas unausgeschlafen und daher missmutig – es war ja erst acht Uhr – in die Küche und setzte Kaffee auf, bevor er den sonntäglichen Frühstückstisch deckte. Für sechs Personen.

»Guten Morgen, Papa!«

Ein Handtuch um die nassen Haare geschlungen, drückte ihm Carola einen dicken Kuss auf die Wange. Schlagartig verbesserte sich seine Laune. Als ob sie nie nach Wien gezogen wäre, als ob sie ständig hier wohnen würde, ging sie ihm zur Hand. Sie musste nicht fragen, wo er das gute Geschirr aufbewahrte oder in welcher Lade sich die Eierbecher befanden. Carola war hier zu Hause. Schade, dass sie mit der gesamten Familie nur über das Wochenende gekommen war und nach dem Mittagessen nach Wien zurückfahren würde. Er vermisste sie jetzt schon, wenn er nur daran dachte.

Nicht vermissen würde er hingegen ihren Mann, Anton. Ohne groß nach links oder rechts zu sehen, ging dieser schnurstracks zum Tisch und ließ sich auf einen Stuhl fallen. Anton zog den Gürtel seines an den Ellenbogen schon sehr fadenscheinigen Morgenmantels fest.

»Guten Morgen«, grüßte Heinrich süßlich.

»Morgen«, muffelte Anton und schenkte sich Kaffee ein.

Das würde ihm so passen!

»Anton, die Zeitung wartet noch draußen«, sagte er, als der seinen ersten Schluck Kaffee schlürfte.

Mürrisch sah er zu ihm auf.

»Ich kann sie auch holen«, erbot sich Carola.

Heinrich wehrte entschieden ab. »Nein, nein. Anton macht das gewiss gern, nicht wahr?«

Vor gar nicht allzu langer Zeit hätte er von seinem Schwiegersohn eine gepfefferte Antwort erhalten; da hätte er ihm deutlich gesagt, wohin er sich seine Zeitung stecken könnte. Heinrich grinste breit. Die Zeiten hatten sich geändert. Zusammen mit Sepp Flattacher hatte er Anton die Waden vier gerichtet, oder so ähnlich. Mit den Feinheiten des Kärntner Dialekts hatte es Heinrich nicht so. Laut Flattacher bedeutete es, jemandem die Waden nach vorn zu drehen. Ha, sie hatten Anton nach Strich und Faden gezeigt, wo es langgeht, und jetzt ging Anton brav die Auffahrt entlang zum Postkasten, um die Zeitung zu holen, die Heinrich zuerst lesen würde.

Mit der Ruhe am Frühstückstisch war es vorbei, als nach und nach Pia-Nadine, Noemi-Sophie und Anton Junior eintrudelten. Aber das störte Heinrich nicht weiter. Er blätterte die Zeitung durch und strich dann Pia-Nadine, weil sie die Jüngste war, extra liebevoll ein Marmeladenbrot. Er malte mit dem Messer sogar ein Herz hinein.

»Anton«, mahnte er, als dieser nach Heinrichs heißgeliebtem Fleischsalat langte.

Er schüttelte verneinend den Kopf, und Anton zog gehorsam seine Griffel zurück. Sobald die Familie abgereist war, würde er seinem Trieb nachgeben und ein Siegesgeheul ausstoßen, das es in sich hatte. Anton kam ohnehin nur noch selten mit nach Kärnten, wenn Carola gar keine Ruhe gab und darauf bestand. Im Gegensatz zu früher störte Heinrich seine Anwesenheit aber nicht mehr, also, nicht mehr so sehr. Hatte der Schwiegersohn zuvor gern das Alphamännchen herausgekehrt und den starken Mann markiert, war er jetzt geradezu handzahm zu nennen.

Gut, bei seiner Ankunft am Freitagabend hatte es ein paar vorlaute Worte seinerseits gegeben, aber Heinrich wusste sich zu helfen: Er hatte Flattacher über den Gartenzaun hinweg betont freundlich zugewunken, bevor dieser wegfuhr, und dann Anton gefragt, ob sie Sepp nicht morgen zu Kaffee und Kuchen einladen sollten. Da Anton vor dem Nachbarn Muffensausen hatte, genügte dies als Warnung. Heinrich musste Anton ja nicht verraten, dass zwischen Flattacher und ihm derzeit wieder eine stille Messe herrschte und sie nur wenige – und wenn, keine freundlichen – Worte wechselten.

Mit einem zufriedenen Lächeln griff sich Heinrich den Fleischsalat. Er sah Anton fest in die Augen und erklärte: »Das ist meiner.«

Heinrich wusste, wer nach dem Frühstück abwaschen würde.

Wenn Sepp Flattacher nicht gar so stinkig wäre, würde er sich glatt bei ihm bedanken.

Die Ermittlungen gingen nur zäh voran. Sie bestellten polizeibekannte Drogenkonsumenten ein und befragten diese nach weiteren Beteiligten und Netzwerken; es war ein mühsames Hangeln von Person zu Person, und es konnte keine Rede sein von einer heißen Spur. Der von Sepp Flattacher genannte Kevin Staller war noch in Tirol, wo er im Tunnelbau arbeitete. Er würde erst in zwei Tagen heimkommen – da wartete im Rangersdorfer Elternhaus bereits die Ladung auf ihn.

Jetzt saß Martin Kevins jüngerer Bruder gegenüber: Justin, ein muskulöser, junger Mann. Sein Name war in den Ermittlungen bereits dreimal gefallen, unter anderem als Beteiligter beim nächtelangen Computerspielen, wo ein Joint die Runde gemacht hatte. Angeblich – so die Aussage eines jungen Erwachsenen – wirkten die visuellen Effekte noch intensiver, wenn man so richtig bekifft war. »Oida, das musst erleben!«, hatte er begeistert dafür geworben. Martin verspürte wenig Lust, es auszuprobieren.

»A Graserl racht doch jeder amål«, verteidigte sich Justin Staller, der seine Herkunft nicht verbergen konnte.

Selbst wenn man Martin viel Geld bieten würde, hätte er keine Chance, das für die Region um Stall herum so typische, gerollte »R« auszusprechen, dem ein »H« voranging. Wenn Justin also von rauchen sprach, klang das wie »hrachen«. Ein wahrer Zungenbrecher war die Rangersdorfer Reidn, eine kurvige Stelle der Mölltaler Bundesstraße, die allerdings nicht mehr in das Obervellacher Rayon fiel. Auch bei seiner in Stall geborenen Kollegin Kerstin war der Dialekt noch deutlich herauszuhören; vor allem, wenn sie ihm mit dem Zungenbrecher »In da *h*Rangersdorfer *h*Reidn tuan sie *h*rodln, dass da *h*Rotz lei so oache *h*rinnt« kam. Sie hatte Martin dazu auch den Witz erzählt: »Nenn mir ein Viech ohne ›h‹«, woraufhin ein Staller antwortet: »*h*Ross!«

Nun ja, in fast jedem Kärntner Graben gab es eigene Wörter, und die Aussprache variiert von Tal zu Tal; die einen sagen kimm her da, die anderen kumm her und dann kemmen alle miteinander her. Nur das korrekte »o« der Schriftsprache war beim Verb »kommen« selten als solches zu erkennen.

Bei Kerstin fand er den Kontrast zwischen ihrer Pupperlfigur und dem teils recht deftig klingenden Dialekt ja niedlich; Justin Staller ging ihm einfach nur auf die Nerven, was aber vermutlich weniger mit dem »R« als mit seiner bockigen Art zu tun hatte.

»Gsund is es a«, behauptete Justin.

»Darüber lässt sich streiten«, erwiderte Martin, der die gesamte Diskussion über eine etwaige Legalisierung von Cannabis nicht intensiv verfolgte. »Fakt ist, es ist verboten. Deshalb sitzt du da bei mir.«

Martin versuchte, Treichels strengen Gesichtsausdruck zu imitieren. »Von hin und wieder einem Graserl reden wir außerdem nicht. Ich habe gehört, du hast dir sogar einen Volcano-Verdampfer geleistet?«

Justin setzte sich aufrecht hin und ballte die Hände zu Fäusten. »Wer hat das gesagt?«

»Das tut nichts zur Sache. Von wem kaufst du das Gras … oder baust es selbst an?«

Justin schniefte. Sein Blick zuckte zum Fenster. »Na, ich … ähm … von Tirol. Ich bring's von Innsbruck mit. Ich arbeit ja a im Tunnel.«

Martin blätterte im Akt vor ihm, als ob er nach einer Information suchen würde.

»Ach ja, zusammen mit deinem Bruder Kevin.«

»Hm.«

Justin begann, mit den Füßen zu wippen. Seine Handflächen strichen über die abgewetzte Jeans.

»Sag, die Pillen da habts aber nicht aus Tirol, oder? Denn die werben mit dem Spruch ›Made im Mölltal‹.« Martin legte ein Foto, das die blauen Tabletten stark vergrößert zeigte, auf den Tisch.

Freilich hatte er keinen Anhaltspunkt dafür, dass auch Justin mit den blauen Pillen in Berührung gekommen war, nur Kevins Name war gefallen. Aber der jüngere Staller war kein abgebrühter Krimineller, der sich tagtäglich mit Lügen aus der Schlinge zog. Ein Schuss ins Blaue ... und Justin kam nicht einmal auf die Idee, sich von den Drogen zu distanzieren.

»Na, die hamma då kriågt.«

»Von wem?«

»Oida, i schiagl nit.«

Martin stieß einen lauten Seufzer aus. »Du, Justin, zum Richter darfst aber nicht Oida sagen, okay? Das kommt vor Gericht nicht gut an, und das schlägt sich dann auch auf das Strafmaß nieder.«

»Gericht?« Justin schnappte nach Luft. »Muass i eppa in den Häfen? Was ist mit meiner Håckn? Wånn i die verlier ...«

Martin hob vielsagend die Brauen.

»Ähm ... der Kevin hat sie gnommen, nit i! I håb ihr gsagt, das brauch i nit.«

»Ihr?«

Auf einmal war Justin sehr gesprächig und erzählte, wie eine junge Frau seinem Bruder und ihm die Drogen angeboten hatte; ausgerechnet in einem Obervellacher Lokal, das ohnehin als Rumsn bekannt und dem Treichel seit Langem ein Dorn im Auge war.

»Wie heißt sie?«

»Da ... Tamara? Na, Tanja, genau, Tanja.«

»Wie noch?«

»Ka Ahnung. Der Kevin hat mehr mit ihr gredet.«

»Hat sie etwas gesagt, wo sie die Tabletten her hat?«

»Von ihrem Haberer. Sie hat gsagt, wenn ma mehr brauchn, a fürn Tunnel draußen … er kann's uns kiloweis besorgen.«

Leider wusste Justin weder Tanjas Nachnamen noch den Namen ihres Freundes, aber zumindest, dass sie in einem der Gemeindeblöcke im westlichen Teil Obervellachs wohnte. Nachdem er ihn entlassen hatte, ließ Martin frustriert den schon verflixt dicken, aber zu wenig aussagekräftigen Akt zuschnappen. Er rieb sich den verspannten Nacken und beschloss, eine kurze Runde über den Hauptplatz zu drehen, bevor ihm in der Kanzlei die Decke auf den Kopf fiel.

9

Es war zum Tamischwerden! Im Wald röhrten die brünftigen Hirsche, es war noch ein Einserhirsch zum Abschuss frei – und alles, woran Sepp denken konnte, waren blaue Tabletten und Cannabisstauden. Freilich, als er das letzte Mal mit Martin Schober telefoniert und ihm Kevin Staller als Reinis Bezugsquelle genannt hatte, hatte der ihm zugesichert, sich darum zu kümmern. Und da er mit Reinis Schwester verbandelt war, konnte sich Sepp sicher sein, dass Schober die Angelegenheit nicht als Nullachtfünfzehn-Fall behandeln würde, sondern ebenso persönlich nahm wie er. Auf sein Nachbohren hin hatte Schober trotz der Einhaltung der dienstlichen Verschwiegenheitspflicht zumindest bestätigen können, dass die blauen Pillen tatsächlich ein harter Drogencocktail waren und vermutlich im Mölltal fabriziert wurden. Gleichzeitig hatte er ihn ermahnt, sich *ausnahmsweise* nicht einzumischen – und die unverfrorene Frechheit besessen, Irmis Namen fallen zu lassen. »Wie Ihre Obfrau Irmgard Leitner gesagt hat, das ist Sache der Polizei und nicht der Jägerschaft.«

Sepp hasste es, dass weder Irmi noch Schober ihn ernst nahmen, wo er doch hinlänglich bewiesen hatte, wie gut er es mit Verbrechern jedes Kalibers aufnehmen konnte. Ob Wilderer, Christbaumdieb oder Mörder. Gut, er wüsste jetzt nicht konkret, wie er den blauen MiM-Tabletten auf die Schliche kommen sollte. Oder wie er an Kevin Staller herankommen könnte, um ihn zu verhören. Aber neben den harten Drogen, um die sich Schober und seine Kollegen kümmerten, gab es noch die Hanfplantage im Wald. Bei der Polizei hatten sie dafür zurzeit vermutlich wenig Ressourcen, aber Sepp war genau der richtige Mann, wenn es darum ging, Unrecht im Revier aufzuklären und abzustellen.

Deshalb suchte er die Apotheke am Hauptplatz auf. Wenn

wer über Drogen Bescheid wusste, dann doch das geschulte Fachpersonal, oder?

»Medizinisches Cannabis haben wir, ja«, antwortete ihm die Apothekerin freundlich und begann, Fläschchen und Schachteln vor ihm aufzubauen, die er ignorierte.

»Kann man das auch rauchen?«

»Als Joint, meinen Sie? Um high zu werden?« Sie ließ ihre Brille die Nase hinunterrutschen und sah ihn über die Gläser hinweg tadelnd an. »Selbstverständlich nicht!«

»Hm. Von wem könnte ich hier in Obervellach Hasch bekommen, zum Rauchen.«

»Das dürfen Sie mich doch nicht fragen!«

»Warum nicht? Ganz unter uns …«

Sie schnaubte wie ein Haflinger und rückte sich die Brille zurecht. »Der Nächste bitte!«

»Hören Sie …«

»Ich bin dran, Flattacher.«

Sepp wandte sich verärgert um. Franz Pichler stand hinter ihm, auf seinem Arm der schwarze Mops, der sich für einen Dobermann hielt und ihn anjapste. Für ein Knurren reichte es nicht.

»Kaufst deinem Råtz ein Abführmittel? Mit seinen Glubschaugen schaut er immer drein, als ob er Verstopfung hätte!« Sepp grinste ihm ins Gesicht. »Wie der Herr, so 's Gescherr.«

»Pfffh!«

»Nimm gleich a Großpackung«, rief er Pichler über die Schulter hinweg zu, als er die Apotheke verließ.

Das war ein Schuss ins Knie gewesen. Wer könnte ihm kompetent Auskunft geben, wenn es darum ging, zu erfahren, welcher Zotl im Wald Hanf anbaute? Wer?

Der Himmelvater sah oba auf ihn. Denn auf der anderen Straßenseite tscherflte Hansi Tribelnig in seinen Jesuspåtschn verträumt vor sich hin. Er sah nicht nur so aus, als ob er von der Achtundsechziger-Bewegung übrig geblieben war, er war es tatsächlich. Ja, die Hippiezeit hatte seinerzeit auch das Mölltal gestreift und den Hansi voll erwischt. Fehlten nur die grellen Hemden, Schlaghosen und Plateauschuhe, und die Zeitreise wäre perfekt. Als Ökoaussteigertyp hauste er in einem heruntergekommenen Haus auf der Schattseiten – er hatte schon in der Schule a Gštel beinånd gehabt und sich seither kein bisschen gebessert – und verirrte sich nur selten in den Ort. Was für ein Glücksfall.

»Hansi!«, schrie Sepp und lief über die Straße. »Hansi, wart!«

Orientierungslos sah der Angesprochene sich um und blinzelte mehrmals, als Sepp vor ihm zum Stehen kam. Er legte ein freundliches Lächeln auf und klopfte Hansi auf die Schulter wie einem alten Kumpel. Wenn er in der Apotheke eines gelernt hatte, dann, dass er nicht mit der Tür ins Haus fallen durfte; nein, bei Fragen nach harten Drogen war ein subtileres Vorgehen angesagt. Da galt es, sich vorsichtig anzupirschen und gut getarnte Fallen zu stellen – und sich ein leichtes Opfer zu suchen wie den Hansi.

»Grias di! Lang nicht mehr gesehen!«, begrüßte Sepp ihn, als ob er sich über ihr Zusammentreffen freuen würde.

Sie kannten sich von klein auf, was in einem dörflichen Umfeld wie Obervellach keine große Kunst war. Doch mit Hansi verband ihn außer gemeinsamen biographischen Episoden wie der Schulzeit – sie hatten sich ein Jahr lang sogar einen Tisch geteilt – rein gar nichts, denn sie hatten sich in völlig gegensätzliche Richtungen entwickelt. Sepp hatte nach der Schule bei der Bahn begonnen; ja, sein ganzes Leben war in geregelten Bahnen verlaufen, ohne auffällige Ausreißer. Hansi hingegen, der war ein Spinner geworden.

»Sepp?«

Hansi schüttelte langsam den Kopf und konnte gar nicht mehr damit aufhören. Eindeutig, der hatte sich in den vielen Jahren die Birne weichgekifft.

»Wie geht's dir? Alles im grünen Bereich?« Das sollte als eisbrechender Smalltalk genügen. Sepp wartete keine Antwort ab, bevor er zu seinem eigentlichen Anliegen kam. »Du, Hansi, hast a Gras für mich?«

Ungläubig starrte der ihn an.

»Na, du weißt schon. Gras, Hasch, Marihuana.«

»Pssst!«

Hansi wachtelte mit beiden Händen und drängte Sepp vom stark frequentierten Eingang zum Modezentrum Reiter weg, wo Schnäppchenjäger die Ständer durchwühlten. »Red leiser! Oder willst, dass sie dich bis aufe hören?« Dabei nickte er vielsagend zum westlichen Ende des Hauptplatzes hin, wo sich die Polizeiinspektion befand.

Ha, Sepp hatte keine Geheimnisse vor den Kieberern. Na ja, fast keine. Dass er bei der ehemaligen Hanfplantage doch noch seine Wildkameras montiert hatte, musste er niemandem auf die Nase binden.

»Also, hast was für mich zum …« Wie sagten die hohlköpfigen Giftler, wenn sie sich wegkiffen wollten? »Du weißt schon? Für einen Joint.«

Hansi kniff die Augen zusammen und zupfte an seinem verfilzten Bart herum, der ihm bis auf die Brust reichte. Vorsichtshalber trat Sepp einen Schritt zurück; wer wusste schon, was für Ungeziefer sich in dem Gestrüpp verbarg.

»Komm, du wirst doch was haben für einen alten Freund.«

»Häh?«

Hatte Sepp zu dick aufgelegt mit dem »Freund«?

»Du, ich habe dir beim Einmaleins auch eingesagt«, erinnerte er ihn. »Und da willst du mich hängen lassen?«

»Nicht hier …«, wisperte Hansi.

Er schlurfte den Hauptplatz weiter und bog hinter einem leerstehenden Haus in eine Seitengasse ein.

»An Dübel kannst haben«, bot er an. »Den hab ich mir vorher gwuzlt, aber um der alten Zeiten willen schenk ich ihn dir.«

Hansi überreichte ihm einen vawordagglten Joint, den Sepp mit spitzen Fingern ergriff.

»Kannst mich mit mehr versorgen?«

»Häh?«

So richtig konversationsfähig war der Hansi nicht.

»Ich brauch mehr davon.«

»Wie viel?«

»Hm, so ein paar … Dübel am Tag?«

Dem Hansi fielen fast die Augen aus dem Kopf.

»Ein paar Dübel? Für dich? Da sprengst dir doch das Hirn weg.«

»Um *mein* Hirn brauchst du dir keine Sorgen zu machen!«, knurrte Sepp – und bei Hansis war schon alles verloren.

»Seit wann rauchst du überhaupt?«, wollte Hansi, etwas misstrauisch geworden, wissen.

»Ich fang gerade damit an.«

Hansi lachte heiser und schüttelte wieder den Kopf. Am liebsten hätte Sepp seinen Knicker gezogen und ihm den lächerlichen Pferdeschwanz, der dabei hin und her flog, abgeschnitten. Schlimm genug, dass lange Zodn bei jungen Männern wieder modern waren; am schlimmsten fand er ja, wenn diese Haarknoten am Hinterkopf trugen wie früher seine Oma. Wie das aussah! Aber beim Hansi sah es noch erbärmlicher aus, ganz nach dem Motto »ich will, aber kann nicht«. Denn er hatte eine kahle Platte und die wenigen langen Fäden, die über den Ohren und am Hinterkopf noch wucherten, waren einfach nur mitleiderregend. Wie das ganze Mandle vor ihm.

»Bist krank? Hast eppa Krebs? Weil da hilft a Graserl gut.«

»Ich bin pumperlgsund!«

»Ah, brauchst es für die Psyche. Gute Idee, gute Idee. Du bist immer so grantig, da wird's Zeit, dass einmal richtig locker wirst.«

Sepp biss die Zähne zusammen und spürte förmlich, wie sich alles in ihm vor Zorn zusammenballte.

»Trotzdem brauche ich mehr Gras. Kannst mir das liefern?«

»Ich bin doch kein Dealer!«

»Aber du baust's sicher an, oder nicht?«

»Schon, aber lei für mich und wenn mal ein Freund – wie du – in Not ist.«

Sepp verzog die Lippen.

»Wo?«

»Häh? Was meinst …«

»Wo baust es an, dein Gras?«

Hansi zögerte.

»Mir kannst es ruhig verraten, ich flader dir schon nix.«

»Hinterm Haus im Garten bei den Tomaten habe ich eine Staude«, wisperte Hansi. »Nur eine.«

Sepp war geneigt, ihm zu glauben. Wie ein marktorientierter Großbauer wirkte Hansi ja nun wirklich nicht.

»Du kennst doch die anderen Giftler hier in der Gegend. Wer baut das Hasch im großen Stil an?« Und um in seiner Rolle zu bleiben und Hansi nicht zu argwöhnisch werden zu lassen, fügte er hinzu: »Wer könnte mir denn mehr liefern, wenn du's nicht kannst?«

Hansi sah sich um und neigte sich vor. Er flüsterte so leise, dass Sepp Mühe hatte, ihn zu verstehen. »Pete.«

»Pete?«

Hansi räusperte sich. »Peter Rojacher. Er hat einen Hanf-Shop in Lienz. Oder war's Spittal? Egal.«

»Lienz oder Spittal ist schon ein kleiner Unterschied«, brauste Sepp auf und wurde noch wütender, als Hansi mit seinen Fingern das Peace-Zeichen machte.

»Meistens hat er hier am Bauernmarkt einen Stand. Der hat alles, verstehst. Sag ihm einen Gruß von mir, dann rückt er auch mit den richtigen Sachen raus, verstehst?«

Donnerstags war Markttag, also in zwei Tagen. Bis dahin würde sich Sepp gedulden müssen.

»Wo baut der sein Gras an?«

»Woher soll ich das wissen?«

»Vielleicht im Wald, in meinem Revier?«

»Häh?«

Sepp beschrieb die Stelle, wo er die Hanfplantage gefunden hatte.

»Das ist ja viel zu weit«, schnaufte Hansi.

»Das war ana von euch Giftlern. Ich schwör's dir, wenn ich den erwisch, dem brenn ich eine Ladung Schrot auf!«

Irritiert von Sepps plötzlichem Zorn hob Hansi die Hände und zeigte schon wieder das Peace-Zeichen. Der wollte ihn provozieren!

»Kumm wieder oba«, raunzte Hansi.

»Und noch was sage ich dir! Mir ist es wuarscht, wenn ihr Deppen euch das Hirn wegrauchts. Aber dieses ganze Tablettenzeug brauchts nicht im Tal verteilen! Die Jungen –«

»Wovon redest du?«

»Einem Buam hat da bei uns jemand blaue Tabletten angedreht, harte Drogen. Weißt, wer das gewesen sein könnte?«

»Ich rauch nur Gras, hundert Prozent Bio. Irgendein chemisches Zeug täte ich nie angreifen und meine Kumpel a nit. Das harte Zeug, das macht dich hin.«

Sepp schnaufte verächtlich. »Und das Gras nicht? Schau dich doch an!«

»Marihuana ist gesund und hält jung.«

»So ein Blödsinn!«

Eines war klar: In Bezug auf die bei Reini gefundenen Drogen war der Gras-Hansi keine Hilfe. Immerhin hatte er mit Peter Rojacher einen neuen Namen in Erfahrung bringen können.

Den Joint, den Sepp noch in der Hand hielt, zerwuzlte er vor Hansi und ließ die Brösel auf den Boden rieseln.

»Ach ja, richt deinen Giftlerfreunden einen schönen Gruß von mir aus: Die Ernte in meinem Revier können sie sich sparen! Die habe ich mit der Motorsäge schon für sie erledigt.«

Jetzt verlor Hansi doch seine grasgeförderte Entspanntheit; seine Gesichtszüge verhärteten sich. »Verzupf du dich aufe auf deinen Kuttenbrunzerbichl und lass die anderen Leit in Ruhe! Leben und leben lassen!«

Sepp fletschte die Zähne. »Den Spruch kannst dir auf ein buntes Taferl malen und damit demonstrieren gehen! Wie anno dazumal. Wenn ich mich recht erinner, haben s' das Kraftwerk ja trotzdem gebaut!«

Den von Hansi initiierten Sitz- und Hungerstreik hatten die Verantwortlichen nicht einmal ignoriert.

»Du Arsch!«

Die Zeit heilte eben nicht alle Wunden. Manche blieben über Jahrzehnte.

»Toker!« Sepp lachte hämisch auf, als ihm Hansi die Faust gegen die Brust schlug. »Erst mit den Peace-Fingern herumwachtln und dann zuhauen? Ein schöner Vertreter der Friedensbewegung bist mir.«

»Was ist hier los?«

Beim Hansi musste es ein in Fleisch und Blut übergegangener Reflex sein – kaum bemerkte er aus den Augenwinkeln heraus die Polizeiuniform, wich er schon an die Hausmauer zurück und hob die Hände.

»Ah, die Polizei. Wie damals ... gell?«, frotzelte Sepp schadenfroh.

»Wir unterhalten uns lei«, beeilte sich Hansi, die Situation herunterzuspielen.

»Ja, über die Hanfplantage in meinem Revier. Der Hansi, der kennt sich aus mit dem Grünzeug.«

Bei Revierinspektor Martin Schober haperte es jedoch mit der Kompetenz, denn statt sich nun Hansi Tribelnig vorzuknöpfen und ihn mit auf den Posten zu schleppen, blickte er Sepp vorwurfsvoll an.

»Den sollten S' befragen«, gab ihm Sepp einen dezenten Schupfer in die richtige Richtung.

»Erklären Sie mir nicht, wie wir bei der Polizei unsere Arbeit machen sollen.«

Grantig stemmte Sepp die Hände in die Hüften. »Da liefere ich Ihnen die Täter auf dem Silbertablett, und Sie –«

Jetzt war es Hansi, der höhnisch lachte. »Ich hab dem Kieberer schon vor Tagen gesagt, dass ich mit dem Zeug im Wald nix zu tun habe! Du bist wie ein ÖBB-Zug, immer zu spät dran.«

»Du –«

»Schluss jetzt! Erregen Sie beide kein öffentliches Ärgernis!«

»Der Hansi ist ein Ärgernis, öffentlich oder nicht.«

Hinter Schobers Rücken streckte Hansi ihm die Zunge heraus. Er hatte sich seit der Volksschulzeit geistig kein bisschen weiterentwickelt, der Todl.

»Flattacher, reißen Sie sich zåm«, mahnte Schober.

Er sollte sich zusammenreißen? Das war mehr als ungerecht! Denn: »Der Hansi hat angefangen!«

10

Heimelige Provinz sticht anonyme Großstadt, war Georg Treichel überzeugt. Martin, der immerhin Jahre in Wien Dienst gehabt hatte, war geneigt, ihm recht zu geben. Einmal hatten sie in einem der verschachtelten, aus grauer Vorzeit stammenden Wiener Gemeindebauten nach einem Verdächtigen fahnden müssen und nicht mehr in der Hand gehabt als ein reichlich verschwommenes Foto aus einer Überwachungskamera. Rund zwanzig Polizisten waren im Einsatz gewesen.

In diversen TV-Serien gab es als Lachnummer häufig ein besonders neugieriges Exemplar der Gattung Homo sapiens sapiens, das tagein, tagaus am Fenster zum Hof lümmelte und das Kommen und Gehen der Nachbarn beobachtete. Nur böse Zungen behaupteten, dass manche Wienerinnen – oft in der Funktion der Hausmeisterin – deshalb so einen breiten Hintern hätten, damit sie beim Gaffen nicht aus besagtem Fenster fielen. Obwohl man neunzig Prozent der von solchen Gemeindebau-Urgesteinen gelieferten Informationen als wilde Spekulationen, Gerüchte und Übertreibungen streichen konnte, gab es doch hin und wieder einen wertvollen Hinweis, dem es sich nachzugehen lohnte, auch wenn man sich als Polizist dafür fünf Stunden Raunzerei à la »Hearst, des war a so …« anhören musste.

Das war in Obervellach weit einfacher. Erstens: Es gab nur wenige Gemeindeblöcke. Zweitens: Diese waren von der Größe her im wahrsten Sinne des Wortes überschaubar. Drittens: Man musste nicht den einen, seine Nase in alles, was ihn nichts anging, steckenden Nachbarn (oder Nachbarin) ausfindig machen, um an Informationen zu kommen. Nein, jeder wusste, wer im eigenen Haus lebte und wer im Nebenhaus wohnte.

Martin hatte zudem Glück, als er an diesem Mittwochvormittag vor der Sprechanlage des ersten Hauses stand und die

Namensschilder studierte. Hier hatte die vermaledeite neue Datenschutzdingsbumsverordnung zwar noch nicht zugeschlagen, und statt »Top 3« und so weiter waren die Nachnamen ausgeschrieben, doch die halfen ihm zugegebenermaßen nicht weiter, da er nur den Vornamen kannte. Sein Glück war, dass gerade der Postler vorfuhr.

»Grias di! Sag, du weißt sicher, ob in den Blöcken hier eine Tanja wohnt?«

»Klar. Tanja Mühlbichler. Haus C, Stiege 2.«

Kein überflüssiger Tratsch und Klatsch, nur die erwünschte Sachinformation. So sollte es immer sein. »Danke!«

Er ging hinüber und klingelte. Keine Reaktion.

Höflich machte er Platz, als eine ältere Frau mit einem Einkaufstrolley und einem vollen Sackerl kam und die Tür aufschloss.

»Warten S', ich helfe Ihnen«, erbot er sich.

»Mei, das is aber lieb. Ich wohne im dritten Stock, ganz oben.«

Eh klar. Lift gab es keinen, und die Dame hatte entweder Backsteine eingepackt oder den monatlichen Einkauf hinter sich. Martin geriet ganz schön ins Schwitzen, als er den Trolley – die Stufensteighilfe erwies sich als völlig unbrauchbar – hinaufschleppte. Was hätte sie ohne ihn getan?

»Zu wem wollten S' denn?«

»Zur Frau Mühlbichler.«

»Die ist selten daham.«

»Ach ja?«

»Die ist viel bei ihrem Freund, dem Paul.«

Potenzielle Zeugen zu befragen, während man das wöchentliche Workout absolvierte, war nicht die allerbeste Idee. Andererseits galt es, jede Chance zu nutzen.

»Wie heißt er denn noch, der Paul?«, schnaufte Martin.

»Er hat sich nie vorgestellt. Die jungen Leute haben keine Kinderstube mehr. Kein Bitte, kein Danke, kein Grüß Gott. Früher war's besser, glauben S' mir.«

Endlich waren sie oben. Die Dame – laut Türschild handelte es sich um Aloisia Schwarzenbacher – schloss auf und ging voraus, stillschweigend erwartend, dass Martin ihr mit dem Trolley folgte.

»Sind Sie mit der Bürgermeisterin verwandt?«

»Veronika Schwarzenbacher, ja, das ist meine Schwiegertochter. Da herein, in die Küche. Vorsicht, steigen S' nicht in die Katzenschüssel!«

Sie drängte Martin zu einer Tasse Kaffee, die er schlecht ablehnen konnte. Ihm graute schon davor, als er sie bei der Zubereitung beobachtete. Sie schaltete den Wasserkocher ein und maß dann exakt einen halben Teelöffel milden Löskaffee in ein Häferl – natürlich mit Blumenmuster. Das musste bei einem klassischen Blümchenkaffee, der nach absolut nichts schmeckte, sein.

Eine gut genährte Tigerkatze schlich in die Küche, schnupperte am gefüllten Napf und wandte sich angewidert ab. Mit einem Satz sprang sie auf den Tisch und begutachtete die Einkäufe, die Schwarzenbacher aus dem Trolley zauberte.

»Ich will ja nix Schlechtes sagen über meine Nachbarn …«

Erfahrungsgemäß folgte darauf ein mächtiges »Aber«.

»Aber die Tanja, das ist a Flitschale.« Schwarzenbacher schüttelte bedauernd den Kopf. »Arbeiten tut sie nix, ist ållweil unterwegs. Seit sie mit diesem Paul zusammen ist, ist es eh ein bisserl besser geworden. Jetzt kommt sie wenigstens nicht mehr jede Nacht mit einem anderen Loter ham. Die hat die Wohnung unter mir als Sozialwohnung bekommen. Das zahlen alles wir! Aber mich geht's ja nix an.«

Martin würgte den restlichen Kaffee hinunter und stellte die leere Tasse in die Abwasch. »Ich muss dann wieder.«

»Die Arbeit ruft, gell. Und wegen der Tanja … ich hab sie jetzt schon ein paar Tage nicht mehr gesehen. Den Paul auch nicht. Na, um die beiden ist's nicht schade.«

Martin ging die Stiege hinunter; vor Mühlbichlers Tür verharrte er kurz und überlegte, ob er ihr eine Notiz hinterlassen sollte. Er griff nach seinem Kugelschreiber, als er Schritte vernahm. Eine Frau um die dreißig kam die Treppe hoch. Sie war dem Aussehen nach vom Vortag übrig geblieben. Ihr Make-up war um die dunkel geschminkten Augen herum derart verschmiert, dass sie glatt in einem Zombiefilm mitspielen könnte. Das Kleid war kurz, der Ausschnitt so tief, dass man die Spitze ihres BHs sehen konnte. Ihre Stöckelschuhe trug sie klugerweise in der einen Hand, mit der anderen hielt sie sich am Stiegengeländer fest.

»Tanja Mühlbichler?«

Überrascht blickte sie auf.

»Ja?«

Er stellte sich vor. »Kann ich kurz mit Ihnen reden?«

»Muss das jetzt sein?«, fragte sie mürrisch. »Ich komm gerade erst heim.«

Um elf Uhr, wie ein Blick auf die Uhr zeigte.

»Um was geht es denn?«

Martin hörte, wie einen Stock höher eine Tür geöffnet wurde. Da spielte jemand Mäuschen. »Entschuldigen Sie mich bitte einen Moment.«

Er eilte die paar Stufen nach oben, wo Aloisia Schwarzenbacher in der offenen Tür stand und den Kopf herausreckte, um ja nichts zu verpassen.

»Frau Schwarzenbacher? Brauchen Sie etwas?«

»Äh … ah … nein.«

Sie warf die Tür zu, und er hörte deutlich, wie sich der Schlüssel zweimal im Schloss drehte, bevor noch die Kette des Sicherheitsriegels einrastete. Mit einem schiefen Grinsen kehrte er ins zweite Stockwerk zurück.

»Geht's um meine Papiere? Die Chefin hat gesagt, dass sie mich am Montag gleich angemeldet hat. Da läuft nichts schwarz.«

»Wo arbeiten Sie?«

»Im Drautaler ›Lusthaus‹«, nannte sie ein einschlägiges Etablissement.

Ah.

»Ich bin nicht von der Sitte«, stellte Martin klar.

Er rief per Handy auf der Polizeiinspektion an; gleich darauf rückten Kerstin und Michl zur Verstärkung an. Als sich der Kollege als Beamter des Koordinierten Kriminaldienstes Suchtgift vorstellte, zuckte Mühlbichler zusammen.

»Dürfen wir eintreten?«, fragte Michl und wies auf die noch verschlossene Wohnungstür.

Sie nickte und ging voraus, warf ihre Schuhe auf einen Haufen anderer Paare und nahm sich in der Küche ein Glas Wasser.

»Sie lasst uns einfach so rein?«, flüsterte Kerstin überrascht.

»Das tun die meisten Giftler, die sich auskennen«, gab Michl leise zurück. »Sie wissen, dass wir sonst per Telefon einen Beschluss zur Hausdurchsuchung erwirken.« Er zwinkerte Kerstin zu. »Pass gut auf, dann kannst noch was lernen fürs Leben.«

Sie folgten Mühlbichler in die unaufgeräumte Küche. In der Abwasch stapelte sich schmutziges Geschirr, auf dem Tisch lagen zwei leere Pizzakartons. Es roch unangenehm nach … so genau wollte Martin es gar nicht wissen.

»Haben Sie etwas Illegales daheim? Suchtmittel?«, fragte Michl.

Mühlbichler wies sofort mit dem Finger auf die Kaffeedose. Michl öffnete sie und beförderte ein Papierbrieferl mit ein wenig Gras, das maximal für zwei Joints reichte, hervor.

»Nur das«, behauptete sie.

»Erlauben Sie, dass wir uns selbst umsehen? Freiwillige Nachschau also?«

»Tun Sie, was Sie nicht lassen können. Ich habe nix zu verbergen.«

Sie tapste in den angrenzenden Wohnschlafbereich und ließ sich auf einem Sitzhocker nieder, der neben dem ungemachten Bett die einzige Sitzgelegenheit im Raum war. Mit verschränkten Armen lehnte sie sich gegen die Wand.

Systematisch durchsuchten sie den Raum, fanden aber nichts, obwohl Michl seine Nase sogar in die Blumentöpfe steckte. Dann bat er Martin, einen Blick auf Mühlbichler zu haben, während er mit Kerstin im Schlepptau Küche, Bad und WC gründlich unter die Lupe nahm.

»Nix gefunden?« Mühlbichler grinste triumphierend, als die beiden ins Wohnzimmer zurückkamen.

»Noch nicht«, erwiderte Michl und lächelte breit.

»Sie haben ja schon alles durchsucht!«

»Fast. Stehen S' amål auf.«

Ihr Grinsen verrutschte. »Wieso?«

Michl lachte leise. »Weil Sie uns für Idioten halten. Und weil Sie seit fast einer Stunde wie angewurzelt auf diesem Hocker sitzen. Aufstehen.«

»Das ist nur mein Schmutzwäschekorb!«

Michl winkte auffordernd. Widerstrebend kam Mühlbichler auf die Füße. Was die dreckige Wäsche betraf, hatte sie nicht gelogen. Aber in dieser eingebettet fand Michl einen abgewetzten Kulturbeutel. Er öffnete den Reißverschluss und stieß einen Pfiff aus. Mehrere Plastiksäckchen mit den bereits bekannten blauen Pillen befanden sich darin.

»Die gehören nicht mir!«

11

Der Bauernmarkt war äußerst gut besucht; neben Einheimischen waren es Touristen, die den goldenen Herbst für Wandertouren nutzten und schnell herausfanden, wo es in der Region die besten Schmankerln gab. Sepp hatte den gesuchten Stand erspäht, aber noch wartete er ab. Er legte sich gegenüber davon bei einem Biobauern auf die Lauer und stärkte sich mit einer Scheibe Bauernbrot mit Verhåckertem samt einer Extraportion Zwiebelringen darauf. Richtig gut.

Er wartete fast eine Stunde zu, bis die Dämmerung hereinbrach, kaum noch Kunden unterwegs waren und die ersten Standler abpackten, bevor er zielstrebig auf jenen Stand zusteuerte, der mit allen möglichen Produkten aus Hanf warb. Hinter der Glasscheibe befanden sich Dosen, Sackerln und Flascherln, aber – no na net – keine Joints.

Zwei nicht mehr ganz junge Männer, der eine schlacksig wie ein Teenager, der andere kräftiger gebaut, standen dahinter. Sepp verschwendete keinen Gedanken daran, sie zu siezen.

»Wer von euch beiden ist Peter?«

»Pete. Das bin ich«, antwortete das Zniachtl mit dem pickeligen Gesicht.

»An schönen Gruß vom Hansi Tribelnig. Er hat mir gesagt, dass ihr *alles* habts.« Er wackelte mit den Augenbrauen und hob die Hand, Zeigefinger und Daumen so geformt, als ob er etwas dazwischen hielt und an den Mund führte.

»Geht's noch?«, zischte ihn der andere Mann an.

Sepp wich ein wenig zur Seite, als eine alte Dame sich vordrängte und sich nach dem Angebot an Duftölen erkundigte.

»Was habts denn alles im Angebot?«, fragte Sepp Petes Kollegen, der sich auf sein zweimaliges Nachfragen hin als Oswald »Ossi« Klaunzer zu erkennen gab.

»Alles, was bei uns legal ist.«

In starkem Osttiroler Dialekt, bei dem so ziemlich jedes »s« zum »sch« wurde, erzählte er langatmig von erlaubten Wirkstoffen im Nutzhanf wie dem auch schmerzlindernden CBD in Extrakten und Tees sowie dem Unterschied zum THC, dem psychotropen Stoff in der Blüte der weiblichen Hanfpflanze, was die Dame vor ihm zu faszinieren schien, Sepp aber völlig am Arsch vorbeiging.

»Wo bekommt ihr das alles her?«, unterbrach Sepp den Wortschwall.

»Wir beziehen unsere Produkte ausschließlich von zertifizierten Biobauern«, behauptete Ossi.

»Ihr werdet doch auch selbst Pflanzen anbauen. Vielleicht da oben?« Er wies mit der Hand in die betreffende Richtung. »Dort habe ich nämlich in einem Jungwald fünfzehn Cannabisstauden entdeckt.«

Der Blick, den Pete und Ossi wechselten, sprach Bände.

»Eure?«, fragte Sepp und grinste.

»Die kann irgendwer gepflanzt haben«, wich Pete aus.

Hastig verpackte er die Einkäufe der Schastrommel vor ihm; er flüsterte Ossi etwas ins Ohr und bedeutete dann Sepp, zu ihm hinter den Stand zu kommen.

»Was brauchst?«, raunte er ihm zu.

Eindeutig, Pete und Ossi hatten unter der Hand weit mehr im Programm, als die Auslage vermuten ließ. Innerlich rieb sich Sepp bereits die Hände. Da würde der Schober Augen machen, wenn er ihm – schon wieder! – den Täter präsentieren konnte, bevor die Polizei überhaupt überriss, in welcher Richtung sie suchen sollte.

»Hast auch diese blauen Tabletten?«, fragte er leise.

»Viagra?«

»Kruzitürken, schau ich aus, als ob ich Viagra brauch?«

Pete zuckte nur mit den Schultern.

»Tabletten mit dem Logo ›MiM‹. Hast du welche?«

»Sorry, na.« Pete schüttelte den Kopf. »Von den harten Drogen lassen wir die Finger.«

»Ha! Du weißt, wovon ich rede!«, nagelte Sepp ihn fest.

Pete stritt nichts ab; ja, er wurde nicht einmal rot, sondern blieb völlig locker. War er zugedröhnt? Er wirkte gar nicht so daneben wie Althippie Hansi.

»Klar. In dem Geschäft muss man wissen, was läuft. Und manche unserer Kunden … tja, die nehmen alles. Aber Ossi und ich, wir verkaufen keine harten Drogen wie die ›MiM‹-Tabletten.«

»Ich soll dir glauben, dass du auf ein Geschäft verzichtest?«

»Mir ist wurscht, was du glaubst. Wir tandln ausschließlich mit Naturprodukten aus Hanf, weil Heroin ist was für Loser, und diese vollsynthetischen Designerdrogen greifen wir nicht an.«

Er glaubte Pete. Sepp rieb sich nachdenklich über den Mund.

»›MiM‹. Das heißt ›Made im Mölltal‹. Hast du eine Ahnung, wer das herstellt und verkauft?«

Pete lachte hell auf. »Du bist witzig«, sagte er, als er sich wieder fing. »Hast du eine Ahnung, was für Typen mit solchen Drogen dealen? Das sind Kriminelle!«

»Und ihr nicht? Ihr verkauft auch nicht nur legale Hanfprodukte«, konterte Sepp.

»Das sind trotzdem andere Welten. Das kannst nicht vergleichen.«

Pete wollte sich zurückziehen, aber Sepp hielt ihn am Arm zurück.

»Du hast gesagt, manche eurer Kunden nehmen alles. Woher kriegen die die Tabletten? Du musst doch was gehört haben, wenn du so gut auf dem Laufenden bist, wie du behauptest.«

Pete sah sich um, ob ja keiner mithören konnte.

»Klar, man bekommt das eine oder andere mit«, nuschelte er hinter vorgehaltener Hand. »Die verticken das in den Lokalen überall in der Gegend.«

»Wer steckt dahinter? Haben deine Kunden was gesagt? Wenn sie das Zeug kaufen, werden sie doch wissen, von wem …«

Pete schaute Sepp an, als ob er der größte Depp wäre. »Du weißt echt nicht, wie's läuft, oder? Die kleinen Straßenverkäufer wissen gar nix; die kennen nur ihren jeweiligen Mittelsmann. Oder meinst du, der große Boss schickt seine Visitenkarte mit?«

»Du weißt also auch keinen Dreck mehr als ich«, schimpfte Sepp.

Pete verschränkte die Arme vor der Brust und legte den Kopf schief. »Wieso fragst du überhaupt? Du schaust nicht so aus, als ob du ... an den Dingern interessiert bist. Ehrlich gesagt schaust du aus wie einer, der nicht mal weiß, wie Gras schmeckt. So völlig unrelaxt. Wie mit einem Stecken im Arsch.«

Wenn Sepp seinen Almstecken bei der Hand hätte, würde er Pete zeigen ...

»Von der Polizei bist auch nicht. Also? Warum die Fragerei?«

»Weil ein Freund von mir in dem Scheiß steckt«, gab Sepp widerstrebend zu.

»Und du willst ihm helfen?« Pete klang ungläubig.

Er nickte schroff. »A schöne Hilfe bin ich ihm«, murmelte er mehr zu sich selbst.

»Pass auf«, raunte Pete ihm zu. »Einen Namen habe ich gehört, und der Kerl muss zur oberen Liga gehören. So was wie Ronny? Nein, eher Tommy. Aber mehr weiß ich nicht.«

»Danke.«

Sepp schob sich zwischen dem Verkaufsstand und einem Anhänger hindurch in Richtung Straße.

»Ich hab auch eine Frage an dich«, rief Pete ihm nach. »Die fünfzehn Pflanzen im Wald ... weißt zufällig, wer die zerstört hat?«

Er verharrte vor dem Stand. Nach einem höhnischen Grinsen war ihm nicht zumute, nach Lachen schon gar nicht. »Irgendwer«, sagte er ohne Groll.

Pete sah ihn nachdenklich an und nickte schließlich.

Ossi erinnerte sich an seine Pflicht und geschäftstüchtig hielt er Sepp ein geöffnetes Sackerl mit gerösteten Hanfsamen zum Knabbern hin. »Willsch probieren?«

Er schüttelte ablehnend den Kopf.

»Oh, gibt es hier Gratiskostproben? Darf ich?«

Heinrich Belten drängte sich an Sepp vorbei und nahm sich gleich eine ganze Faust voll, der alte Gierschlund.

»Lecker!«

»Lecker ist die ...«

»... Zunge von irgendeinem Tier«, ergänzte Belten und verdrehte die Augen. »Du könntest dir mal neue Sprüche einfallen lassen.«

»Wozu? Für dich etwa? So verkalkt wie du bist, lernst a jeden Tag neue Menschen kennen.« Übertrieben deutete Sepp auf sich selbst. »Ich bin Sepp.«

»Haha«, machte Belten und nahm sich noch eine Portion, bevor Ossi schlau genug war, das Sackerl außer Reichweite zu nehmen.

»Ist das der Freund?«, fragte Pete neugierig.

»Was?« Der Belten? »Na!«

»Sepp und ich, wir sind Nachbarn. Schon seit Jahrzehnten«, trompetete Belten in die weite Welt hinaus.

»Aber keine Freunde?«, hakte Pete nach.

Sepp zog es vor zu schweigen, und auch Belten hielt überraschend die Klappe. »Nachbarn« war die einzig vernünftige Erklärung für ihre ... Beziehung. Denn Freunde waren sie nicht; Feinde? Auch nicht wirklich. Irgendwo dazwischen ... Mein Gott, was sollte er sich darüber den Kopf zerbrechen! Wen interessierte der Belten?

»Möchten S' einen Schokoladekeks probieren? Hier!«

Pete hielt eine offene Tupperschachtel mit appetitlich aussehenden und noch viel verführerischer duftenden Schokokeksen über die Theke.

»Aber ...« Ossi verstummte, als sich Belten bereits daraufstürzte.

»Das Rezept ist von meiner Oma. Kosten Sie mal«, ermunterte Pete Sepp.

Hungrig war er, und ehrlich gesagt konnte er nach diesem frustrierenden Tag eine Aufmunterung gebrauchen.

»Gut, was?«, sagte Pete mit einem Lächeln, nachdem Sepp abgebissen hatte. »Meine Oma sagte immer Wohlfühlkekse dazu. Mit Schokolade ist das Leben gleich viel süßer.«

»Da hat die Oma recht«, pflichtete Belten bei und schnappte sich noch einen. Der Piefke hatte überhaupt keinen Genierer!

»Aber …«, protestierte Ossi erneut, brach aber mit einem Seufzer ab, da Belten sich den ganzen Keks bereits in den Mund gestopft hatte.

Pete zog die Tupperdose zurück, schloss den Deckel und verstaute sie irgendwo unter der Auslage.

»Einen schönen Abend noch«, wünschte Ossi.

Pete grinste breit und sah zwischen Belten und Sepp hin und her; dabei legte Ossi ihm den Arm um die Schultern. »Genau. Machen Sie beide sich einen schönen Abend. Wer weiß, vielleicht werden aus Nachbarn noch gute Freunde.«

Ossi drückte Pete einen dicken Schmatz auf die Wange.

Als ob …

Oh.

Beim Gehen kicherte Belten kindisch. »Hast du das gesehen?«, wisperte er Sepp zu. »Das sind warme Brüder! Warme Brü–«

»Das ist wieder so typisch Piefke! Wir Kärntner haben nämlich keine Vorurteile!«

»Sehen wir uns noch die letzte Folge an, bevor wir ins Bett gehen?«

Martin gähnte. Es war nach zehn, und morgen hatte er Tagdienst, was bedeutete: Wecker. Früh. Egal.

»Warum nicht?«

Er rückte das Kissen in seinem Rücken zurecht, legte die besockten Füße auf den Couchtisch und trank einen Schluck

Rotwein. Nach einer ausgedehnten Wanderung in der Asten hatten sie sich einen gemütlichen Abend auf der Couch verdient. Bettina kuschelte sich, eine Schale mit Apfelchips in der Hand, an ihn.

Vor zwei Wochen hatte sie auf Anraten einer Studienkollegin einen Netflix-Account angelegt. Da sie Anglistik und Romanistik studierte, war es nur sinnvoll, wenn sie sich Filme auf Englisch ansah und so ihre Aussprache und ihr Sprachgefühl verbesserte. Auch Martin schadete es nicht, auf diese Weise seine Fremdsprachenkenntnisse aufzupolieren. Er hatte erstaunlich schnell hineingefunden, und die Stimmen der meisten Schauspieler klangen im Original weit besser als die der Synchronsprecher. Er wusste nicht genau, welche US-amerikanische TV-Serie rund um einen eigenwilligen Ermittler sie sich gerade ansahen, da sie zuletzt viele Abende vor dem Fernseher verbracht hatten, und er ein wenig den Überblick verloren hatte. »Binging« hieß es laut Bettina, wenn man sich exzessiv Folge für Folge am Stück reinzog. Also, von den Kosten her hatte sich Netflix schon längst rentiert.

»Wow, was für ein Staffelfinale«, zeigte sich Bettina fünfundvierzig Minuten später beeindruckt.

»Hm, das war echt gut gemacht.«

»Und der Cliffhanger! Echt fies. Du, was meinst du, geben wir uns noch die erste Folge der vierten Staffel?«

Dabei würde es garantiert nicht bleiben, wie er Bettina kannte. Zumal der sich über mehrere Folgen hinziehende Plot dazu verlockte, immer weiter schauen zu wollen.

Er schüttelte den Kopf. »Ich hab die nötige Bettschwere.«

Nach dem routinemäßigen Zwischenstopp im Bad krochen sie unter die Decke. Martin zog Bettina in seine Arme.

»Ist mit Reini alles in Ordnung?«, fragte er.

»Wieso?«

»Nur so. Er kommt mir … irgendwie anders vor in letzter Zeit.«

Bettina kicherte. »Pubertierend?«

Er hatte weder ihr noch ihren Eltern von den Drogen berichtet, die Flattacher bei ihm entdeckt hatte. Bislang hatte Martin das Gefühl, zu wenig zu wissen, zumal er keine Chance gehabt hatte, mit Reini unter vier Augen zu sprechen. Die Sache lag ihm jedenfalls schwer im Magen. War Reini in die falschen Kreise geraten? Bestand die Gefahr für ihn, drogenabhängig zu werden – oder war er es bereits? Er musste mehr Klarheit gewinnen, und wenn es ein ernsthaftes Problem gab, würde er Reini dazu motivieren, es seiner Familie selbst zu sagen.

»Mit was für Freunden ist er unterwegs?«

»Er redet hauptsächlich von Kevin und Justin. Es wird wohl nur eine Phase sein, das mit dem vielen Fortgehen und seiner komischen Art.«

Martin malte gedankenverloren mit seinen Fingern Kreise auf Bettinas Rücken.

»Hat er eigentlich keine Freundin?«

»Nicht, dass ich wüsste.« Bettina hob den Kopf von seiner Schulter und sah auf ihn hinunter.

Sie biss sich auf die Unterlippe und zog die Brauen hoch. »Meinst, dass Reini vom anderen Ufer sein könnte? Wie er in seine Teenagerjahre gerutscht ist, war ich schon in Graz. Ich weiß nicht, ob er … Heimgebracht hat er jedenfalls noch nie eine Freundin.«

»Möglich ist alles.«

»Ist ja auch seine Sache.«

Bettina küsste ihn. Martins Berührungen wurden zielstrebiger. Sie presste ihre Lippen in seine Halsbeuge.

»Wäre das ein Problem?«

Martin hätte keines damit und war sich sicher, dass auch Bettina aufgeschlossen genug war, die sexuelle Orientierung ihres Bruders zu akzeptieren.

»Was wäre ein Problem?«

»Falls Reini tatsächlich homosexuell ist. Wäre das ein Problem für deine Eltern? Wenn …«

Er verstummte, als Bettina ihn anfunkelte. Sie zwickte ihn

mit den Fingernägeln in die Brustwarze – und nicht gerade spielerisch wie sonst, was er mochte.

»Du willst im Ernst *jetzt* mit mir darüber diskutieren, was wäre, wenn Reini …«

»Sorry! Mein Fehler. Ich bin schon still.«

Er packte ihren Hinterkopf und zog sie zu einem innigen Kuss zurück. Reini konnte – musste – warten. Wenige Sekunden später war es Bettina, die sich aus seiner Umarmung löste und aufsetzte.

»Oh-oh.«

»Was?«

»Falls mein Bruderherz tatsächlich auf Männer steht, haben wir zwei ein Problem.«

Martin richtete sich ebenfalls auf und runzelte die Stirn.

»Mit meinem Papa.«

»Hätte er dafür kein Verständnis? Würde er …«

Puh, da hatte es schon viel weniger gewichtige Gründe für Familienzwistigkeiten und Tragödien gegeben. Bruchstückhaft flatterten diverse Fälle durch Martins Erinnerung. Zwar war auch das Mölltal längst im 21. Jahrhundert angekommen und Homosexualität kein Tabuthema mehr, aber wer wusste schon, wie traditionell geprägte Bauern reagierten, wenn es um die eigenen Söhne und Erben ging. Würde Raimund Hader Reini verstoßen? Könnte es …

»Papa würde *uns* die Hölle heißmachen«, stieß Bettina hervor und griff sich dramatisch an die Kehle.

»Uns? Wieso uns?«

Wie könnte er Bettina und Martin dafür verantwortlich machen, wenn Reini …

»Versteh doch!«

Sie packte ihn an den Schultern und schüttelte ihn. »Wenn Reini echt homosexuell ist, dann …« Sie seufzte laut auf.

»Was?«

»Dann liegt es allein an uns, Papa einen Stammhalter für den Hof zu liefern.«

Martin schluckte. Er dachte daran, wie Bettis Eltern bei jeder Gelegenheit mit dem Zaunpfahl winkten, was den Hausbau betraf, mit dem sie ihrer bescheidenen Meinung nach endlich anfangen sollten. Dass sich Bettinas Baugrund in unmittelbarer Nähe des Haderschen Hofes befand, bereitete Martin – so gern er ihre Familie auch hatte – doch ein wenig Kopfschmerzen. Allein die Vorstellung, Raimund könnte auf Nachwuchs drängen, ließ Martin die Grausbirnen aufsteigen. Da würde das sonntägliche Familienessen ein Spießrutenlauf der Sonderklasse werden. Uff.

»Schatzi, da hilft nur eines«, flüsterte Bettina und zupfte sacht an seinen Brusthaaren.

»Was?«, krächzte er und räusperte sich, um mit normaler Stimme zu wiederholen. »Was denn?«

»Wir müssen üben. Ganz, ganz viel üben. Jetzt. Sofort.«

Sepp blinzelte und beugte sich weit über das Lenkrad, um besser sehen zu können. Vor ihm lief ein riesiger Wolf, oder war es ein Bär?, die Straße auf den Pfaffenberg hinauf. Statt durch den Wald abzukürzen, blieb das Ungetüm auf der Straße. Er konnte das Gefühl nicht loswerden, dass er der Kreatur folgen sollte; dass sie wollte, dass er ihr folgte. Wohin? Das Ganze erinnerte ihn an die uralten Kärntner Sagen mit ihren unheimlichen Gestalten, die dem Mutigen den Weg zu Weisheit und Schätzen wiesen, Unwürdige jedoch in Todesfallen locken konnten.

Ihm war mulmig zumute; Angst und Glücksgefühle mischten sich in ihm zu einer seltsamen Melange. Nein, es war mehr wie Öl und Wasser. Zusammen in einem Gefäß, aber doch klar getrennt. Oder …

Vor jeder scharfen Kurve leuchteten die Augen der Bestie noch greller auf. Rot wie glühende Kohlen, wie die des Teufels.

»Ich komme, ich komme«, wisperte Sepp.

Der Wolf – oder Bär – verschwand um die nächste Kurve. Verflixt schnell war es, das Vieh. Er trat fester auf das Gaspedal. Der Wolf heulte.

Er fixierte die aufleuchtenden Augen; sie wollten ihm etwas sagen, hatten eine Botschaft für ihn, eine Offenbarung. Das wusste er genau.

Sepp zuckte zusammen, als er mit dem Suzuki zu weit vom Weg abkam und die rechten Räder auf die Böschung gerieten. Hoppla!

Der mystische Wolf zwinkerte ihm neckisch zu. Sepp gab Gas, um nicht den Anschluss zu verlieren.

Irgendwo in seinem Kopf flackerte der irritierende Gedanke auf, dass etwas an diesem Bild nicht stimmte. Wieso konnte er ständig in die Augen des vor ihm dahinlaufenden Tieres blicken? Vielleicht wollte das Vieh bei jedem Schritt sicherstellen, dass Sepp ihm auch tatsächlich nachkam.

Abrupt schlug es einen Haken, lief noch ein paar Schritte weiter und – Puff! Es löste sich in Luft auf. Einfach so. Die roten Augen – weg.

Sepp stellte mit zitternden Fingern den Motor ab und stieg aus. Er schwankte vorwärts, dahin, wo eben noch der Wolf, Bär, Teufel gewesen war. Nur ein winziges, helles Lichtlein war noch kurz zu erkennen, bevor auch dieses verlosch.

»Verfolgst du mich?«, ertönte eine unheimliche Stimme aus der Dunkelheit.

Vorsichtig tappte Sepp näher und näher und hoffte, dass sich seine Pupillen rasch auf das fahle Mondlicht einstellten. Gruselig war es. Ihm lief es kalt und heiß über den Rücken.

»Das wolltest du doch«, erklärte Sepp heiser. »Was willst du von mir?«

Schemenhaft nahm der Wolf vor ihm Gestalt an. Nein, es musste doch der Teufel sein, denn er stand aufrecht, auf zwei Beinen. Bis er nicht mehr stand. Nein, er war zu Boden gesunken.

Sepp ging zaghaft weiter und stieß an ein … Auto? Umständlich kramte er in seiner Jackentasche, fand sein Handy und aktivierte mühsam die Taschenlampenfunktion. Er nahm all seinen Mut zusammen und lenkte den Lichtschein exakt auf die zusammengekauerte Gestalt vor sich. Innerlich wappnete er sich für das Schlimmste. Eine Teufelsfratze. Klauen. Spitze Zähne, bereit, sich in seine Kehle zu bohren.

»Aaaah!«

Vor Schreck fiel Sepp das Handy aus der Hand. Mit einem Fluch bückte er sich danach und richtete den Schein erneut auf … Heinrich Belten.

»Was sieflst da am Boden uma?«

Den Arm schützend vor das Gesicht gelegt, wimmerte Belten auf. »Tu mir nichts!«, japste er. »Gnade!«

Wachsam schwenkte Sepp das Handy herum, darauf gefasst, dass sich die Bestie jeden Moment auf sie stürzen würde. Verbarg sich das Ungetüm hinter Beltens altersschwachem Ford Fiesta?

»Hast du ihn auch gesehen?«

»Wen?«, fragte Belten weinerlich.

»Den Wolf! Oder«, er senkte die Stimme zu einem Flüstern, »den Teufel.«

Auf allen vieren kroch Belten zu Sepp. »Lass mich nicht allein!«

»Du Depp«, antwortete er seltsam saftlos und runzelte die Stirn, als Belten in Tränen ausbrach. Schluchzend und schniefend hockte er wie ein Häuflein Elend vor ihm am Boden und krallte sich wie ein Affe an Sepps Hose fest.

»Schrei mich nicht an! Immer schreist du mich an! Du bist so böse zu mir!«

Auf einmal saß auch Sepp auf seinem Hintern. Hatte Belten ihn zu Boden gezerrt? War er gefallen?

»Du bist richtig, richtig, richtig, *richtig* gemein! Und das ist gemein von dir!« Belten schlang seine Arme um Sepp und drückte ihn fest. »Weil ich … ich habe dich lieb, weißt du.«

Sepp bekam einen Lachkrampf. Er konnte gar nicht mehr aufhören mit dem Lachen, während Belten die Tränen übers Gesicht rannen. Es war so komisch. So, so komisch. Sie saßen hier am Boden, in der Dunkelheit lauerte ein Wolf, und Belten hatte gesagt ... was hatte er gesagt? Hatte Sepp es sich nur eingebildet? Träumte er?

»Magst du mich auch ein kleines bisschen?«

Sepp mochte Annemarie. So wie sie sich auf der Tanzfläche an ihn schmiegte. Er legte beide Arme um sie, ihr Gesicht war an seine Schulter gedrückt. Er spürte ihre Hand an seiner Wange. Er fühlte sich glücklich, so richtig glücklich. Sepp lächelte selig und sah zum Sternenhimmel hinauf.

»Natürlich mag ich dich«, sagte er. »Sogar sehr. Sehr.«

Die Discolichter der Tenne leuchteten über ihn. Er hob ihr Kinn und küsste sie auf den Mund.

12

Hand in Hand spazierten sie über den überbevölkerten Hauptplatz. Nach der feierlichen Messe in der Pfarrkirche St. Martin mit dem berühmten Obervellacher Kirchenchor – wer hätte gedacht, dass ein gemischter Chor ausgerechnet im tiefsten Mölltal mit mitreißenden afrikanischen Liedern rockte – sowie dem anschließenden Festzug samt Erntedankkrone herrschte nun ausgelassene Kirchtagsstimmung. Bettina und Martin wurden fast von drei kleinen Kindern über den Haufen gerannt, die in der Miniausgabe der traditionellen Mölltaler Tracht herzallerliebst aussahen.

Angst, zu verhungern, musste beim alljährlichen Erntedankfest Anfang Oktober niemand haben. Von Köstlichkeiten vom Almbauern bis hin zu Spezialitäten aus den Partnerstädten Freising und Skofja Loka gab es vieles zu probieren, und zusammen machte es doppelt so viel Spaß. Nachdem sie sich eine Weißwurst mit Brezen geteilt, Prosciutto genascht und zu zweit eine Portion Wildgulasch vom Jagdverein ausgelöffelt hatten, drängte Bettina ihn zum Hotel Pacher, wo Kaffee und Apfel-Streuselkuchen angeboten wurden. Sie gingen aber nicht hinein, sondern blieben auf dem Platz, da soeben eine Kindergruppe einen Volkstanz aufführte.

Der wortgewandte Moderator nutzte danach die Gelegenheit, Lob und Dank auszusprechen. Bürgermeisterin und Vertreter regionaler Großbetriebe wurden beklatscht; Martin horchte auf, als der Name Donald Gruber fiel, der sich – Bescheidenheit vortäuschend – auf die Bühne bitten ließ. Max Müller hatte anscheinend nicht übertrieben, als er sagte, dass Gruber ein bedeutsamer Mann in der Region wäre. So wie ihm der Moderator Rosen streute und ihn für den Ankauf und die Revitalisierung heruntergekommener Hotels in Mallnitz lobte, könnte man fast meinen, man stünde bei Grubers Beerdigung und hörte den gewohnt übertriebenen Nachruf. Neben dem Unternehmergeist, den das Tal so dringend brauchte, wurde vor allem Grubers Großzügigkeit gelobt: Er trat in verschiedenen Bereichen als nobler Spender auf, ob es um die Förderung der Jugendfußballmannschaft oder um ein soziales Hilfsprojekt ging. Dann reichte der Moderator das Mikrofon weiter.

Donald Gruber lächelte gewinnend und sah es nun seinerseits als Aufgabe, andere zu preisen. Zuerst rückte er seine »bezaubernde Ehefrau« ins rechte Licht, da hinter jedem erfolgreichen Mann eine starke Frau stehen müsste, »um ihm zu sagen, wo's langgeht«, scherzte er und heimste die pflichtgemäßen Lacher ein. Er warf Tessa ein Küsschen zu.

Sie stand mit Max Müller, Thomas Schneider und einem weiteren Paar zusammen an einem Stehtisch und winkte ihrem Mann zu. Martin beobachtete Ex-Bürgermeister Müller, als Gruber neben dem Mallnitzer Ortschef auch die Bürgermeisterin Schwarzenbacher in höchsten Tönen für die gute Zusammenarbeit und ihre Unterstützung lobte. Müller verzog dabei den Mund, machte aber gute Miene zum bösen Spiel.

»Erfolg basiert auf dem Miteinander«, sagte Gruber. Wollte er doch in die Politik gehen? »Ein Mann allein kann wenig erreichen. Er braucht Unterstützung, Hilfe, Leute, auf die er sich blind verlassen kann. Daher möchte ich mich an dieser Stelle ganz besonders bei Thomas Schneider bedanken. Er ist meine rechte Hand. Und manchmal mein Gehirn, so eine Art externe Festplatte, wenn Sie wollen, denn wenn ich vor lauter Terminen und Projekten mal wieder etwas verschwitze, ist er verlässlich zur Stelle! Wie die freiwillige Feuerwehr – für die ich übrigens heute eine Kleinigkeit dabeihabe, als Anerkennung für ihre unermüdlichen Leistungen.«

Jetzt musste noch der Kommandant der FF Obervellach antreten. Zu seinem Glück war er in Uniform aufgemaschelt, da er zuvor mit einer Abordnung auch am Festzug teilgenommen hatte. Ob der Scheck in Höhe von tausendfünfhundert Euro, den Gruber ihm überreichte, tatsächlich als Überraschung kam? Martin bezweifelte es. Jedenfalls war bei der FF als Spendenempfänger kein Cent verloren. Unter lautem Applaus kehrte Gruber wieder an seinen Platz zurück und stieß mit Max Müller an.

Martin konnte Treichels Antipathie dem Ex-Bürgermeister gegenüber gut nachvollziehen. Während Bettina den restlichen Kuchen verspeiste, ließ er seinen Blick über die Menge schweifen.

Hoppla, Tanja Mühlbichler war auch hier. In ein sexy Minikleid mit viel Spitze gezwängt, stach sie unter den Damen mit Dirndlkleid und Trachtenhut heraus. Sie lehnte sich unweit der Stehtische an den Pfosten eines schattenspendenden Pavillons, unter dem Bierbänke und -tische den hungrigen Besuchern Platz boten.

Ihr starrer Blick war auf … das Grüppchen rings um Max Müller gerichtet? Seltsam. Gruber kehrte ihr halb den Rücken zu, aber Müller und Schneider hatten ihr das Gesicht zugewandt. Alles in Martin schaltete auf Alarm, als Mühlbichler eine dezente Komm-her-Geste machte. Als Reaktion darauf konnte er bei Müller ein Lächeln erkennen; aber war das ein leichtes Kopfschütteln, das Schneider zeigte? Und wenn ja, war es für sie bestimmt?

»Gehen wir –«

»Warte kurz«, unterbrach Martin Bettina.

Mühlbichler löste sich von dem Pfosten und ging langsam, aber zielstrebig, auf die Gruppe zu. Anscheinend von Schneider aufmerksam gemacht, drehten sich die Grubers zu ihr um. Tessa Gruber wirkte, als sie Mühlbichler sah, verstimmt, fasste nach der Hand ihres Mannes und sagte etwas zu ihm. Daraufhin kehrte er der sich Nähernden erneut den Rücken zu. Interessant. Vor allem, wenn man ihre Profession bedachte. War Gruber einer ihrer Kunden? Wusste seine Frau davon?

Schneider stellte sein Weinglas ab und fing sie ab, bevor sie den Tisch erreichte. Er umfasste leicht ihren Oberarm und drängte sie zum Gehsteig hinauf. So viel zum Thema Grubers rechte Hand. Schneider schien weit mehr zu managen als nur das Unternehmen und auch in privaten, sich anbahnenden Krisen Feuerwehrmann zu spielen. Misstrauisch achtete Martin darauf, ob Mühlbichler eine Abwehrhaltung erkennen ließ. Nein, sie schien ohne Widerstreben mit Schneider mitzugehen.

»Alles klar, Schatz?«

»Hm.«

»Du weißt aber schon, dass du auf der Couch schläfst, wenn du lieber a Schlamperl im Minikleid anschaust als mich.«

Martin nahm ihr den leeren Teller aus der Hand und stellte ihn ab. »Mein Interesse an ihr ist rein beruflicher Natur.«

Bettina hob nachfragend die Brauen.

»Ich schwöre! Ich riskiere doch keinen steifen Nacken auf der Couch, wenn ich ein gemütliches Bett habe«, er klopfte ihr auf den Hintern, der in einer engen Stretchjeans steckte, die er in Kombination mit der trachtigen Dirndlbluse weit attraktiver fand als ein billige Erotik ausstrahlendes Minikleid, »mit dir darin.«

Sie warf den Kopf zurück. »Es sei dir verziehen. Schau, da hinten steht der Reini-Heini.«

Mit Kevin Staller an seiner Seite. Beide hatten ein großes Bier vor sich. Und Sepp Flattacher näherte sich ihnen mit langen Schritten.

»Ui, sollen wir zu ihm hin?«, fragte Bettina besorgt, als Flattachers Hand auf Reinis Schulter landete. Ihr Bruder knickte beinahe ein unter dem Schlag.

»Unbedingt!«

»Da sind genau die Richtigen beinånd«, schimpfte Sepp und verstärkte den Druck seiner Finger.

Er hatte gehofft, heute Pete und Ossi zu finden, um den beiden Falotten zu zeigen, wo der Bartl den Most holte. Mein Gott, wenn er daran dachte, was die beiden Deppen angerichtet hatten, indem sie Belten und ihm vergiftete Kekse untergeschoben hatten! Nein, daran wollte er gar nicht denken. Nur, er bekam die Erinnerung nicht aus seinem Schädel, sie pickte fest wie Lärchenharz. Nach einem anständigen Schnapsrausch hatte man oft Glück und vergessen, was im angetrunkenen Zustand geschehen war. Manches, was am letzten Donnerstag passiert war, blieb tatsächlich in einem dunstigen Nebel, und er konnte nicht mit Sicherheit sagen, ob es Traum oder Wirklichkeit gewesen war.

Aber ein Augenblick hatte sich ihm eingebrannt. Nie, nie in seinem Leben würde er es vergessen. Dieses Grauen. Diese Peinlichkeit. Dieses … er könnte speiben, hier und jetzt.

Gut, als Draufgabe war dann der Belten bewusstlos geworden – eh klar, dass das Cannabis bei ihm stärker einfuhr, hatte er sich doch gierig einen zweiten Keks reingestopft. Sepp war immerhin noch so weit bei klarem Verstand, die Rettung zu verständigen, auch wenn er alles irrsinnig witzig gefunden hatte. Die blinkenden Lichter hatten ihn unglaublich fasziniert, und er erinnerte sich vage daran, wie er dem Rettungsauto hinterhergelaufen war, als sie Belten abtransportiert hatten. Als ob die Lichter ihn dazu aufgefordert hätten.

Gestern war Beltens Tochter Carola mit ihrer Familie eingetroffen; sie hatten ihn aus dem Krankenhaus nach Hause geholt. Als Sepp das Auto gehört hatte, war er hinausgelaufen, hinüber zum Zaun, weil er sich vergewissern wollte, dass Belten keinen gröberen Schaden davongetragen hatte. Ein bisserl spielte dabei der Wunsch mit, herauszufinden, an wie viel Belten sich erinnern konnte. So daneben, wie er sonst war, hatte Sepp noch Hoffnung gehabt. Doch der Blick, den sie sich über mehrere Meter hinweg zugeworfen hatten, die Art und Weise, wie Belten gleich darauf wegsah, dies alle zeigte ihm in voller, unbarmherziger Härte: Heinrich Belten erinnerte sich.

Sepp hatte sich, als er wie ein geprügelter Hund in sein Haus zurückgeschlichen war, geschworen: Die Schuldigen würden dafür bezahlen! Er wollte Vergeltung. Mit dem nassen Fetzen wollte er Pete und Ossi davonjagen!

Nun, Kevin war eine passende zweite Wahl.

»Grias di«, stammelte Reini ertappt.

Ohne weitere Erklärung begann Sepp, Reinis Hosentaschen auf der Suche nach verdächtigen Inhalten abzuklopfen.

»He!«

Reini stolperte zurück; Kevin grinste wie blöd. Sepp sah böse von einem zum anderen. »Was denn? Ich wollte nur schauen, ob der Kevin dir schon wieder diese blauen Tabletten gegeben hat.«

Kevin machte an Fotz. »Chill oba die Basis, Oida!«

Außer dem letzten Wort hatte Sepp nichts verstanden.

»Mit Drogen ist's kein Spaß«, sprach er aus leidvoller eigener Erfahrung. »Ich schwör's dir, Kevin, wenn du dem Reini noch einmal Drogen gibst, dann werde ich dich eigenhändig –«

»Was willst, Oida?«

Kevin baute sich drohend vor Sepp auf. Er war einen halben Kopf größer, nicht einmal halb so alt wie er und in einer ganz anderen Gewichtsklasse. Statt zurückzuweichen, machte Sepp noch einen Schritt nach vorn und setzte dem anderen die Finger auf die Brust. Eine Pistole wäre besser.

»Ich werde –«

»Jetzt einmal ganz schnell wieder runterkommen!«, sprach ihn jemand von hinten an.

Martin Schober. Schon wieder der!

»Sie sind nicht im Dienst«, stellte Sepp fest. Außer Jeans und dunkles Hemd waren die neue Uniform bei der Polizei.

»Als Polizist ist man immer im Dienst«, gab Schober ungerührt zurück. »Ich schau nicht weg.«

Sepp schnaubte.

»Dann schauen S' mal hin, ob der Kevin wieder Drogen verteilt! Wäre ja nicht das erste Mal.«

»Drogen?«, fragte eine weibliche Stimme.

Dass Schober seine Freundin dabeihatte, hatte Sepp glatt übersehen. Bettina sah ihren Bruder fragend an, der unter ihrem Blick rot anlief. »Reini-Heini, sag nicht, du –«

»Lass uns später darüber reden«, unterbrach Schober sie

leise, aber bestimmt. »Herr Staller, führen Sie illegale Substanzen mit sich?«

Auf Schobers Aufforderung hin entleerte Kevin widerwillig seine Taschen. Nichts.

Kevin hatte es dann sehr eilig, zu gehen; Reini wollte ihm folgen, aber Bettina hielt ihn mit einem entschiedenen »Du bleibst da!« zurück und packte ihn wie einen ungezogenen Fråtz am Handgelenk.

»Entschuldige mich einen Augenblick. Ich möchte kurz mit Herrn Flattacher reden.«

Sepp verschränkte die Arme vor der Brust.

»Was sollte das mit Kevin Staller«, ging Schober ihn an, kaum waren Bettina und Reini außer Hörweite. »Spielen Sie wieder Miss Marple?«

»Ist Ihnen schon mal aufgefallen, dass Sie ohne Uniform gleich ein Eizerl ruppiger werden als sonst?«

»Flattacher, lassen S' den Scheiß und lenken S' nicht vom Thema ab!«

Sepp nickte, als Schober das ihm Vorgeworfene sofort untermauerte.

»Was ist? Haben Sie schon eine Spur zu den Made-im-Mölltal-Drogen?«

»Wir gehen verschiedenen Hinweisen nach.«

»Was heißt, Sie haben nix«, stichelte Sepp und grinste. »Wollen Sie einen Namen, hm?«

Schober verengte seine Augen und verschränkte ebenfalls die Arme. Seltsam. Obwohl er keineswegs so bullig gebaut war wie der Tunnelarbeiter Kevin, wirkte er sehr viel ernstzunehmender als dieser. Nicht, dass Sepp Angst vor dem Polizisten hätte. Nein. Aber er nahm ihn für voll.

»Tommy oder so. Der soll in der Hierarchie von diesem Drogendings höher oben stehen«, warf er ihm einen Knochen hin.

»Das deckt sich mit den Ermittlungen.«

Enttäuscht atmete Sepp hörbar aus. Er hatte gehofft, Schober einen Schritt voraus zu sein und ihm das unter die Nase reiben zu können.

»Ich habe herausgefunden, wer die Hanfplantage in unserem Revier angelegt hat«, sagte er. »Wissen Sie das eppa auch schon?«

»Nein.«

Sepp hoffte vergebens, dass Schober fragte. Was soll's.

»Peter Rojacher und Oswald Klaunzer. Sie verkaufen Hanfprodukte in einem Geschäft und sind auch oft beim Bauernmarkt.«

»Danke für die Information.«

Sepp verzog schadenfroh den Mund.

»Zu ernten haben sie nichts mehr. Darum habe ich mich gekümmert. Die trauen sich so schnell nicht mehr in den Wald!«

Fast erwartete er, dass Schober ihn auch dafür tadeln würde. Aber er gab Sepp, ohne seine Arme aus der Verschränkung zu lösen, ein verstohlenes Daumen-hoch, was ihn überraschte.

»Sie heißen das gut?«

Schober hob die Brauen und lächelte schief. »Das habe ich nicht gesagt, oder?«

»Steig ein.«

»Ich –«

»Einsteigen sollst du!«

Die rechte Hand um den Griff der Beifahrertür geklammert, packte Tommy Tanja mit der linken an der Schulter und stieß sie nach vorn. Sie wimmerte auf, schnallte dann aber, dass er es todernst meinte und sank auf den Beifahrersitz nieder.

Er knallte die Tür zu, sah sich aus reiner Gewohnheit kurz um, ob es Beobachter gab, und stieg dann selbst ein.

»Wohin fahren wir?« Ihre Stimme klang schwach.

Tommy warf ihr einen schnellen Blick zu. »Was denkst du?«

Er startete den Motor. Verstummt saß sie neben ihm; sie begann, an ihrem Fingernagel herumzukauen. Abstoßend. Aber ihm gefiel, was sie dazu trieb: pure Angst. Er konnte sie unter ihrem Parfum förmlich riechen. Sie fürchtete ihn. Ja, sie wusste, dass sie ihm ausgeliefert war, dass er stärker war als sie, mächtiger. Ihr schäbiges Leben lag in seiner Hand. Tommy grinste.

»Bitte … wohin fahren wir? Was haben Sie vor?«

Er mochte es, wenn Frauen bettelten.

Sie zitterte.

»Ach, ist dir kalt?«

Er aktivierte demonstrativ die Sitzheizung. Schließlich war er ja kein Monster. Oder doch. Er wusste, dass es nicht die kühl eingestellte Klimaautomatik war, die sie wie das sprichwörtliche Espenlaub beben ließ.

»Du bist echt dämlich, oder? Richtig dumm«, verhöhnte er sie. »Was sollte das werden, vorhin? Antworte! Dachtest du dir, so ein schöner Tag, ich stell mich mal einfach so zu euch an den Tisch dazu? Was bildest du dir ein!«

»Ich … ich wollte nur reden«, klagte sie.

»Mit wem?«

Sie schluckte hörbar.

»Hast du denn gar nichts dazugelernt? Dir muss mal einer zeigen, wo dein Platz ist.«

Nämlich ganz, ganz unten.

Eigentlich hatte er sie direkt nach Oberdrauburg an ihren Arbeitsplatz bringen wollen, aber spontan entschied er, einen Zwischenstopp einzulegen. Er bog zum Gössnitzer Stausee ab und fuhr über die Brücke Richtung Stadlberg. Er musste nicht lange suchen, bis er einen Forstweg fand und auf diesem in ein idyllisches Waldstück vorstieß. Er stellte den Wagen ab, schnallte sich ab und wandte sich ihr zu.

»Du wolltest reden. Also rede.«

Wieder knabberte sie an ihrem Nagel, unwirsch schlug er ihr die Hand hinunter.

»Die Kieberei … ich hab nix verraten, gar nix«, stotterte sie.

»Du warst bei der Polizei?« Da sie nicht sofort antwortete, griff er ihr brutal in die Haare und riss ihren Kopf zurück. Sie schrie auf. »Rede!«

»Sie … die Kieberer … waren bei mir.«

Tommy ließ sie nicht los, bevor er aus ihrer Stammelei schlau geworden war. Hausdurchsuchung durch die Polizei und sie hatten ein paar Exemplare aus der neuen Produktreihe gefunden. Nicht weiter tragisch. So lange …

»Halt ja dein Maul, wenn du weißt, was gut für dich ist«, drohte er ihr.

Sie nickte, soweit es sein harter Griff in ihren Haaren zuließ. Angewidert stieß er sie von sich.

»Ich … ich sag nix. Schwöre!«

Tommy tappte mit den Fingern am Lenkrad. Jemand wie Tanja war nicht unbedingt vertrauenswürdig; andererseits war sie nicht von sich aus schon früher zur Polizei gerannt, als sie guten Grund dazu gehabt hatte. Nein, sie hatte sich den Regeln unterworfen und war bereit, ihre Schuld abzuarbeiten.

»Ich dachte …«

»Du und denken? Das ist ja wohl ein Witz.«

Sie sah überall hin, nur nicht ihm ins Gesicht.

»Mein … ich sag den Bullen nix … das ist doch … ist das nicht … etwas wert?«

»Du willst etwas für dein Schweigen haben?«

Ihre glasigen Augen funkelten hoffnungsvoll auf.

»Was denn? Geld? Oder …«

Er beugte sich vor zum Handschuhfach. Im hinteren Teil hatte er ein kleines, gut verborgenes Depot einbauen lassen, speziell für Fälle wie diesen, wenn er schnell etwas zur Hand haben musste.

»… das?«

Was so eine unscheinbare blaue Tablette bewirken konnte. Das erstaunte Tommy immer wieder. Er war schlau genug, um selbst die Finger von diesen Dingern zu lassen, denn er wollte nicht zu jenen abgefuckten Leuten gehören, die stahlen, sich erniedrigten, sich verkauften, einfach alles taten, nur um an den Stoff zu kommen.

Er presste die Lippen zusammen, als er an vorhin dachte. Wie

Donald Gruber großspurig das Mikro in der Hand gehalten hatte und ihn als seine rechte Hand gelobt hatte, als ob er sich davon etwas runterbeißen könnte. Nur Tommy hörte den süffisanten Ton, die Überheblichkeit. Wie einem dreckigen Köter hatte er ihm einen Knochen hingeworfen, vor aller Welt gezeigt: Donald war die Nummer Eins, Tommy nur sein Handlanger, zwar sein bester, aber eben nur ein Mitarbeiter, ein Untergebener.

Von wegen! Er hatte Ziele, er verfolgte Pläne. Gruber war viel zu überheblich und von sich selbst überzeugt, um mitzubekommen, dass Tommy längst schon eigene Geschäfte am Laufen hatte. Nicht mehr lange, und es würde Gruber sein, der mit einem Tritt in den Arsch ins Abseits befördert wurde. Dann würde Tommy seinen rechtmäßigen Platz an der Spitze einnehmen; dann würde er in einem Anwesen wohnen, das jedem Besucher die Augen aus dem Kopf fallen ließ.

Alle würden angekrochen kommen, alle. Allen voran Tessa. Nicht, dass er sich auf sie fixiert hatte. Es gab weit bessere, schönere, jüngere Weiber als sie. Nein, hier ging es nur ums Prinzip. Er wollte sie betteln hören.

»Bitte …«, winselte Tanja.

Die Schlampe am Beifahrersitz hätte er fast vergessen. Verächtlich ließ er das Säckchen mit der einzelnen Tablette in ihren Schoß fallen, und wie ein Geier stürzte sie sich darauf.

»Bringen … Sie mich jetzt nach Hause?«

Er öffnete seinen Hosenschlitz. »Wenn du brav Bitte-Bitte sagst.«

Miststück.

Hure.

Junkie.

»Ich bin kein Junkie!«, schrie Reini.

»Wie nennst du denn sonst jemanden, der sich Drogen reinstopft?«

Martin ließ die streitenden Geschwister im Wohnzimmer stehen und holte sich ein Glas Wasser. Erschöpft lehnte er sich an die Küchenzeile. So hätte Bettina von dem Problem nicht erfahren sollen; nur gut, dass nicht noch ihre Eltern dabei gewesen waren. Das hätte ihm gerade noch gefehlt!

Sie schaltete um auf Dramaqueen, aber ausnahmsweise machte sie ihrem jüngeren Bruder und nicht Martin Feuer unter dem Hintern. Da war es besser, sich aus der Schusslinie zu halten. Er hörte auch hier in der Küche jedes Wort, das die beiden wechselten.

»Wozu nimmst du so was? Reicht es nicht, wennst dich niedersäufst? Was glaubst denn, was los ist, wenn das der Papa erfährt?«

»Sag's ihm nicht! Bitte!«

Er wartete, bis die Stimmen der Geschwister ruhiger klangen. Dann füllte er für beide jeweils ein Glas mit Wasser und brachte es ihnen. Bettina und Reini saßen einträchtig auf der Couch.

»Du hast den Martin! Und ich? Wen hab ich? Ich will auch eine Beziehung haben, eine richtige«, klagte Reini und fuhr sich mit den Fingern über die Augenwinkel.

»Glaub mir, das wird klappen, von ganz allein«, ermutigte Bettina ihn und klopfte ihm auf den Rücken. »Du wirst den richtigen Freund find–«

»Ich habe viele Freunde!«, widersprach Reini heftig. »Was ich will, ist eine Freundin!«

Oh.

Okay.

Martin fuhr sich mit der Zunge über die Zähne.

Reini sprang auf und stürmte aus dem Wohnzimmer. Sie lief ihm nach. Martin lauschte, wartete auf … ah, da war es. Das unmissverständliche Knallen einer zugeschlagenen Tür.

Bettina warf sich auf die Couch und brüllte ihren Frust in ein Kissen hinein. Ein paar Minuten Ruhe konnten ihr nicht schaden, denn das mit Reini war eine ordentliche Keule gewesen. Martin gönnte sich eine extra lange heiße Dusche und putzte sich die Zähne.

Als er ins Wohnzimmer zurückkam, hatte sich Bettina schon einigermaßen abreagiert. Zwar sah es noch so aus, als ob sie das Kissen auf ihrem Schoß strangulierte, aber Martin setzte sich neben sie und zog sie in seinen Arm.

»Es ist nicht so schlimm, wie es vielleicht auf den ersten Blick aussieht«, sagte er ruhig.

»Meinst du?«

Sie legte ihren Kopf an seine Schulter. Sie schwiegen lange.

»Das Gute ist, Reini ist nicht homosexuell«, sagte Bettina in die Stille hinein.

»Hm-hm. Und was ist das weniger Gute?«

»Ich fürchte, wenn das so weitergeht, bleibt das mit den Enkelkindern für Papa trotzdem an uns hängen.«

Er lächelte und zerzauste ihre Haare. »Möchtest du ... üben?«

Bettina seufzte, richtete sich auf und drückte ihm einen Kuss auf die Wange. »Sorry, ich bin nicht in Stimmung dafür.«

Sie langte nach der Fernbedienung, schaltete den Fernseher ein und zappte zu Netflix, wo sie die Serie aufrief, die sie gemeinsam begonnen hatten.

»Waren wir nicht erst am Ende von Staffel drei?«

»Du, ich hab momentan so viel Stress ... Die Uni beginnt, meine Seminararbeit ist noch nicht fertig, und ich hab noch immer kein Thema für meine Abschlussarbeit gefunden«, erklärte sie entschuldigend.

Sie hatte auf die elfte Folge der fünften Staffel geklickt. Hatte sie sich in den letzten zwei Tagen, während er Dienst gehabt hatte, nahezu zwei Staffeln angesehen? Ein Wunder, dass sie keine viereckigen Augen bekommen hatte.

»Und mit deiner Seminararbeit kommst nicht voran?«

»Die fuchst.«

Die aktuelle Folge begann mit einem Rückblick. Martin sah gar nicht hin.

»Wäre das kein Thema für deine Abschlussarbeit? TV-Serien und wie sie wirken. Von wegen Binging –«

»Willst mir etwa das Fernsehen vorwerfen?«, fauchte sie ihn an. »Ich brauch Ablenkung, vor allem jetzt, wo auch noch der Reini … Da wäre es schön, wenn du Verständnis zeigst, statt dass du mir blöd kommst!«

»Ich habe das ernst gemeint, nicht böse. Wäre das kein Thema für dich? Es ist aktuell, betrifft viele –«

»So ein Schwachsinn! Welcher seriöse Uni-Professor würde das nehmen? Pst, es fängt an.«

Martin schaute noch fünf Minuten mit, aber ihm fehlten zu viele Inhalte der letzten Folgen, als dass er mit den dramatischen Entwicklungen mitkommen würde.

»Ich geh ins Bett.«

»Hm. Ich sehe mir nur noch die eine Folge an und komm dann nach.«

Wer's glaubt, wird selig.

13

Sepp war gerade dabei, nach der Morgenrunde mit Akko seine hochgeschnürten Jagdstiefel auszuziehen – beim linken hatten sich glatt die Schuhbandln verheddert –, als es klingelte. Mit einem Fluch auf den Lippen und nur einem Schuh an, hinkte er zur Tür und riss sie auf. »Was?«

Mit Damenbesuch so früh am Morgen hatte er nun wirklich nicht gerechnet. Verdattert umklammerte er die Klinke, während sich Akko neugierig an ihm vorbeischob und die Frau vor ihm beschnupperte.

»Was willst denn *du* da?«

»Entschuldigen Sie, dass ich einfach so ... Herr Flattacher ...«

Er kannte Carola Belten, nein, Nowak, seit sie a klana Poppa war. Also, kennen war vielleicht zu viel gesagt. Aber seit sie auf die Welt gekommen war, hatte er sie über den Gartenzaun hinweg gesehen und gehört. Obwohl sie mittlerweile erwachsen war und selbst Familie hatte, duzte er sie selbstverständlich. Ebenso selbstverständlich war für sie, ihn mit einem höflich-distanzierten Sie anzusprechen. Nicht, dass er ihr jemals das Du angeboten hätte ... Sie pflegten schließlich keine nähere Bekanntschaft.

Weshalb es ihn wunderte, dass sie vor ihm stand.

»Was willst?«, fragte er ruppig.

»Ich will Ihnen sagen ... also ... Sie haben ...«

»Ich hab weder eure Zeitung gfladert noch hat mein Akko in euren Garten gekackt, also lass mich in Ruhe!«

Denn obwohl er Belten in der Vergangenheit so manchen Possen gespielt hatte – und der Nachbar hatte jeden einzelnen davon verdient! –, war er sich heute keiner Schuld bewusst. Ein Wunder, dass Carola herkam, um sich zu beschweren, und ihm nicht gleich die Polizei ins Haus schickte. Das wäre auch nicht das erste Mal gewesen. Na, dass sich ihr Mann Anton nicht mit einer Klage zu Sepp getraute, war eine kleine Genugtuung. Aber nur eine kleine.

»Ich wollte mich bei Ihnen bedanken.«

»Ha?«

Ohne weitere Erklärung streckte sie ihm eine Geschenktasche mit einer Flasche hin. Er nahm sie nicht.

»Papa hat gesagt, Sie trinken gern mal einen guten Schnaps.«

Nicht mehr seit der folgenreichen Sauferei mit Belten. Aber davon sollte er gerade Carola wohl nichts erzählen. Sie würde es vielleicht nicht so gut aufnehmen, wenn sie erfuhr, dass Belten und er sie beinahe zur Witwe gemacht hätten.

»Was genau ist passiert? Papa hat gesagt, dass er unabsichtlich Rauschgift zu sich genommen hat? Wie kann das versehentlich passieren?«

Ganz leicht, wenn man auf ein höfliches Angebot einging; und noch leichter, wenn man ein unersättlicher Fresssack wie der Belten war.

»Ich mache mir wirklich Sorgen um meinen Vater. Ich bin ja immer in Wien, und er ist hier ganz allein.«

Sepp nickte ihr abweisend zu und wollte zurück ins Haus, doch sie war noch nicht fertig mit ihrem Gesuder. Kruzitürken, hatte sie keinen Friseur?

»Ich fürchte, er vereinsamt hier oben und kommt nicht mehr unter Leute und ...«

»Er kommt genug herum«, korrigierte er sie barsch. »Sonst hätte er ja keine Haschkekse fressen können. Vielleicht sollte er einfach ein bisserl mehr aufpassen, was er in sich reinstopft.«

»Das ist es ja«, antwortete sie. »Er behauptet, er hätte es nicht absichtlich ... Aber vielleicht will er mit Drogen der bitteren Realität entfliehen –«

»Nein.« Entschieden schüttelte Sepp den Kopf.

»Wie können Sie sicher sein, dass –«

»Ich war dabei. Er hat nicht –«

»Sie waren dabei?« Ihre Stimme wurde schrill.

Sapperlot, hatte Belten seiner Tochter das Detail verschwiegen? Sepp kratzte sich am Bart und wich ihrem anklagenden Blick aus.

»Man hat ihm den Keks untergejubelt«, brummte er.

»Sind Sie sicher?«

»Ja, Herrschaftszeiten!«, wurde auch er nun lauter.

Carola wirkte eingeschnappt, nein, misstrauisch.

»Haben Sie ihn dazu gebracht? Sie freuen sich doch, wenn Sie ihm eines auswischen können!«

»Aber wirklich nicht. Der alte Depp braucht keine Drogen. Er ist ja so schon tepat genug.«

Sie hielt ihm erneut die Geschenktasche hin. Nach einigen Sekunden griff er um des lieben Friedens willen danach. Eine große Karte mit einem Dankeschön hing daran. Er schlug sie auf. »Dem edlen Lebensretter«. Belten hatte unterschrieben. Carola auch. Sogar die drei Gschråpn und Anton Nowak, der Strizzi. So ein Unsinn.

»Also, nochmals danke –«

»Hör auf damit, mir für so an Schas zu danken!«

»Na ja, Sie hätten ja auch –«

»Was? Dem Todl den Gnadenschuss geben können? Klar«, spottete er.

Er seufzte. Wenn er daran zurückdachte, wie Belten einfach umgekippt war wie ein nasser Sack. Eben noch hatte er neben ihm gesessen, dann – wumm – reglos auf dem Rücken gelegen. Einen Moment lang hatte Sepp geglaubt, Belten hätte endgültig die Påtschn aufgestellt, und Sepp war – obwohl oder weil selbst halb weggetreten vom Cannabis? – außer sich gewesen vor Sorge. Panisch hatte er den Notruf gewählt, sich vertippt, herumgestottert. Alles war ihm verlangsamt erschienen, wie in Zeitlupe. Er hatte diese Angst verspürt, diese Angst ... Heinrich Belten hätte sterben können. Und ja, ihm hätte es etwas ausgemacht. Eine wahrhaft erschreckende Erkenntnis.

»Geht's ihm besser?«, fragte er schließlich. Seit Beltens unfreiwilligem Krankenhausaufenthalt hatte er nicht mit ihm gesprochen.

»Ja. Noch ein bisserl geschlaucht ist er.«

»Koch ihm seine grausige Nudelsuppe mit den Frankfurtern drin, dann ist er gleich wieder der Alte, wirst sehen.«

Carola sah ihn mit einem merkwürdigen Gesichtsausdruck an.

»Sie kennen seine Nudelsuppe?«

Verlegen kratzte er sich an der Nase. »Ka normaler Mensch isst so a Suppen«, schimpfte er. »Das kann echt nur dem Belten schmecken, der kulinarischen Wildsau.«

Carola hockte sich hin und begann Akko zu streicheln, der sich von seinem Herrchen vernachlässigt fühlte und bereitwillig fremdging. Sein Schwanz wedelte wie wild, als sie ihn am Nacken und dann am Goder kraulte. Wollte sie hier vor seiner Tür Wurzeln schlagen? Warum ging sie nicht heim?

»Es ist schon komisch«, sagte sie, ohne zu ihm aufzuschauen.

»Was?«

»Als Kind hatte ich immer einen Spundus vor Ihnen. Sie waren oft so unfreundlich und gemein«, Sepp schnaubte protestierend, »und ich dachte immer, Sie und Papa, sie hassen sich.« Carola lächelte belustigt.

Vielleicht war der Schnaps gar keine schlechte Idee. Am liebsten würde er gleich ein Stamperl trinken, um den Geschmack in seinem Mund sowie die Erinnerung loszuwerden.

Loswerden musste er zudem Carola, bevor die ganze Belten-Nowak-Sippschaft dachte, sie könnte ungebeten bei ihm aufmarschieren und frech werden. Er setzte einen finsteren Blick auf und wies mit dem Finger auf Beltens Haus.

»Schleich di ham!«

»Ich habe Tanja Mühlbichler für zehn Uhr einbestellt«, informierte Martin Kerstin, die am Schreibtisch saß und eine Anzeige tippte. Sie gähnte herzhaft, ohne sich die Hand vor den Mund zu halten. Als er ihr von seinen Beobachtungen am Vortag erzählte, wurde sie putzmunter.

»Michl und seine Kollegen haben sich ebenfalls umgehört.

Nach dem, was man gerüchteweise redet, gibt's hier im Mölltal tatsächlich einen neuen Player im Drogengeschäft. Das könnte dieser Tommy sein. Stell dir vor, wir hätten mit Schneider die richtige Spur gefunden!«

»Schneider hat zwei ältere Vorstrafen wegen Körperverletzung«, sagte er nach einem Blick in die Datenbank. »Aber keine Verstöße gegen das Suchtmittelgesetz.«

»Was gar nix sagt.«

Es hieß nur, dass es keine Verurteilung gegeben hatte; etwaige Verfahren könnten eingestellt worden sein. Für Martin blieb Schneider ein heißer Kandidat für den ominösen »Tommy« – zumal sie momentan keine Alternativen vorweisen konnten und sich die Ermittlungen frustrierend im Kreis drehten –, aber er fühlte sich längst nicht so siegesgewiss wie Kerstin. Es wäre ja auch zu schön, wenn sie quasi im Vorbeigehen einen großen Drogendealer ausmitteln würden, oder? So einfach war das Leben leider selten.

»Michl sollte jeden Moment eintreffen, er –«

»Äh … ich muss mal«, rief Kerstin und sprintete aus der Kanzlei.

Hm. Hatte sie etwas Falsches gegessen? Hoffentlich war kein neuer Magen-Darm-Virus im Umlauf, denn die Scheißerei konnten sie jetzt auf der PI nicht gebrauchen. Er hatte das Gefühl, auf der richtigen Spur zu sein. Wenn es ihm gelang, Mühlbichler zu einer Aussage zu bewegen, könnte das den Durchbruch bringen. Bei der letzten Vernehmung hatte sie sich sehr verschlossen und unwissend gezeigt und die Anzeige, die sie für den Drogenbesitz kassierte, mit einem Aufschlag ihrer künstlichen Wimpern weggeblinzelt. Heute wollte Martin die Daumenschrauben anziehen.

»Kerstin, wir …« Er verstummte abrupt, als er ihr ins Gesicht sah.

Etwas war anders. Er brauchte einen Moment, bis ihm klar wurde, was.

Es war kein Magen-Darm-Virus.

»Ist was?«, fragte sie und schürzte trotzig die unerwartet glänzenden Lippen.

Er beugte sich zur untersten Lade hinunter, um sich nicht zu verraten; denn den Grinser konnte er nicht unterdrücken. Aber Kerstin durchschaute ihn mühelos.

»Martin«, warnte sie.

»Ich sag ja gar nichts!«

Er tauchte wieder auf und schloss den imaginären Reißverschluss an seinem Mund. Den Schlüssel warf er über seine Schulter.

»Ist auch besser für dich!«, drohte sie.

»Hm-hm«, machte er mit zusammengepressten Lippen.

Sie ordnete die Papiere auf ihrem Schreibtisch.

»Nur eines«, begann Martin zögernd. Er stand auf und machte vorsichtig einen Schritt auf sie zu. »Du … äh … du hast da was.« Er deutete mit dem Finger auf ihr linkes Auge, unter dem sich ein verschmierter schwarzer Fleck präsentierte, der dort – Schönheitspflasterln waren schon lange out – fehl am Platz war. »Schau besser selbst in den Spiegel.«

Sie eilte wieder hinaus und kehrte gleich darauf sauber zurück. »Scheiß Wimperntusche«, raunzte sie wenig damenhaft.

»Übung macht den Meister.« Und da sie ihm einen recht bösen Blick zuwarf, grinste er und tätschelte über seine Wangen. »Schau mich an! Perfektes Make-up.«

»Trottel!«

Kurz darauf traf Michl ein; sie gingen zusammen mit Treichel in den Aufenthaltsraum und tauschten sich über die neuesten Ergebnisse aus.

»Kaffee?«, fragte Kerstin Michl.

»Gern.«

Sie reichte ihm eine gefüllte Tasse. »Ein Löffel Zucker, nur ein Schuss Milch, stimmt's?«

»Gut beobachtet, Frau Kollegin.« Er nickte ihr zu und lächelte verhalten.

Kerstin setzte sich und schob Martin das Milchpackerl hin. Er trank seinen Kaffee schwarz. Immer schon.

Um Viertel nach zehn traf Tanja Mühlbichler ein. Sie machte aus ihrer Verärgerung keinen Hehl und schimpfte allgemein über die Polizei, die sie schikanierte. Martin musterte sie aufmerksam. Sie wirkte fahrig und nervös; ihre Stimme überschlug sich.

»Ich habe Ihnen doch gesagt, dass die Drogen nicht mir gehören! Ich wusste nichts davon! Die muss mein Ex dort deponiert haben.«

Und Tanja Mühlbichler hatte sich ganz zufällig auf den Hocker gesetzt, und Kühe konnten fliegen, dachte Martin verärgert. Für wie blöd hielten die Leute Polizisten?

»Paul Winkler, ja, das haben Sie gesagt. Wissen Sie, wo er sich aufhält?«

Winkler war bei seinen Eltern gemeldet; laut Auskunft seiner Mutter wohnte er aber längst nicht mehr dort, sondern trieb sich meist bei Freunden herum, die sie weder kannte noch kennenlernen wollte. Sie hatte ihn seit Wochen nicht gesehen, was jedoch nicht weiter auffällig war. Als Winkler Senior hinzugekommen war, hatte dieser recht deutlich gemacht, dass sein missratener Sohn, seinen Worten nach ein nichtsnutziger Štirzler, bleiben könnte, wo der Pfeffer wuchs.

»N… nein. Vielleicht ist er in Wien.« Mühlbichler fuchtelte mit ihrer Hand herum.

Sie begann, am Nagel ihres Zeigefingers zu knabbern. Der dunkelrote Lack war größtenteils abgesplittert.

»Wien ist groß.«

»Jaaa«, erwiderte sie gedehnt.

»Ich nehme an, Sie wissen weder die Namen seiner Freunde noch eine Adresse.«

»Genau.«

Kerstin brachte ihr ein Glas Wasser. Mühlbichler musste es mit beiden Händen zum Mund führen, so sehr zitterten ihre Hände. Nicht nur aus Angst, vermutete Martin.

»Würden Sie einem freiwilligen Drogentest zustimmen?«, fragte Martin.

»Wieso?« Ihre Antwort kam schrill.

»Weil ich meinen Kopf darauf verwette, dass Sie Suchtmittel konsumiert haben«, gab er ruhig zurück.

Kerstin gluckste auf. Michl, der mit verschränkten Armen halb auf ihrem Schreibtisch saß und bislang nur schweigend zuhörte, warf ihr einen warnenden Blick zu.

Martin war froh über die Anwesenheit des Kollegen. Nicht immer lief die Zusammenarbeit mit den Kriminalern so harmonisch ab, wie Martin aus seiner Erfahrung mit dem Landeskriminalamt wusste. Michl war voll in Ordnung.

»Ich scheiß auf Sie, aber ich prunz sicher nicht für Sie in einen Becher! Sie können mich nicht dazu zwingen! Arschloch!«

»Na, na, wer wird denn da die Contenance verlieren«, sagte Michl vorwurfsvoll.

Martin blätterte in seinem Akt, um Mühlbichler im eigenen Saft schmoren zu lassen. Sie rutschte unruhig auf dem Stuhl hin und her; ihr viel zu kurzer Rock gab den Blick auf unschöne Laufmaschen frei.

»Worüber haben Sie gestern mit Thomas Schneider gesprochen?«, fragte Martin beiläufig, ohne den Kopf zu heben.

Er konnte sich blind darauf verlassen, dass seine Kollegen Mühlbichler scharf beobachteten und jede ihrer Regungen registrierten.

»Ich habe nicht …«

Martin seufzte laut. »Frau Mühlbichler, es macht kein gutes Bild, wenn Sie über uns bekannte Sachverhalte lügen.« Das schien sie ein wenig zu überfordern, deshalb erläuterte er: »Ich weiß, dass Sie am Erntedankfest mit Schneider sprachen. Worüber genau? Drogen, nehme ich an.«

Sie kniff die Lippen zusammen.

»Wir werden selbstverständlich auch Herrn Schneider dazu befragen –«

»Nein! Es ging nicht um Drogen.« Unruhig sah sie von einem zum anderen. Wieder kaute sie an ihrem eingerissenen Nagel.

»Um was ging es dann?«

»Er wollte ... wir haben einen Termin für heute Abend vereinbart.«

»Termin für ...?«

Mühlbichler machte eine obszöne Geste. »Ficken. Schneider ist mein Kunde. Mehr nicht.«

Möglich, dass sich ihre Beziehung zu Schneider auch auf die horizontale Ebene erstreckte. Aber das war gewiss nicht alles. In Mühlbichlers Gewerbe wurde Diskretion großgeschrieben. Undenkbar, dass sie sich mitten am Erntedankfest einem Freier einfach so genähert hätte, um mit ihm einen Termin zu vereinbaren. Wozu gab es Handy und Internet?

»Ist Donald Gruber auch Ihr Kunde?«

»Den ... den kenne ich gar nicht«, stammelte sie.

»Hm.«

»Haben Sie eine Telefonnummer von Schneider?«

Sie schüttelte den Kopf.

»Schade. Sonst hätten Sie ihn anrufen und informieren können, dass der heutige Termin ausfällt«, schwindelte Martin, stand auf und kam um seinen Tisch herum.

»Warum –«

»Ich nehme Sie wegen Verabredungs- und Verdunkelungsgefahr vorläufig fest. Sie werden –«

»Was?«, spuckte Mühlbichler aus. »Sie können mich nicht ... Das dürfen Sie nicht!«

»Und ob.«

Mit einem wütenden Schrei stürzte sich Mühlbichler auf Martin. Bevor er einen geeigneten Polizeigriff anbringen konnte, war Michl schon hinter ihr und packte sie.

»So benimmt sich aber keine Dame«, tadelte Michl sie.

Kerstin reichte ihm Handschellen.

»Brauchst du noch was von ihr?«, wandte sich Michl an

Martin. »Wenn nicht, nehme ich sie gleich mit runter nach Spittal in den Verwahrungsraum.«

»Danke.«

Michl geleitete Mühlbichler hinaus.

»Einer von uns sollte zur Sicherheit mitfahren«, schlug Kerstin vor.

»Gute Id–«

»Ich mach's! Martin, du musst eh den Akt bearbeiten. Tschüssi!«

14

»Fahr nach Hause, Liebling!«

»Aber Papa …«

Heinrich ergriff ihre Hand und drückte sie. »Mir geht es bestens, einwandfrei. Mach dir um mich keine Sorgen. Du weißt doch: Unkraut vergeht nicht!«

Carola umarmte ihn fest. Anton war mit den Kindern bereits am Sonntag nach Wien zurückgekehrt, immerhin mussten die Kleinen in die Schule, aber sie war geblieben. So sehr Heinrich die Anwesenheit seiner Tochter schätzte, wusste er doch, wie hin- und hergerissen sie sich fühlen musste. Mann und Kinder brauchten sie weit mehr als er, und es wäre rücksichtslos, ja, egoistisch von ihm, wenn er nicht auf ihre Heimfahrt drängen würde.

»Weißt du was? Wir gönnen uns unten im Ort noch eine schöne Tasse Kaffee und einen Kuchen als zweites Frühstück, dann bring ich dich zum Zug. Was meinst du?«

»Ich muss schauen, wie die Verbindungen –«

»Alles schon erledigt!«

Er zeigte ihr eine Liste mit den Abfahrtszeiten der Züge – nach denen hatte er sich vorhin, als sie im Bad war, telefonisch erkundigt –, um ihr zugleich zu zeigen, dass er keineswegs hilflos war, sondern sein Leben fest im Griff hatte. Ein Ausrutscher konnte jedem einmal passieren. Alles gut gegangen. Schwamm drüber.

»Wir telefonieren ab jetzt öfter, versprochen?«, drängte sie ihn, als sie dann am Bahnsteig in Mallnitz standen und der Zug einfuhr.

»Jaja«, stimmte er zu und half ihr mit dem Koffer.

»Ich bin froh, dass du dich mit Sepp Flattacher jetzt besser verstehst. Wenn er nicht gewesen wäre und die Rettung gerufen hätte …«

Sie drückte ihm ein letztes Bussi auf die Wange und stieg ein.

Heinrich sah dem Zug noch sehr lange nach.

Als er später in seiner Einfahrt parkte, kam Flattacher aus seinem Haus. Als ob sie sich dazu verabredet hatten, trafen sie sich wie selbstverständlich am Gartenzaun. Heinrich wollte seine Hand darauf abstützen, zog sie aber reflexartig zurück, bevor er den Draht berührte.

Flattacher kratzte sich – er wirkte beinahe peinlich berührt, wenn man das bei einem alten Griesgram wie ihm so sagen konnte – am Hinterkopf.

»Wir beide sollten miteinånd reden, Belten. In Ruhe.«

»Gehen wir zu mir oder zu dir? Ach, besser zu mir. Bei mir ist es aufgeräumter.«

Heinrich beeilte sich, zwei Gläser und einen Wasserkrug auf dem Küchentisch bereitzustellen. Aus dem Wohnzimmer holte er die Vase mit den Blumen, die Carola ihm ins Krankenhaus gebracht hatte und die immer noch schön waren. Sie hatte zwar protestiert, als er sie mitnehmen wollte – man sollte keine Blumen vom Krankenhaus nach Hause bringen –, aber er hatte sich durchgesetzt. So ein dummer Aberglaube! Es wäre zu schade gewesen um die Ausgaben. Dreißig Euro kostete ein hübscher Strauß locker, und ja, gestand er sich ein, bei solchen Dingen war er ein Pfennigfuchser. Das war nichts, wofür man sich schämen musste.

Er öffnete Flattacher die Tür, noch bevor dieser klingeln konnte, und bat ihn in die Küche.

»Möchtest du Kaffee oder lieber einen Tee oder nur Wasser oder …«

Wortlos stellte Flattacher die Geschenktasche mit dem Schnaps auf den Tisch. Heinrich sah zur laut tickenden Küchenuhr an der Wand.

»Hui. Meinst du nicht, es ist noch sehr früh am Tag für Schnaps?«

Flattacher ließ sich auf einem Stuhl nieder und schenkte sich ein Glas Wasser ein.

»Als ob ich mit dir jemals wieder Schnaps saufen würde«, grummelte er. »Deinen Schnaps kannst dir behalten.«

»Das war als Dankeschön gedacht für –«

»Behalt ihn!«

Heinrich räumte die unerwünschte Flasche – nachdem er die Geschenktasche entfernt und in die Lade gegeben hatte, in der er Geschenkpapier und Schleifen aufbewahrte – in seinen Schrank und drehte sie so, dass man das Etikett gut lesen konnte. Dann setzte er sich zu Flattacher und nahm sich ebenfalls Wasser, um etwas in der Hand zu halten.

»Tja«, sagte er.

Flattacher schwieg und stierte ihn an. Er konnte dessen Laune nicht deuten, tippte aber in Richtung Miesepeter. Denn das war Flattacher die meiste Zeit, ein grummeliger Miesepeter. Genau. Heinrich nickte.

»Führst du Selbstgespräche?«

»Was? Nein!«

Flattacher leerte sein Glas und stellte es recht heftig am Tisch ab.

»Na ja, zu viel Schaden werden die Haschkekse bei deinem Hirn nicht angerichtet haben.«

»Wieso?«

»Wo nix ist, kann nix hin werden«, spottete Flattacher und schenkte sich Wasser nach.

»Pffh!«

Heinrich studierte den Blumenstrauß und knipste eine vertrocknete Blüte ab. Er raffte seinen Mut zusammen. »Willst du weiter so tun, als ob du mich nicht leiden kannst? Ich habe nichts vergessen, gar nichts!«

Prompt verschluckte sich Flattacher. Heinrich sprang auf und klopfte ihm ordentlich zwischen die Schulterblätter. Konnte er sich jetzt mit der Lebensrettung revanchieren und seinerseits den Notarzt für den Nachbarn rufen? Ha, dann bliebe Flattacher nichts anderes übrig, als ihm dankbar zu sein und …

»Ich habe keinen Tau, wovon du redest!«, schnauzte er ihn

an. »Ich kann mich an gar nichts erinnern, und du warst noch zugekiffter als ich. Wer weiß, was du da geträumt hast!«

»Ich weiß genau –«

»Beim Erntedankfest waren dieser Pete und Ossi nicht. Aber die krieg ich noch!«

»Willst du die Halunken am nächsten Bauernmarkt abpassen?«

»Nein. Ich habe im Telefonbuch nachgeschaut. Sie haben einen Shop in Lienz. Dort werde ich sie besuchen.«

Eher heimsuchen. Oh ja, die beiden Hanfverkäufer hatten eine Abrechnung nach Sepp-Flattacher-Rezeptur verdient! Da würde Heinrich zu gern Mäuschen spielen und zusehen, wie sein ruppiger Nachbar sie zusammenstauchte. Wenn Flattacher eines wusste, dann, wie man andere fertigmachte. Gnadenlos und ohne Rücksicht auf Verluste.

»Ich komme mit!«, beschloss er spontan.

»Ha?«

»Immerhin bin ich im Krankenhaus gelandet! Ich hätte sterben können!«

»Blödsinn.«

»Ich will den Fieslingen auch meine Meinung geigen!«

Und mit Flattacher im Rücken würde sich Heinrich das trauen. Er rieb sich in Vorfreude die Hände.

»Du und ich, Flattacher, du und ich gemeinsam. Wie in alten Zeiten, was? Du, darauf müssen wir anstoßen.«

Er griff nach dem Schnaps, aber Sepp schüttelte heftig den Kopf. »Auf keinen Fall!«

Heinrich stand auf und spähte in seinen Kühlschrank. »Der Anton hat das letzte Bier gesoffen. Aber hier hätte ich noch etwas.«

Er kehrte mit der blauen Flasche und zwei passenden Gläsern an den Tisch zurück.

»Hm-hm«, verneinte Flattacher.

»Nun sei nicht so. Probier es erst, bevor du losmeckerst wie ein alter Ziegenbock.«

»Nein!«

»Doch!«

Gekonnt öffnete er den Verschluss und füllte vorsichtig die Gläser.

»Schlimmer als nach einem Schnaps oder … oder nach diesen vermaledeiten Keksen kann es uns damit auch nicht ergehen«, ermunterte er ihn.

Ein wenig fürchtete er schon, dass ihm der andere den prickelnden Inhalt ins Gesicht kippen würde. Aber mit einem ergebenen Seufzer fasste Flattacher nach dem Glas, und sie stießen an.

»Pfui Deibel!«, knurrte der nach dem ersten Schluck.

Heinrich kicherte und musste niesen, als ihm die Kohlensäure in die Nase stieg.

»Das ist gut für den Kreislauf! Schmeckt doch gar nicht so übel, oder?«

»Das ist ein Weibergsöff!«

»Ach was.«

Heinrich überschlug die Beine, legte die Hände aufs Knie und wippte gut gelaunt mit dem Fuß. Er freute sich riesig auf den Ausflug und die Abreibung, die sie diesen Typen verpassen würden. Vielleicht, nur vielleicht, gab es ja doch eine Chance, dass Flattacher und er auf ihre alten Tage noch gute Freunde werden würden. Ein gemeinsamer Feind, ein gemeinsames Ziel war ein idealer Anfang.

Nur sollten sie zuvor klären, was unausgesprochen zwischen ihnen stand, nämlich der sprichwörtliche Elefant im Raum. Tabula rasa machen.

»Wir sollten … *darüber* reden.« Nicht, dass Heinrich das wirklich wollte. Es war ein lästiges »sollte«, das ihn antrieb. »Was passiert ist, als … also, bevor ich … du … wir …«

Er brach ab und sah aus dem Küchenfenster. Was für ein schöner, sonniger Tag heute war. Kaum eine Wolke am Himmel.

Flattacher räusperte sich. »Niemals. Nie. Mit niemandem.

Manche Dinge, Belten, die nimmt ein Mann mit ins Grab. Klar?«

Heinrich stieß erleichtert den Atem aus.

»Klar wie Kloßbrühe.«

»Gestern festgenommen, heute auf Anordnung des Staatsanwalts schon wieder draußen mit einer Anzeige auf freiem Fuß«, beantwortete Martin verärgert Treichels Frage nach dem neuesten Stand.

Manchmal hatte er das Gefühl, gegen Windmühlen zu kämpfen. Nein, er war weniger ein unter Realitätsverlust leidender Don Quichotte, der gegen imaginierte Feinde kämpfte, als Sisyphus: Kaum hatte er den Felsen fast bis an die Spitze des Berges gerollt, kam ein Paragrafenreiter daher, der den Ernst der Lage nicht erkennen wollte und den Felsen munter wieder hinunterrollen ließ.

Ja, natürlich hatten sie wenig gegen Mühlbichler in der Hand, noch keine konkreten Beweise. Aber die hatte er in weiteren Vernehmungen zu erlangen gehofft, wenn sie merkte, dass sie in der Klemme steckte und mit einer Haftstrafe rechnen musste. Stattdessen war Martin an den – aus seiner Sicht – falschen Staatsanwalt gelangt, der seine Meinung nicht teilte.

»Wie kann er nur …«

Martin ballte die Hände zu Fäusten. Nicht mehr lange, und er könnte sich über ein Magengeschwür freuen.

»Nicht ärgern, nur wundern und weiter den Job machen. Gottes Mühlen mahlen langsam, aber gründlich. Wir kriegen sie«, erwiderte Treichel, nickte ihnen zu und verließ die Kanzlei.

Kerstin rollte sich mit ihrem Stuhl an Martins Schreibtisch heran. »Du, ich hab mit Michl gestern in Spittal unten noch die Akten durchgesehen.«

»Habt ihr was gefunden?« Er konnte sich nicht verkneifen, neckend hinzuzufügen: »Du warst immerhin Stunden weg.«

Sie rammte ihm den Ellenbogen in den Oberarm.

»Thomas Schneider. Sein Name tauchte ein- oder zweimal im Zusammenhang mit Prostitution auf, aber es reichte nie für eine Anzeige.«

»Das könnte die Verbindung zu Mühlbichler sein. Hat er was mit dem Bordell zu tun, dem ›Lusthaus‹, in dem sie arbeitet?«

Kerstin stieß sich heftig ab und fuhr mit dem Stuhl zwei Meter zurück zu ihrem Tisch, bevor sie sich mit einem Ausdruck in der Hand wieder zu Martin rollte. »Dreimal darfst raten, welcher Name als Betreiber des Bordells aufscheint.«

»Schneider!«

»Jaaa«, erwiderte sie gedehnt. »Allerdings nicht Thomas. Mit seinen Vorstrafen kann er nach dem Kärntner Prostitutionsgesetz keinen Puff betreiben.«

»Mist.«

»Apollonia.«

»Wie bitte?«

Er schnappte sich den Ausdruck mit den Daten. Apollonia Schneider. Geboren … 1932?

»Das ist nicht dein Ernst, oder? Sie ist fast neunzig.«

»Michl hat recherchiert. Sie ist die Oma von Thomas Schneider. Er hat offiziell mit dem ›Lusthaus‹ rein gar nichts zu tun.«

»Weißt, wen wir fragen sollten?« Martin grinste hämisch. »Tanja Mühlbichler.«

»Yeah! Nur weil sie aus dem Häfen ist, heißt das noch lange nicht, dass sie auch aus dem Schneider ist.« Kerstin zog sich die Jacke an und schnallte sich den Einsatzgurt um. »Komm, Martin, gib's zu, der war gut.«

»Aus dem Schneider? Du bekommst neunundneunzig Punkte. Pech für dich. Bei hundert hätt's eine Cremeschnitte gegeben.«

Sie streckte ihm die Zunge heraus.

Kurz darauf standen sie vor Mühlbichlers Tür.

»Polizei!«, rief Kerstin.

Sie klingelten und klopften an, lauschten.

Keine Reaktion. Also nicht im zweiten Stock. Im dritten wurde hörbar eine Tür geöffnet.

Martin ging ein Stück die Treppe hinauf, bis er Aloisia Schwarzenbacher entdeckte, die ihrerseits ein paar Stufen heruntergestiegen war. Sie sahen sich über das Stiegengeländer hinweg an.

»Grüß Gott.«

»Suchen Sie schon wieder nach Tanja?«, fragte sie.

»Haben Sie sie gesehen?«

Schwarzenbacher tastete über die Lockenwickler in ihrem grauen Haar. »Nein.«

»Okay, danke.« Martin wandte sich ab.

»Aber gehört habe ich sie! Heute Morgen. Hat mich eh gewundert, dass sie schon auf ist um die Zeit. Oder vielleicht war sie noch gar nicht im Bett, was weiß denn ich.«

Kerstin kam zu ihm herauf.

»So a Schreierei. Ich hätte fast die Polizei gerufen.« Was in dem Fall sehr gut gewesen wäre, dachte Martin verstimmt. Hätti-Täti-Wari. »Aber mich geht's ja nix an«, fügte Schwarzenbacher hinzu.

»Gab es Streit? War jemand bei ihr?«

»Ja. Ich denke, es war ihr Freund, der Pauli. Gesehen habe ich ihn nicht. Wie gesagt, ich hab's nur gehört. Die Tanja hat getobt, und wie er gegangen ist, hat sie ihm nachgeschrien, dass sie das der Chefin sagen wird.«

Martin reichte Schwarzenbacher seine Visitenkarte. »Seien S' so nett und rufen Sie mich an, wenn Sie Frau Mühlbichler sehen?«

»Natürlich. Um was geht es denn? Hat sie –«

»Es ist lei a Strafzettel wegen Falschparken«, schwindelte Kerstin.

Sie war der Meinung, dass es geradezu eine Pflicht wäre, allzu neugierige Leute frech anzulügen. Ihn wunderte es nur, dass sie Schwarzenbacher keinen Alien-Quatsch auf die Nase band. Das wäre keine Premiere gewesen und hatte sich bei der Absicherung einer Unfallstelle schon einmal als überaus kontraproduktiv erwiesen, als Kerstin den Gaffern weismachte, es würde sich um eine Ufo-Landestelle handeln. Zum Glück waren die zur Verstärkung angeforderten Kollegen rasch gekommen.

»Zurück zur PI oder …?«

»Oder«, antwortete Martin entschieden.

Laut Homepage sperrte das Bordell erst am späten Nachmittag auf, doch hatte Kerstin schon zuvor auf dem Posten mit dem dienstlichen Smartphone – ja, die Polizei ging mit der Zeit – die Privatadresse Apollonia Schneiders abfotografiert und damit parat. Wie sich herausstellte, lebte sie in Flattach in einem schlichten Einfamilienhaus, das in keinster Weise aus der biederen Nachbarschaft hervorstach. Der einzige Unterschied zu den umliegenden Häusern war, dass nicht mit einem großen Schild für freie Appartements geworben wurde. Nun ja, Schneider zielte mit dem Bordell im Drautal – nahe der Staatsgrenze zu Slowenien und Italien – zwar auch auf Touristen ab, aber keine, die man gern unter dem eigenen Dach willkommen hieß.

Säuberlich angelegte Blumenbeete zierten den Weg zur Haustür, die ein herbstlicher Kranz aus Getreide, Maiskolben und Früchten schmückte. Eine dreifarbige Katze tappte heran und strich um Kerstins Füße. Was hatte es mit den alten Frauen und den Katzen auf sich? Schwarzenbacher und nun auch Schneider.

Mit einem klaren Bild vor Augen, was ihn erwarten würde, drückte Martin auf die Klingel. Er dachte an die füllige Wiener Nachtklubbesitzerin, die mit ihren wasserstoffblonden Haaren und der schrillen Kleidung das klischeegeschwängerte Idealbild einer alternden Puffmutter abgab. Sie hatte über Jahrzehnte ein Luxusbordell geführt und vor Kurzem mit ihren Memoiren für Furore gesorgt; tja, eine Dame in ihrer Funktion wusste vielleicht nicht alles, wie sie behauptete, aber doch sehr, sehr viel über ihre teils prominenten Kunden.

Zögerlich wurde die Tür geöffnet. Martin blinzelte. Vor ihm stand, ihm fiel kein besserer Begriff ein, ein verhutzeltes Weible.

»Apollonia Schneider?«, vergewisserte er sich verdattert.

»Ja?« Die krächzende Stimme passte zu ihrer Erscheinung.

»Ähm. Martin Schober, das ist meine Kollegin Kerstin Moser. Dürfen wir Ihnen ein paar Fragen stellen?«

»Fralewol. Kemmts lei eina.«

Sie hielt ihnen die Tür auf. Ihr Rücken war gebeugt, und sie reichte Martin gerade mal an die Brust. Mit dem um den Kopf gewundenen geflochtenen Zopf hatte sie absolut keine Ähnlichkeit mit der Wiener Puffmutter. Überhaupt konnte sich Martin nicht vorstellen, dass sich Apollonia Schneider einem anrüchigen Haus auf hundert Meter nähern würde. Sie führte sie in die gute Stube, wo selbstverständlich ein Kreuz im Herrgottswinkel hing. Waren sie auf dem Holzweg?

Auf ihre Aufforderung hin setzten sie sich. Die Polsterung der Sitzbank roch muffig. Sie stellte ihnen einen Teller mit Keksen hin, und sein Blick fiel auf den Rosenkranz, den sie locker um ihre Hand gewickelt hatte. Du lieber Gott!

»Mei, in meinem Alter geht's neamma so schnell wie als a junga«, erklärte sie. »Da muss ich mit der Weihnachtsbäckerei früher anfangen.«

Nicht einmal Kerstin, mit dem Mut einer Löwin gesegnet, griff zu.

Martin fühlte sich wie in einem schlechten Film. Das ganze Setting erschien ihm skurril. Wie um alles in der Welt er Apollonia Schneider fragen sollte, ob sie ein Bordell betrieb, war ihm schleierhaft. Sollte er den Pfarrer um Beistand bitten?

»Also, Frau Schneider.« Er leckte sich über die trockenen Lippen und räusperte sich. »Wir müssen Sie fragen –«

»Sie müssen lauter reden, ich hör nicht mehr so gut!«

Ihre Augen wirkten hinter den dicken Brillengläsern seltsam verzerrt.

»Sind Sie die Inhaberin vom ›Lusthaus‹ drüben im Drautal?«, sprang Kerstin in die Bresche.

Schneider blinzelte. »Vom ›Lusthaus‹?«

Martin spürte, wie er rot wurde. Wenn sie der alten Dame einen Herzinfarkt bescherten, würde er sich das nie verzeihen.

»Das ist ein … ein …« Hilfesuchend sah er zu Kerstin.

Was, wenn Thomas Schneider ihr zwar die entsprechenden Unterschriften abgeluchst hatte, um sie nach außen hin als Betreiberin zu installieren, aber sie gar nicht wusste, um was für eine Lokalität es sich handelte?

»Puff«, sagte Kerstin laut und deutlich. »Ein Bordell, wo Prosti–«

»Ja.«

Er runzelte die Stirn. Ja, sie wusste, was ein Puff war, als Antwort auf Kerstins letzte Erläuterung? Oder ja, sie war die Inhaberin?

Schneider nestelte an ihrem Rosenkranz herum.

»Frau Schneider? Sind Sie die Inhaberin von dem Bordell?«, bohrte Kerstin nach.

»Ja, fralewol.«

Völlig ungeniert bestätigte Apollonia Schneider ihre Angaben. Sie hatte das »Lusthaus« vor mehr als zehn Jahren geöffnet; sämtliche Betriebsgenehmigungen lagen vor, die vorgeschriebenen regelmäßigen Kontrollen durch die Behörden wurden selbstverständlich durchgeführt, die Mädchen gingen brav zum Arzt.

»Und Tanja Mühlbichler? Die arbeitet seit wann genau bei Ihnen?« Kerstin schrieb mit.

»Tanja?« Frau Schneider runzelte die Stirn. »Der Name sagt mir nichts … da fragen Sie am besten Tessa. Sie ist die verantwortliche Person vor Ort. Wie gesagt, ich bin ja nicht mehr die Jüngste. Ich kann nicht jeden Tag mit dem Taxi ins Drautal rüberfahren und nach dem Rechten schauen, nicht wahr? Nehmen S' doch einen Keks!«

»Tessa Gruber?«, fragte Martin nach.

Frau Schneider nickte. »Im ›Lusthaus‹ läuft alles sauber und korrekt ab. Wer will denn schon die Polizei im Haus, weil's Beschwerden gibt?«

Martin und Kerstin standen auf und reichten ihr zum Abschied die Hand. Ihr Angebot, doch den Keksteller für die Kollegen mitzunehmen, lehnten sie dankend ab.

»Nur eine Frage noch. Thomas Schneider, das ist Ihr Enkel?«

»Ja.«

»Arbeitet er auch im Geschäft mit? Im ›Lusthaus‹?«

Sie blinzelte. »Nein.« Mit dem Fuß schubste sie ihre Katze zurück ins Haus und schloss die Tür.

Tommy stieg die knarzende Holztreppe hinunter und ließ seiner Oma den Vortritt ins Wohnzimmer.

»Die Polizei im Haus«, schimpfte sie.

»Ich kümmere mich darum.«

»Wer ist diese Tanja?«

Sie legte den Rosenkranz vor sich auf den Tisch und fuhr mit den Fingern den einzelnen Kugeln nach.

»Niemand, um den du dir Gedanken machen musst«, beschwichtigte er sie. Er beugte sich vor und drückte ihr einen Kuss auf die faltige Wange. »Pfiat di.«

»Fährst denn schon wieder?«

»Ich muss.«

»Willst nicht einen Keks?«

Er griff sich gleich drei und hielt ihr seine Beute unter die Nase, was sie zum Erstrahlen brachte. Mit einem Zwinkern biss er in einen hinein, ließ die anderen in seine Tasche gleiten und verließ das Haus.

Er holte sein Auto aus der Garage und fuhr zum Gruberschen Anwesen. Anwesen. So ein Angeber war er, der Donald, dass er Wert darauf legte, sein Angeberhaus als Anwesen zu bezeichnen. Bevor er zur Haustür ging, fischte Tommy die Kekse aus seiner Hosentasche und warf sie auf den kurz getrimmten Rasen. Mit etwas Glück würden sie Mäuse anlocken oder Ratten, was auch immer.

Er klingelte, Tessa öffnete ihm und führte ihn ins Wohnzimmer.

»Tanja wird zum Problem«, sagte er und setzte sich auf das Ledersofa.

»Zu deinem Problem!«

»Willst mir keinen Kaffee anbieten?«

Tessa setzte sich nicht zu ihm, was nur eines bedeuten konnte.

»Ist er im Büro?«

Sie nickte. »Sie hat mir vorhin eine SMS geschickt, dass sie schon wieder draußen ist.«

Tommy schüttelte belustigt den Kopf. »Pflichtbewusst ist sie ja, wenn sie ihre Chefin brav von ihrem Ausfall informiert.«

»Haft ist kein Krankenstand«, zischte Tessa. »Was hat die Polizei gegen sie in der Hand? Kann es uns gefährlich werden?« Sie ging unruhig auf und ab und rang die Hände.

Er fuhr sich mit der Zunge über die Zähne und rückte den Kragen seines Hemdes zurecht. »Nein, sie erhöhen nur den Druck auf sie. Wenn sie ernsthaft was hätten, wären wir die Ersten, die das mitbekommen.«

»Soll mich das etwa beruhigen?«

»Werde bloß nicht hysterisch.«

»Ich bin nicht …« Sie verstummte jäh, als ihr Mann hereinkam.

»Ah, Tommy.«

»Boss.«

Donald ließ sich in einem Sessel nieder und schickte Tessa um einen Espresso, was auch Tommys Chancen auf einen Kaffee erhöhte. Er verkniff sich in Anwesenheit seines Chefs jedoch ein freches Grinsen.

»Gibt's etwas?«, fragte Donald.

»Alles im grünen Bereich.«

»Schön, schön«, erwiderte Donald leichthin. »Obwohl Tessa mir erzählte, dass es einen … kurzfristigen Ausfall einer Mitarbeiterin gab?«

Scheißweiber! Konnten die nie die Klappe halten? Donald musste nicht alles mitbekommen, was um ihn ablief; je weniger er von manchen Dingen wusste, umso besser, war Tommys Devise.

»Wir haben alles im Griff«, versicherte er ihm.

»Sicher?« Donald hob einen Mundwinkel.

»Todsicher.«

15

Kerstin saß hinter dem Lenkrad; Martin telefonierte. Im »Lusthaus« ging nur der Anrufbeantworter. Eine private Handynummer von Tessa Gruber ließ sich im Internet nicht ausfindig machen. Sie würden ihr per Post eine Ladung zustellen lassen.

»Das war schon freaky, was?«

»Total schräg«, stimmte Martin ihr zu.

Von der Polizeiinspektion aus wollte Martin die Drautaler Kollegen anrufen, die vor Ort mehr über die Verhältnisse wussten und gewiss sagen konnten, ob und wie weit Thomas Schneider im »Lusthaus« involviert war. Dass er nur ein zufälliger Kunde Tanja Mühlbichlers war, wie diese bei der letzten Vernehmung behauptet hatte, schloss er aus.

Kerstin trommelte mit den Fingern auf dem Lenkrad herum, schaltete das Radio ein, fand keinen passenden Sender und schaltete es wieder aus.

»Weißt du, ob er Single ist?«, fragte sie.

»Schneider?«

»Nein, Michl.« Sie hielt den Blick stur auf der Straße.

Martin sah sie überrascht an; wobei: So sehr überraschen sollte ihn die Frage gar nicht.

»Du und der Michl?«

»Was? Nein!«, wehrte Kerstin empört ab. »Da läuft nichts!«

Martin schmunzelte.

»Ich interessiere mich eventuell für einen Job beim KKD. Da wollte ich wissen, ob man überhaupt noch Zeit hat für ein Privatleben. Eine Beziehung. Also …«

»Frag ihn doch einfach, den Michl. Du bist doch sonst nie auf den Mund gefallen.«

»Ich kann ihn nicht …«

So kannte er sie gar nicht. Die vorlaute, die Zunge herausstreckende Kerstin wurde über und über rot. Wie oft hatte sie sich ungefragt in seine Beziehungsthemen gedrängt, ihm ungebeten Tipps gegeben und ihm auf den Kopf zugeknallt, wenn er ihrer Meinung nach bei Bettina etwas falsch machte? So lästig und in seine Privatsphäre eindringend Kerstin auch manchmal erschienen war – nie hatte Martin daran gezweifelt, dass sie es gut meinte und ihm aufrichtig helfen wollte.

»Soll ich ihn fragen?«

»Bitte!«, stimmte Kerstin eifrig zu. »Aber unauffällig, okay? So in einem Männergespräch. Nicht, dass er denkt, ich ...«

»Männergespräch? Was soll denn das sein?«

»Na, wie ein Frauengespräch, nur unter Männern.«

Martin stützte seinen Ellenbogen am Türrahmen ab und starrte sie an. »Klär mich mal auf. Über was genau redet ihr Frauen, wenn ihr unter euch seid?«

Fünf Minuten später wünschte er sich, er hätte nie gefragt.

»Was exakt hast du ihnen gesagt, Fräulein Hübsch?«

Unter anderen Umständen würde Tanja seine Frage vielleicht bedrohlich finden. Aber er sah nicht böse aus, sondern lächelte. Sie saß auf seinem Schoß und schmiegte sich aufatmend an seine Brust, die so viel stärker und männlicher war als ...

Stopp!

Keine negativen Gedanken.

Keine bösen Erinnerungen.

Sie lebte im Jetzt.

Nur im Jetzt.

Es war gut, dass er sie Fräulein Hübsch nannte. Dass sie auf seinem Schoß saß. Dass er sie berührte. Das war gut. Würde er ihr heute wieder etwas Besonderes schenken? Das Wasser lief ihr im Mund zusammen.

Vorhin, als sie die SMS von Frau Gruber erhalten hatte, war sie fast in Panik geraten. Ihre Chefin hatte ein Treffen gefordert, noch heute, und nicht in Oberdrauburg drüben, sondern bei ihr daheim in Semslach. Bevor Tanjas Schicht begann.

Sie hatte ein ungutes Gefühl im Bauch gehabt, als sie das schöne Haus betreten hatte. Frau Gruber hatte sie in diesen Raum geführt. Dann war sie gegangen.

Er war da.

Sein Zeigefinger strich über ihre rot geschminkten Lippen. Spielerisch knabberte sie daran, nahm ihn in den Mund, saugte und suchte dabei seinen Blick. Verführerisch sein, das musste sie. Wenn sie ihm gefiel … solange sie ihm gefiel …

Er umfasste ihr Kinn. Etwas zu hart. Es tat weh.

»Was hast du gesagt, wem die Tabletten gehören? Von wem du sie hast?«

»Pauli.«

Ein schaler Geschmack stahl sich auf ihre Zunge. Pauli. Sie konnte sich kaum noch an sein Gesicht erinnern, als ob Jahre vergangen waren statt … Wochen? Tage? Stunden?

Tanja wollte auch seine Fragen nicht mehr beantworten müssen. Fragen wühlten auf, bohrten nach und taten weh. Sie wollte keine Fragen.

»Das hast du gut gemacht«, lobte er sie und tätschelte ihre Wange.

Wendig ließ sie sich von seinen Schenkeln gleiten und sank vor ihm auf die Knie. Sie hatte sich die Wimpern verlängern lassen, hatte sie kräftig schwarz getuscht. Darunter hervor sah sie verführerisch zu ihm hoch, lächelte, immer lächeln, während sie ganz langsam seinen Hosenschlitz öffnete.

»Das ist doch was wert. Dass ich nix gesagt habe? Der Polizei?«

»Selbstverständlich.«

Sie leckte sich über die Lippen.

»Dann sind wir … sind wir quitt? Habe ich keine Schulden mehr, die ich abarbeiten muss?«

Sein Lachen hatte einen scharfen Beigeschmack.

»Gefällt dir denn dein neuer Job nicht? Ich dachte, der wäre wie für dich gemacht.«

Sie hasste es.

»Ich … ich bin keine H… Hure«, protestierte sie.

»Ah-ah. Du verkaufst deinen Körper doch schon seit Jahren, tauschst ihn ein für Drogen«, antwortete er. »Was ist anders, wenn du im ›Lusthaus‹ Kunden bedienst?«

Es war anders. Ganz anders. Doch ihr fehlten die Worte, es zu beschreiben.

»Denk nicht so viel nach. Davon bekommst du nur unschöne Falten.«

Er vergrub seine Finger in ihren Haaren und zog sie näher zu sich.

Tanja schloss die Augen.

Er war großzügig.

Er zeigte sich erkenntlich für alles, was sie für ihn tat; er würde ihr etwas schenken. Das machte sie nicht zur Hure. Nein! Es gab nichts, was er nicht in seiner Schublade hatte. Sie war hungrig, so hungrig. Ihr Bauch fühlte sich leer an, obwohl sie vorhin einen Burger mit Pommes gegessen hatte. Nein, Nahrung konnte sie nicht sättigen.

Was würde er ihr heute geben?

Aus weiter Ferne hörte sie ihn stöhnen.

Sie fühlte nichts, spürte nichts, schmeckte nichts außer dem Phantom einer Tablette.

»Ich hab was für dich, Süße«, sagte er, schloss seine Hose und half ihr auf die Füße.

Auf unsicheren Beinen folgte sie ihm zum Schrank. Aus einem eingebauten kleinen Kühlschrank zog er ein Fläschchen, wie es in Apotheken verwendet wurde, aus einer Lade darunter eine steril verpackte Einmalspritze. Sie beobachtete, wie er sie mit geübten Handgriffen zur Hälfte füllte.

»Das hast du noch nie probiert.«

»Was ist das?«, fragte sie, obwohl ihr seine Antwort eigentlich egal war.

Er hob das immer noch gut gefüllte Fläschchen ins Licht. Gelbliche Kristalle schimmerten in der Flüssigkeit.

»Etwas ganz Besonderes für meine ganz besonderen Mädchen«, antwortete er und lächelte breit. »Eine Spende von Mr. Green. Komm, setz dich.«

Bereitwillig ließ sie sich nieder und hielt ihm ihren Arm hin. Den Einstich spürte sie kaum. Sie beobachtete, wie er den Kolben langsam niederdrückte, wie der Inhalt der Spritze in ihrem Körper verschwand und diesen zum Jubeln bringen würde.

Tanja war aufgeregt, erwartungsvoll, hungrig. Gierig auf den Kick. So gierig, dass ihr der Atem stockte.

»Ich …«, keuchte sie und rang nach Luft.

»Entspann dich, Fräulein Hübsch.« Zärtlich strich er ihr über die Wange. »Entspann dich einfach.«

16

»Hast du ein Gewehr dabei? Oder deine Pistole?«

»Spinnst?«

Das würde eine verdammt lange Fahrt nach Lienz werden. Belten ging ihm schon auf die Nerven, noch bevor er in seinen Suzuki eingestiegen war – nachdem er doch allen Ernstes vorgeschlagen hatte, mit seinem Ford Fiesta zu fahren. Als ob Sepp ihm das Steuer überlassen würde.

Hatten sie Belten im Krankenhaus neue Batterien eingesetzt? Er redete in einem fort, sprang von einem Thema zum anderen, und es fiel Sepp zunehmend schwer, das permanente Hintergrundgeräusch auszublenden. Er schwor sich, ihn bei der ersten Pinkelpause *versehentlich* zurückzulassen. Leider brauchte der Piefke keine Pause, bis Sepp das Auto auf dem Parkplatz gegenüber vom Lienzer Bahnhof abstellte. Von hier aus waren es nur ein paar Schritte ins Zentrum.

»Hast einen Euro für die Parkuhr?«, fragte er Belten, da er zu wenig Kleingeld hatte.

»Moment.«

Umständlich zog Belten an dem Schulterriemen seiner – Sepp konnte es noch immer nicht fassen, obwohl er es mit eigenen Augen sah – Männerhandtasche, wie Belten sie genannt hatte. Daran war nichts, absolut nichts, im Entferntesten männlich! Als er das unaussprechliche Ding endlich vor seinen Bauch bugsiert hatte, begann er darin herumzukramen.

Sepp erspähte Taschentücher, Schlüssel, einen Müsliriegel und den leuchtend gelben Impfpass. Was denn, hatte sich Belten vor dem Ausflug ins nahe Osttirol gegen Malaria impfen lassen? Schade, dass gegen Blödheit noch kein Kraut gewachsen war.

Endlich fand Belten das Gesuchte. »Wie viel brauchst du? Ich habe nur zehn Cent.«

»Deine Brieftasche ist aus Zwiebelleder, was?« Verärgert

zog Sepp einen Fünf-Euro-Schein aus seiner Brieftasche und fütterte den gierigen Automaten.

»Wie bitte?«

»Wennst sie aufmachst, musst weinen!«

Sepp eilte an der Statue Kaiser Josephs II. vorbei und an dem im Schloss Liebburg untergebrachten Rathaus entlang zum Hauptplatz. Gut, dass ihn hier niemand kannte. In Obervellach hätte er sich mit Heinrich Belten im Schlepptau nie sehen lassen – so wie der daherkam. Ausgelatschte Turnschuhe, hellgraue Bundfaltenhose und ein lila gestreiftes Hemd. Einen blauen Pullover hatte er sich um die Hüften gebunden, falls sich die Sonne vor Schreck hinter Wolken verstecken würde. Seine braune Handtasche war lediglich das Tüpfelchen auf dem i. Nur dumm, dass Beltens karierter Knirps – der hatte zwei Wölkchen am Himmel entdeckt und fürchtete einen Regenguss – nicht mehr hineinpasste, sondern er diesen extra tragen musste. Er baumelte an einer Schlinge an seinem Handgelenk.

»Was für ein schönes Städtchen!«, schwärmte Belten, der sich begeistert wie ein kleines Kind um die Achse drehte. »Och, sieh dir diese herzallerliebsten Türmchen an!« Nachdem ihm ein Geschäftsinhaber den Namen des Schlosses genannt hatte und er mit dem Handy ein Foto gemacht hatte, hastete er Sepp hinterher. »Liebburg! Wie passend!«

»Willst Tourist spielen oder reißt dich endlich zåm?«

»Du hast recht. Wir sind auf einer Mission und dürfen uns nicht ablenken lassen. Schau mal, da gibt's italienisches Eis. Willst –«

Sepp blieb mitten am Platz so abrupt stehen, dass er in ihn hineinlief. »Hol dir eine Tüte!«, forderte er ihn auf und fügte – als Belten bereits zwei Schritte auf das Eisgeschäft zugemacht hatte – hinzu: »Dann drück ich sie dir mitten ins Gesicht, du Kasperl!«

Belten schmollte. »Vielleicht am Rückweg?«

»Nur wennst brav warst.«

Eingeschnappt zuckelte Belten hinter ihm her; Sepp ging zielstrebig auf ein ockerfarbenes Gebäude auf der gegenüberliegenden Häuserfront zu, wo ihnen ein dunkler Durchgang entgegengähnte. Beim flüchtigen Blick nach oben blieb seine Aufmerksamkeit an einem über dem Tor aufgemalten Spruchband hängen. »Ehrlicher Handel – der Grundstein des Wohlstands«. Hm, da sollte so mancher Konzernboss mal einen Ausflug nach Lienz unternehmen. Kopfschüttelnd eilte Sepp weiter.

»Weißt du überhaupt, wohin wir müssen?«, tschentschte Belten, als sie »Am Markt« wieder ins Tageslicht traten. »Sollen wir nicht nach dem Weg fragen?«

Er nervte Sepp so sehr, dass ihn heute nicht einmal die Auslage des »Tiroler Ecks« locken konnte. Wenigstens rannte Belten nicht wieder in ihn hinein, als er wenige Meter danach erneut abrupt stehen blieb.

»Wir haben die Adresse. Rechter Iselweg.«

»Ja, und? Das sagt uns noch lange nicht, wo der Rechte Iselweg ist, oder?«

Er packte Belten von hinten an beiden Schultern und richtete ihn zum Fluss hin aus, der direkt vor ihnen plätscherte.

»Du machst doch so gern Kreuzworträtsel. Wie heißt der Fluss, der durch Lienz fließt?«

»Der Isel!«, freute sich Belten wie a klans Kind, als er auf die Antwort kam.

Sepp war aber sicher, dass er geschummelt und die große Infotafel erspäht hatte, die neben der giftgrünen Stahlbrücke das »Flussjuwel Isel« anpries.

»*Die* Isel. Und wo wird dann wohl der Iselweg sein?«

»Ähm«, Belten sah zum anderen Ufer hin.

Ungeduldig deutete Sepp auf das Straßenschild neben ihm und schritt weiter.

Er hatte schon das Gefühl, falschzuliegen, weil es sich um keine typische Geschäftsmeile handelte, sondern sie hauptsächlich an Privathäusern vorbeikamen. Dann jedoch entdeckte er an einer Hausmauer das schäbige Firmenschild.

»Da ist es!«

»Geh du zuerst rein«, flüsterte Belten.

Ohne zu zögern, stieß Sepp die Tür auf – ein nerviges Klingeln ertönte – und fand sich in einem schlecht ausgeleuchteten Raum wieder. Ossi saß im hinteren Teil, blätterte in einem Magazin und sah erst hoch, als er seine Handfläche auf den Tresen klatschen ließ.

»Erkennst mich wieder?«, knurrte er. »Wo ist denn dein feiner Peter? Versteckt er sich, der feige Scheißer?«

»Pete«, rief Ossi gelangweilt über die Schulter. »Für dich.«

Gleich darauf zeigte sich das Pickelgesicht.

»Ah, die beiden Nachbarn aus Obervellach, die keine Freunde sein wollen«, spottete Pete.

»Du Arsch hast uns vergiftet!«

Hinter seinem Tresen fühlte sich Pete wohl sehr sicher, denn er lachte ihnen frech entgegen. »Aber geh.«

»Oh doch! Die Kekse, das waren eindeutig Haschkekse«, ereiferte sich Belten und rückte vor.

Ossi legte sein Magazin weg und stellte sich neben Pete, den er um gut einen Kopf überragte. »Hör auf zu tschweaggn. Was glabsche, was für an Keks du in am Hanfgschäft kriagst?«

»Na, Sie hätten uns warnen müssen!«, beschwerte sich Belten und schwang seinen Knirps, als ob es ein Schlagstock wäre.

»Seids ja wohl alt gnua«, gackerte Pete.

Sepp hieb mit den Fäusten auf den Tresen, dass ein Duftlamperl umfiel und ein penetranter Gestank den Raum erfüllte. »Ich reiß euch den Arsch auf«, polterte er los. »Ihr –«

»Komm runter. Es ist ja nix passiert. Ihr zwei habts an schönen Abend gehabt, oder?« Pete fing an zu kutarn. Er kriegte sich gar nicht mehr ein. »Wenn ana a Graserl brauchen kann, dann ihr zwa. Werdets a bissl chillig.«

»Das ist kein Spaß!«

»Nein, ganz und gar nicht witzig«, unterstützte Belten ihn.

»Aber wirken tuat's.« Pete legte seine Hand auf Ossis Schulter. Er grinste über beide Ohren. »Ah, was habts gsagt? Genau! Ihr seids kane Freunde. Nur Nachbarn.«

Ossi nickte, als ob er verstand, was der andere mitteilen wollte. Als ob ein vernünftiger Mensch den gedanklichen Irrwegen von Giftlern folgen könnte!

»A guat's Graserl hat noch niemandem geschadet, es bringt die Leute zåm. Schauts euch doch an! Statt zu keppln seids gemeinsam her nach Lienz gefahren«, stichelte Pete nach.

Er wachtlte mit der Hand zur Wand hin, an der neben diversen Teebeuteln bunte Hippieschilder hingen. »Make love not war«. »Peace«. Der Hippie-Hansi würde sich hier wohlfühlen. Sepp fühlte sich wie in einer Geisterbahn.

»Wollts an Tee? Ich hab gerade Wasser zugestellt«, bot Pete an.

»Tee? Gern!«, stimmte Belten zu.

Sepp starrte ihn ungläubig an. Wie dumm konnte man sein? Waren ihm die Haschkekse keine Lehre gewesen? »Bei dir ist Hopfen und Malz verloren. Noch einmal ruf ich für dich nicht die Rettung, du Depp!«

»Sei nicht so garstig!«

»Ihr beide seids wie ein altes Ehepaar.« Während Pete über seinen eigenen Witz blöd lachte, fragte Ossi eine Spur ernster nach, was Sepp gemeint hatte.

»Von wegen a Graserl schadet nicht!«, schimpfte Sepp. »Für den Belten hat der Notarzt kommen müssen!«

»Ja, ich musste ins Krankenhaus! Bewusstlos war ich, und wenn der Sepp nicht gewesen wäre, wäre ich gestorben!«

»Alles halb so schlimm«, schwächte Pete ab.

Ossi sah Sepp spöttisch an. »Oder håsche ihm nochand a Mund-zu-Mund-Beatmung geben miassn?«

Es war sein zweiter freier Tag, aber Martin tat sich schwer, abzuschalten. Das trübe Wetter trug nicht dazu bei, seine Laune zu bessern. Er kochte Kaffee und brachte eine Tasse zu Bettina ins Wohnzimmer. Mit dem Laptop auf dem Schoß lag sie auf der Couch und verfluchte ihre Seminararbeit. Je näher die Abgabefrist rückte – der Professor dürfte diesbezüglich sehr unnachgiebig sein –, desto dünner wurden Bettis Nerven.

»Glaubst, ich find in den Exzerpten etwas?«, schimpfte sie. »Die Google-Books-Suche bringt mich auch nicht weiter, und ich kauf mir doch kein Fachbuch um über hundert Euro für eine blöde Seminararbeit.«

Martin setzte sich neben sie, nahm ihre Füße auf seinen Schoß und begann, sie zu massieren. »Wie wär's mit einer Pause?«

»Ich muss fertig werden mit der ... ach, was soll's. Ich sitz drei geschlagene Stunden da, und schau, wie viel ich weitergekommen bin!« Vorwurfsvoll zeigte sie ihm fünf mickrige Absätze.

»Wie wär's, wenn wir unsere Köpfe auslüften? Hast Lust, eine Runde mit mir zu laufen?«

Bettina sah zum Fenster hinaus. »Das schaut mir sehr nach Regen aus.«

»Noch ist es trocken.« Er zwickte spielerisch in ihren großen Zehen. »Und du weißt ja, wir bei der Polizei haben ein besonderes Gespür für Regen. Es heißt nicht umsonst ›der erste Tropfen am Boden, der letzte Gendarm drin‹.«

Bettina lächelte und klappte den Laptop zu. »Und wenn wir es uns hier auf der Couch gemütlich machen? Es ist richtiges Kuschelwetter.«

Damit konnte sich Martin anfreunden. Er nahm ihr den Laptop ab und stellte ihn auf den Tisch. »Hm. Kuscheln ist immer gut.«

Er neigte sich über sie und fuhr den Halsausschnitt ihres T-Shirts entlang.

Sie griff zur Fernbedienung und schaltete den Fernseher ein. »Wir sollten uns noch einmal ›Breaking Bad‹ ansehen.«

»Vielleicht später.« Martin drehte sich halb auf den Rücken und zog Bettina an seine Brust. Mit beiden Händen fuhr er unter ihr Leiberl und tastete nach dem Verschluss ihres BHs.

»Du, so kann ich nix sehen.« Sie drängte ihn in eine halbsitzende Position, schmiegte sich an ihn und legte seinen Arm über ihren Bauch. »So ist's besser.«

Martin war anderer Meinung. Er entwand ihr sanft die Fernbedienung und drückte auf den »Off«-Knopf.

»He!«, protestierte sie.

»Selber he. Ich kuschel lieber ohne Film im Hintergrund.«

Er wollte sie küssen, doch sie drehte ihren Kopf zur Seite. »Ich dachte, ›Breaking Bad‹ interessiert dich! Wo ihr doch jetzt auch so viel mit Drogen zu tun habt. Da kann Weiterbildung nicht schaden.«

»Das ist jetzt nicht dein Ernst. Was meinst du, wie viel das mit der Realität bei uns im Mölltal zu tun hat? Weniger als nichts.«

Selbst in seinen Ohren klang seine Stimme ungewohnt bitter, und Bettina funkelte ihn erbost an.

»Wir haben hier Gott sei Dank nicht mit südamerikanischen Drogenkartellen zu kämpfen, und es gibt keine rivalisierenden Gangs und Auftragsmorde und was weiß ich was alles, was in den Filmen abgeht, damit's schön actionreich ist. Das hat nichts mit dem echten Leben zu tun.«

»Wenn du meinst.«

Martins Handy klingelte. Er ignorierte es und strich Bettina eine lange Haarsträhne aus dem Gesicht. Sie stieß seine Hand weg und schnappte sich die Fernbedienung. »Du solltest rangehen.«

Martin biss die Zähne zusammen und stand auf. Sein Handy lag auf der Kommode im Flur. Die Nummer der Polizeiinspektion schien auf.

»Tanja Mühlbichler wurde tot aufgefunden«, sagte Treichel ohne Umschweife. »Ich wollte es dich nur wissen lassen.«

»Ich komme rein.«

»Musst du nicht, du hast frei.«

Martin blickte ins Wohnzimmer, wo Bettina in die Decke gewickelt auf den Bildschirm starrte.

»Ich hab nichts Besseres zu tun.«

17

Der Ausflug nach Lienz verlief ganz und gar nicht so, wie Sepp es sich vorgestellt hatte. Statt dass die Zotl eingeschüchtert Abbitte leisteten, kamen sie ihm blöd daher! Pete besaß sogar die Frechheit, davon auszugehen, dass sie quitt wären – immerhin hatte er ihre Hanfplantage im Wald gründlichst vernichtet, wobei Sepp das nicht zugegeben hatte. Keine Spur von Schuldbewusstsein bei den beiden! Sie spielten die ganze Sache herunter und blieben steif und fest bei der Behauptung, er und Belten hätten wissen müssen, dass es sich um Haschkekse handelte.

Apropos Belten: Den würde er niemals wieder wohin mitnehmen! Denn statt wie er Härte zu zeigen und Pete und Ossi in ihre Schranken zu weisen, haute Belten ihm das Hackl ins Kreuz. Wie ein Paradepolitiker in Koalitionsgesprächen fiel er um und schwenkte voll auf die Linie der Gegenseite ein.

»Eigentlich haben sie damit nicht unrecht«, posaunte er heraus. Eigentlich hätte Sepp ihm dafür eine auflegen müssen. »Das hätten wir uns wirklich denken können.«

Erschüttert über so viel Blödheit, hörte Sepp stillschweigend zu, wie Belten die Verteidigung der beiden übernahm, entschiedener als Pete und Ossi selbst. Zu guter Letzt ließ sich sein hirnloser Nachbar eine Hautcreme, ein Duftöl und zwei Pölsterchen mit Herzerln und kitschigen Sprüchen aufschwatzen.

Mit einer Mordswut im Bauch verließ Sepp das Geschäft. Belten hechelte ihm wie ein Dackel hinterher.

»Gut, dass wir das geklärt haben, gell?«

»Belten ...«

»Pete und Ossi sind doch zwei ganz patente Kerle. Ich finde sie nett.«

»Dann bleib doch bei denen und friss noch ein paar Keks!«

Er beschleunigte seine Schritte; die Wut befeuerte ihn. Unglaublich!

»Du, ich hol mir ein Eis. Willst auch eines?«

Sepp sah auf seine Uhr. »Wie spät hast du es?«

»Acht Minuten nach vier. Wieso?«

»In exakt zehn Minuten fahre ich ab. Wennst dann nicht im Auto sitzt, musst den Zug nehmen.«

Oder zu Fuß gehen. Oder Autostoppen. Was scherte es ihn, wie der Belten nach Hause kam? Ohne ein weiteres Wort an ihn zu verschwenden, ging Sepp weiter. Der heutige Tag gab ihm zu denken. Nein, eigentlich gaben ihm die letzten Monate zu denken. Etwas lief verdammt falsch in seinem Leben.

Er erreichte den Suzuki und stieg ein. Der Blick auf die Uhr zeigte: 16:12 Uhr.

Mit mehr Wucht als notwendig stieß er den Schlüssel ins Zündschloss, drehte ihn aber noch nicht herum. Sepp war es gewohnt, dass man auf ihn hörte und tat, was er anordnete. Das war in seinem Beruf so gewesen, als er am Mallnitzer Bahnhof ein strenges Regiment geführt hatte und sowohl seine Mitarbeiter wie auch die Fahrgäste es nicht gewagt hätten, ihm zu widersprechen. Zumindest kein zweites Mal. Auf sein harsches »Spring!« hin waren alle gesprungen! Dasselbe hatte auch für die Hubertusrunde gegolten, wo er als Aufsichtsjäger das Kommando zu führen gepflegt hatte – wurscht, wer rangmäßig über ihm stehend Obmann war. Sein Wort hatte Gewicht, es zählte.

Mit einem kalten Klumpen im Bauch dachte er daran, wie Irmi ihn bei der Jagdvereinssitzung abgekanzelt und hinsichtlich der Hanfplantage im Wald ausgebremst hatte; freilich hatte er das Problem später eigenständig gelöst. Aber sie war auf seinen Vorschlag nicht einmal eingegangen, sondern hatte ihn – vor allen anderen – einfach im Regen stehen gelassen. Was gab denn das für ein Bild ab?

16:13 Uhr.

Ja, Sepp fuhr eine harte Linie; er hatte Regeln, er liebte Regeln! Wenn jeder tat, was er für richtig hielt, gäbe es nur Chaos.

Das galt für die ÖBB-Autoschleuse Tauernbahn ebenso wie für jeden Verein, für jedes Dorf. Der Reini gab das beste Beispiel dafür ab, was passieren konnte, wenn Sepp die Zügel schleifen ließ. Drogen! Er hatte dem Buam ordentlich die Leviten gelesen, ihn gewarnt und ihm verboten, das Zeug anzugreifen – und dann? Dann traf er ihn beim Erntedankfest schon wieder mit diesem Falotten Kevin Staller zusammen! Den Reini müsste man zu seiner eigenen Sicherheit in den Keller sperren.

Und erst der Kevin – wie der ihm frech gekommen war. Ohne jede Spur von Respekt. Der Bursche aus Rangersdorf erinnerte ihn an die Raufbolde seiner Jugendzeit; mehr Kraft als Verstand, stets bereit, die Fäuste zu schwingen. Fast war Sepp froh gewesen, dass Martin Schober eingegriffen hatte. Nicht, dass er vor Kevin Angst gehabt hätte; aber ob er sich dem Jüngeren und Stärkeren gegenüber in einer körperlichen Auseinandersetzung hätte behaupten können, war zu bezweifeln.

16:14 Uhr.

Es brannte bitter in seinem Hals; der Grale brodelte in ihm. Das Zusammentreffen mit Pete und Ossi passte in die unselige Reihe. Sepp war mit dem festen Vorsatz nach Lienz aufgebrochen, die beiden zur Rede zu stellen und auf einen Meter mit Hut runterzumachen. Weit war er damit gekommen! Ausgelacht hatten sie ihn. Ihn! Sepp Flattacher.

Ungeduldig schaute er hinüber zum Durchgang; von Belten war noch nichts zu sehen. Heinrich Belten, der war ein Fall für sich. Nahezu wehmütig dachte er an die Zeit zurück, als der Piefke gezittert hatte wie ein Lampelschwaf, wenn Sepp ihn sich zur Brust genommen hatte. Und jetzt? Heute glaubte er, er könnte ihn wie bestellt und nicht abgeholt im Auto sitzen lassen, während er sich in aller Seelenruhe ein Eis kaufte. Ein Eis!

16:15 Uhr.

Was war geschehen? Hatte Sepp seinen Schneid verloren? Galt er anderen nur noch als alter Hund, der zwar bellte, aber nicht mehr zu beißen verstand? Hatte er sich unbemerkt zur Witzfigur gewandelt? War er ein altes Mandl geworden, dem andere beschwichtigend die Hand tätschelten, wenn er vor sich hin sumperte, den aber niemand mehr für voll nahm? Hatte keiner mehr Respekt vor ihm? Was hatte sich in seiner Beziehung zu anderen Menschen geändert, dass diese glaubten, ihm auf den Kopf scheißen und seine Worte ignorieren zu können? Er kam sich vor wie ein ausrangierter Eisenbahnwaggon.

16:16 Uhr.

Nein, Deppen wie der Hippie-Hansi hatten nicht plötzlich ein Rückgrat entwickelt. Die Schuld lag bei ihm, Sepp. Aus welchen unerfindlichen Gründen auch immer waren ihm Irmis Worte zu Herzen gegangen, wonach er ein Grantscherbm war und andere mit seiner rauen Art vor den Kopf stieß. Und er hatte sich unbewusst und schleichend verändert, er war … weich geworden; zu weich, zu nett. Vor allem in ihrer Gegenwart hatte er sich manches Mal auf die Zunge gebissen und sich scharfe Worte versagt, die ihm bereits auf den Lippen brannten. Und wozu? Was hatte er davon, außer dass auch sie ihn nicht mehr ernst nahm und glaubte, ihn nach ihrer Pfeife tanzen lassen zu können?

Er atmete tief durch, verdrehte den Rückspiegel ein wenig, bis er sein Gesicht darin sehen konnte. War das noch er? Mit einem Grunzen rückte er den Rückspiegel wieder in seine Ausgangslage.

16:17 Uhr.

Hatten Belten und Irmi, Reini und wie sie alle hießen, vergessen, wer er war? Noch schlimmer: Hatte Sepp selbst es vergessen? Warum verzweifelt versuchen, jemand zu sein, der er nicht war? Einem alten Hund wie ihm konnte man keine neuen Tricks mehr beibringen. Er steckte in seiner Haut fest. Wem das nicht passte, der konnte ihm den Buckl runterrutschen. Sogar die Irmi.

Scheiß auf das Zuckerbrot! Es war Zeit, wieder die Peitsche auszupacken und zu zeigen, dass in einer alten Lok noch sehr viel Feuer steckte! Wenn er sich weiterhin selbst im Spiegel in die Augen sehen wollte, musste er handeln. Er startete den Motor und legte den Rückwärtsgang ein.

Sepp sah zum Durchgang hin und entdeckte Belten, der mit zwei überladenen Eistüten in der Hand daherkam. Er beugte sich vor und schleckte seitlich über eine Kugel, bevor ihm der Gatsch über die Finger laufen konnte. Hatte er das zweite Eis für ihn mitgebracht? Sepp zögerte. Dann fuhr Beltens Lecker auch über die zweite Eistüte, um ein drohendes Malheur abzuwenden. Er erschauderte. Selbst wenn Belten es für ihn mitgebracht haben sollte – er wollte es jetzt garantiert nicht mehr haben!

Sepp parkte aus und sah zu Belten hin, der nur noch wenige Meter entfernt war. Der Piefke lächelte glückselig und hob beide Eistüten wie zum Gruß. Sepp grinste, hob ebenfalls den Arm und tippte auf seine Armbanduhr.

Exakt 16:18 Uhr.

Er legte den ersten Gang ein und fuhr los. Im Rückspiegel beobachtete er kurz, wie Belten dem Suzuki hinterherrannte. Zu spät.

Auf dem Heimweg – welch herrliche Stille ohne redebedürftigen Beifahrer; es war fast zu ruhig, sodass er das Radio anmachte – fühlte sich derart wohl in seiner Haut wie schon lange nicht mehr. Ein schlechtes Gewissen hatte er nicht, wozu auch? Er hatte Belten gewarnt. Wer nicht hören will, muss fühlen. Sepp hielt die planmäßige Abfahrtszeit ein. Das würde dem eine Lehre sein! Zudem befand sich der Bahnhof gleich gegenüber der Bundesstraße; selbst ein Vollkoffer wie Belten konnte ihn nicht übersehen.

18

»Schuldgefühle? Musst du echt nicht haben«, sagte Kerstin.

Martin stand auf und ging zum Fenster des Aufenthaltsraumes. Nicht, dass ihn der Ausblick aufgeheitert hätte. Der dunkle Himmel wirkte, als ob er jeden Moment seine Schleusen öffnen würde. Er stützte sich mit beiden Händen auf der Fensterbank ab und starrte hinaus, ohne wirklich etwas zu sehen.

»Sie war ein Junkie. Das war nur eine Frage der Zeit –«

»Ma, Gerhard!«, fiel Kerstin ihm ins Wort.

»Wenn's wahr ist! Schau dir die Statistik der Drogentoten in Kärnten an! Denkts, wir würden ewig die Insel der Seligen bleiben?«

Martin war gestern nur kurz auf der Polizeiinspektion gewesen, bevor ihn der Chef heimgeschickt hatte mit dem Auftrag, am nächsten Tag ausgeschlafen und fit auf der Matte zu stehen. Treichel hatte ihn davor informiert, dass Tanja Mühlbichler von einem Spaziergänger mit Hund in einem Waldstück südlich des Gössnitzer Stausees gefunden worden war und ihm die Fotos vom Tatort gezeigt. Ihr Auto war auf einem Forstweg geparkt; Mühlbichlers Leiche befand sich am Fahrersitz. Der Amtsarzt vermutete, dass sie mindestens einen Tag tot war; Näheres würde wie immer die Obduktion ergeben. Aufgefallen waren dem Doktor frische Einstichstellen im Arm.

»Eine Spritze wurde im Auto nicht gefunden? Oder in der näheren Umgebung?«, fragte Martin, ohne sich umzudrehen.

»Nein. Der Bezirksspurensicherer hat alles akribisch abgesucht.«

»Das heißt gar nichts. Wer weiß, was die alles geschluckt hat«, warf Gerhard ein. »Du musst nicht gleich wieder an Mord denken!«

»Fremdverschulden können wir nicht ausschließen«, sagte

Martin etwas heftiger als beabsichtigt. »Was ist mit ihrem Freund, diesem Winkler Paul?«

»Keine Spur von ihm«, antwortete Kerstin.

»Na, er kann sich ja nicht in Luft auflösen!«, murrte Gerhard.

»Aber in Säure«, rutschte es Martin heraus.

Shit! Hätte er doch besser auf »Breaking Bad« verzichtet. Die düstere Serie brachte ihn nur auf dumme Gedanken.

Kerstin gluckste. Gerhard zeigte ihm den Vogel.

»Sollen wir Paul Winkler zur Fahndung ausschreiben?«, griff Kerstin den Faden wieder auf.

Gerhard stand auf und räumte, nachdem sie ihn dezent darauf aufmerksam gemacht hatte, sein Kaffeegeschirr in den Geschirrspüler. »Haben wir denn konkrete Verdachtsmomente gegen ihn?«

»Nicht wirklich. Aloisia Schwarzenbacher hat zwar von einem Streit berichtet, kann aber nicht sagen, ob der beteiligte Mann tatsächlich Winkler war«, antwortete Martin. »Mühlbichler soll gesagt haben, dass sie ihre *Chefin* informieren will.«

Damit hatte sie gewiss nicht die alte Schneider gemeint. Diese hatte Tessa Gruber als Verantwortliche im »Lusthaus« genannt. Martin hatte ihr bereits eine Ladung zugesandt und sie für Montag einbestellt. Heute war Freitag. Keinen Moment länger konnte er hier stehen und mit seinen Kollegen diskutieren. Er musste etwas tun, bevor er explodierte.

Er ging hinüber in seine Kanzlei und suchte die Privatadresse der Grubers heraus.

Kerstin war ihm gefolgt. »Was hast vor?«

»Ich will mit Tessa Gruber reden. Die muss etwas wissen!«

»Ich komm mit.«

»Du musst nicht –«

»Martin! Wer weiß, was da los ist, du brauchst Rückendeckung. Und außerdem hat der Gerhard Innendienst. Glaubst, da bleib ich freiwillig am Posten?«

Die Grubers wohnten in Semslach unweit der Schnitzschule von Hannes Naschenweng. Der großkotzige Bau befand sich auf einer leichten Anhöhe am Waldrand und stellte das Nachbarhaus im wahrsten Sinn des Wortes in den Schatten. Es handelte sich um eine einstöckige, ockerfarbene Villa im mediterranen Stil; Natursteinelemente setzten Akzente. Zum flach abfallenden Walmdach kam noch ein umlaufendes Vordach hinzu, das die Stockwerke optisch trennte. Eine Balustrade aus Weißbeton umgab eine weitläufige Terrasse und umsäumte auch das Poolareal. Ja, Martin hatte einen Blick für solche Details entwickelt und überschlug im Kopf grob die Baukosten, denn als Häuslbauer in spe hatten Bettina und er sich auf der einschlägigen Messe in Klagenfurt bereits informiert sowie tonnenweise Kataloge und Infobroschüren nach Hause geschleppt. Er war sich ziemlich sicher, dass Raimund Hader der Schlag treffen würde, wenn er neben dem urigen Bauernhof in der Dösen ein solches Haus hinstellen wollte. Noch waren sich Bettina und er nicht hundertprozentig einig – und wie es aussah, betraf das nicht nur den Hausbau –, aber der mediterrane Stil war für sie beide als unpassend abgehakt worden.

Kerstin parkte den Dienstwagen quer vor der Doppelgarage, in der locker vier Autos Platz fanden. Sie läutete, woraufhin eine auffallende Klingelmelodie die Stille zerschnitt. Kerstin ihrerseits schnitt eine Grimasse.

»Ganz schön großkopfert«, murmelte sie.

Der Hausherr persönlich öffnete ihnen. Er trug ein dunkelblaues Poloshirt – und ein weißes Kaninchen am Arm.

»Ma, wie lieb«, entfuhr es Kerstin reflexartig.

Grubers Mundwinkel hoben sich leicht.

»Grüß Gott. Wir –«

»Bitte, treten Sie doch ein!« Gruber machte eine einladende Handbewegung.

Kerstin musste sich beim Vorbeigehen sichtlich zusammenreißen, um ihre Finger vom flauschigen Kaninchen zu lassen.

Im Wohnzimmer gaben bodenhohe Fenster den Blick auf

Terrasse und Pool frei; ein teurer Grill stand in einem halb ummauerten Outdoor-Küchenbereich. Da konnte man es sich im Sommer gut gehen lassen.

»Ist Ihre Frau zu Hause? Wir möchten mit ihr sprechen«, begann Martin, nachdem Kerstin und er auf einer hellen Ledercouch Platz genommen hatten. Gruber setzte sich ihnen gegenüber in einen Fauteuil, der – wie die an einem Kabel hängende Fernbedienung bewies – technisch alle Stückerl spielte. Ob auch eine Schleudersitzfunktion dabei war?

»Das tut mir leid. Tessa ist im Beautysalon in Villach. Ich erwarte sie in frühestens drei Stunden zurück«, antwortete Gruber. »Kann ich etwas tun? Es ist mir immer eine Freude, wenn ich einmal der Polizei gegenüber als Freund und Helfer auftreten kann.«

In Martins Ohren klang es süffisant; er könnte sich aber auch täuschen. Zugegeben hegte er ein gewisses Misstrauen, um nicht zu sagen eine Aversion, gegenüber Menschen, die ihren Reichtum derart zur Schau stellten, wohl wissend, dass er damit Gefahr lief, einem Vorurteil aufzusitzen. Das Kaninchen, das Gruber liebevoll streichelte, machte ihn durchaus sympathisch. Bewusst versuchte Martin, das protzige Umfeld auszublenden und sich auf den Menschen zu konzentrieren.

»Ihre Frau arbeitet im ›Lusthaus‹?«

»Als Geschäftsführerin«, betonte Gruber überdeutlich, »ja.«

Martin hatte auf nichts anderes angespielt, aber offensichtlich einen wunden Punkt getroffen. »Kennen Sie eine Tanja Mühlbichler?«

Gruber runzelte die Stirn und überlegte. »Nein. Sollte ich?«

»Mühlbichler arbeitete ebenfalls im ›Lusthaus‹.«

Martin informierte ihn bewusst nicht darüber, dass sie tot war.

»Ah«, machte Gruber und lächelte spöttisch. »In einem der Zimmer, nehme ich an?«

Nein, er täuschte sich nicht. In Grubers Stimme schwang eindeutig Verachtung mit, was ihm gegen den Strich ging. Zwar hatte Martin Mühlbichler als Person nicht geschätzt, sie aufgrund ihrer Profession zu verurteilen, wäre ihm aber nie in den Sinn gekommen.

»Ich verkehre nicht im ›Lusthaus‹«, fügte Gruber hinzu, wobei er Kerstin ansah, als ob er sichergehen wollte, dass seine billige Doppeldeutigkeit ankam.

Martins spürte, wie sich ihm die Nackenhaare aufstellten. Unverhohlen sah er sich im Zimmer um, betrachtete die Bilder, Skulpturen und eine bunte Glasschale auf einem Tischchen, das nach Antiquitätenhändler schrie, bevor er sich erneut Gruber zuwandte.

»Wie ich höre, machen Sie sich als großzügiger Spender einen guten Ruf in der Gegend.«

Gruber zuckte mit der Schulter. »Man tut, was man kann.«

»In welcher Branche sind Sie tätig?«

»Ich bin Investor; hauptsächlich Immobilien.«

»Wie witzig. Da haben Sie noch etwas mit Ihrem amerikanischen Namensvetter gemein.«

Gruber verdrehte übertrieben die Augen. »Bitte, verschonen Sie mich! *Ich* habe keine Probleme damit, meine Finanzen offenzulegen. Ich habe absolut nichts zu verstecken.«

»Ihr Vermögen stammt also aus dem Immobiliengeschäft?«, fragte Kerstin.

»Teilweise. Ich gestehe, dass ich auch viel Glück hatte. In jungen Jahren habe ich in Casinos professionell Poker gespielt. Das ist lange her, aber da wurde der monetäre Grundstein gelegt.«

Was für eine schöne Erklärung für viel Geld, das plötzlich und ohne tiefere Spuren zu hinterlassen die Kasse füllte.

»Wollen Sie mal?«, fragte Gruber und hob das Kaninchen leicht an. Kerstin nickte, und mit einem wohlwollenden Lächeln reichte er ihr das Tier.

»So was Fluffiges.«

»Nicht wahr? Ich liebe es, diese kleinen Fellknäuel zu streicheln. Das ist so beruhigend und herzerwärmend, finde ich.«

Dann richtete er seine Aufmerksamkeit wieder auf Martin. »Entschuldigung, wo waren wir?«

»Wie lange arbeitet Ihre Frau schon im ›Lusthaus‹?«

»Ein paar Jahre.«

»Und davor?«

»War sie Kellnerin.«

»Wo?«

»In einem Lokal in Velden.«

»Welches Lokal?«

Grubers Gesicht zeigte keine Regung. »Ich kann mich nicht erinnern.«

Das bezweifelte Martin stark. In dem Versuch, ihn aus der Reserve zu locken, nannte er den Namen des bekannten Veldener Bordells »Las Vegas«. Gruber zuckte mit keiner Wimper. Er hatte ein Pokerface, ja, aber gerade diese demonstrative Ungerührtheit machte sein Verhalten so auffällig.

»Möglich«, erwiderte Gruber.

Martin hob leicht die Brauen. Prostitution und Poker um hohe Einsätze sowie Luxusautos: Die Verbindung war keineswegs abwegig, wenn er an den vor Jahren verstorbenen Kärntner »Nachtklubkönig« und Poker-Weltmeister Helmut Süßenbacher dachte, der eine Legende in der Rotlichtszene gewesen war.

»Haben Sie noch weitere Fragen?«, fragte Gruber gelassen.

Martin fuhr sich mit dem Daumen nachdenklich über die Lippen. »Ich fürchte, die wird Ihre Frau beantworten müssen. Richten Sie ihr bitte aus, dass sie mich anrufen soll, sobald sie zu Hause ist.«

Er legte seine Visitenkarte auf den Tisch und stand auf. Widerstrebend gab Kerstin Gruber das Kaninchen zurück.

»Es wird Zeit fürs Füttern«, sagte dieser und kitzelte es sanft zwischen den zuckenden Ohren.

Kerstin strich noch einmal über das Fell.

»Wollen Sie zusehen?«, bot Gruber ihr an. »Kommen Sie.«

Vom Wohnzimmer ging es über einen breiten Gang in den

hinteren Teil des Hauses. Auf einer altmodischen Kommode stand ein kleines Schälchen, in dem appetitlich Salatblätter und feine Karottensticks bereitstanden. Gruber hielt dem Kaninchen ein Blatt hin, an dem es sofort zu mümmeln begann.

»Darf ich?«, fragte Kerstin und nahm auf Grubers Nicken hin ein Karottenstückchen zwischen zwei Fingerspitzen.

Mit nahezu kindlicher Begeisterung sah sie zu, wie es im kleinen Mäulchen verschwand. Martin konnte sich ein Grinsen nicht verkneifen. »Ich wollte immer ein Haustier haben. Ein Meerschweinchen oder ein Kaninchen«, erzählte sie wehmütig. »Das Kerlchen – oder ist es eine sie? – ist hungrig.«

»Es ist eine sie«, klärte Gruber sie nach kurzer Nachschau auf.

»Hat sie einen Namen?«

Er schüttelte den Kopf. »Wollen Sie ihr einen geben?«

Kerstin lachte erfreut und überlegte. »Lisa. Nein, Lena. Lenchen. Ja. Was halten Sie davon?«

»Lenchen. Das passt zu ihr.« Gruber legte die Hand auf die Klinke der nahen Tür und lächelte. »Da ist noch jemand hungrig.«

»Also, was du in dich reinstopfen kannst, geht auf keine Kuhhaut!«

Zum krönenden Abschluss des Tages hatte Bettina ihren Bruder zum Chinesen eingeladen. Eine gute Wahl, da es das Essen in Büfettform gab und so die Hoffnung bestand, dass Reini nach dem siebten Gang endlich satt werden würde.

»Das gebackene Hühnerfleisch musst probieren!«

»Ich bin schon bei der Nachspeise, danke«, antwortete sie spitz.

Wenn sie nur halb so viel futtern würde wie er, wäre sie zehn Kilo schwerer. Wie sehr sie ihn darum beneidete!

Wenn sie ehrlich war, beneidete sie Reini um viel mehr. Er hatte, obwohl schon weit in den Zwanzigern, diese Unbeschwertheit, die Bettina zuletzt in ihrer Teenagerzeit verspürt hatte. Zudem hatte er seit Kindesbeinen an die Sicherheit, zu wissen, wo er hingehörte und was aus ihm werden würde. Mit seiner Geburt war am Haderhof klar: Der Bua übernimmt ihn einmal. Darüber hatte es nie eine Diskussion gegeben, Reini hatte den vorgezeichneten Lebensweg nie hinterfragt, und auch Bettina wollte nicht daran rütteln oder gar mit ihm tauschen. Das nicht. Aber sie wünschte sich manchmal, dass auch ihre Bahn so festgelegt wäre, ein klarer Weg zu einem klaren Ziel, ohne dass sie schwerwiegende Entscheidungen treffen müsste – immer mit dem Risiko, falschzuliegen.

Denn nach ihren Erfahrungen traute sie sich selbst keine kompetenten Entscheidungen mehr zu; alles und jeden stellte sie infrage und machte sich mit ihrem Zweifeln selbst verrückt. Himmel, was das für eine Tortur gewesen war, ihre Zelte in der Dösen abzubrechen, zu Martin zu ziehen und sich offiziell am Meldeamt bei ihm einzutragen! Woran sie nicht zweifelte, waren ihre Gefühle für ihn. Sie liebte ihn. Und er sie. Aber was würde in einem Jahr, in fünf Jahren, in zehn sein?

Sie hatte in ihrem Leben schon so viele Fehler gemacht, war in so vielen Sackgassen gelandet und hatte einiges bitter bereut. Sie hatte das Studium abgebrochen und einen untreuen Mann geheiratet und war voller Reue aus der Großstadt Graz zurückgekehrt ins heimatliche Mölltal, um hier ihre Wunden zu lecken. Aber war es für immer der richtige Ort für sie? Konnte sie hier dauerhaft glücklich werden?

Sie wusste einfach nicht, wie es weitergehen sollte, und scheute vor jeder Weggabelung zurück. Auch beim Studieren – waren die Fächer Anglistik und Romanistik überhaupt die richtige Wahl gewesen? – hatte sie sich zu einer Meisterin der Prokrastination entwickelt. Sie zögerte Seminararbeiten hinaus, hatte ebenso viel Angst davor, am Studium zu scheitern, wie es zu beenden, weil sie nicht wusste, was danach kam. Sie schaffte es nicht, sich auf ein Thema der Abschlussarbeit festzulegen, aus purer Furcht, einen weiteren Fehler zu begehen. Besser gar keine Entscheidung treffen als eine falsche.

Papa drängte sie, wenn Martin nicht dabei war, offen zum Hausbau auf dem ererbten Baugrund; durch die Blume ließen ihre Eltern sie wissen, wie sehr sie sich auf Enkelkinder freuten, und auch Martin schien dem Gedanken zugeneigt. Ja, in ihren frühen Dreißigern begann die biologische Uhr zu ticken. Aber war sie wirklich bereit für ein Kind, für diese massive Verpflichtung und Verantwortung? Würde sie als Hausfrau und Mutter glücklich werden? Hätte sie dann nicht umsonst studiert? Was, wenn sie sich wieder auf eine finanzielle Abhängigkeit von einem Mann einlassen würde, nur um kurz darauf vor den Scherben einer Beziehung zu stehen?

Sie fühlte sich so oft in einer Art Schockstarre gefangen; unfähig, sich in die eine oder andere Richtung zu bewegen, aus der Todesangst heraus, in die Falle zu laufen. Sie hasste es, sich mit ihrem Leben befassen zu müssen, weil sie sich als Versagerin empfand. Wie viel leichter war es, sich auf der Couch vor dem Fernseher zu verkriechen, sich die Decke über den Kopf ziehen und die Welt ausschließen zu können. Die Realität war hart.

Mit ihren eigenen Problemen wollte sie sich nicht auseinandersetzen. Weit leichter fiel es ihr, sich auf anderes zu konzentrieren, oder andere – wie Reini-Heini. Er war heute Morgen unangemeldet vor ihrer Tür gestanden. Seinetwegen musste sie eine Folge von »Modern Family« unterbrechen und sich mit ihrer eigenen traditionell-modern-vertrackt-verrückten Familie befassen. Er hatte sie angefleht, den Eltern nichts von den Drogen zu verraten, und sie hatte zugestimmt.

Unter einer Bedingung: Er musste noch heute mit ihr zur Suchtberatungsstelle in Spittal fahren. So schlug man zwei Fliegen mit einer Klappe: Reini konnte mit kompetentem Fachpersonal sprechen und Bettina den Herausforderungen des eigenen Daseins entfliehen.

Das Beratungsgespräch – leider durfte Bettina nicht mit hinein, und Reini zeigte sich, was den Ablauf und die Inhalte betraf, sehr wortkarg – hatte nicht allzu lange gedauert. Bettina hatte danach die Chance ergriffen, ihn auf eine Shoppingtour mitzuschleppen und sein Jammern gekonnt mit dem Argument abgewehrt, dass er schließlich eine Freundin finden wollte. Da konnte er die Tipps seiner großen, weisen Schwester in puncto Mode gut gebrauchen. Wirklich! Reini war – jetzt rein objektiv betrachtet – ein fescher, junger Mann, sofern er sich nicht wie sein eigener Großvater in Jägerkluft kleidete oder am Hof daheim in der blauen Montur herumlief. Zeitgemäße Kleidung, ein flotterer Style – das machte viel her. Zum Model reichte es zwar nicht, da war sie als Schwester ehrlich genug, aber Davonlaufen würden die Mädchen vor ihm auch nicht. Er war schlank und durch die körperliche Arbeit muskulös, hatte ein durchschnittlich attraktives Gesicht, und wenn er endlich nachgeben und Bettina beim Friseur reden lassen würde, könnte er mit einem modernen Haarschnitt noch einiges mehr aus sich herausholen.

Irgendwie waren sie, obwohl Geschwister, wie Tag und Nacht. Wo Bettina viel zu viel grübelte und es schaffte, die ganze Nacht wach im Bett zu liegen, weil sie sich über etwas Sorgen machte, war Reini schmerzbefreit: Er dachte so gut wie gar nicht nach, was für Konsequenzen seine Handlungen und Entscheidungen haben könnten und geriet dadurch von einer Patsche in die nächste. Nur gut, dass er sich auf sie verlassen konnte! Ja, Reini-Heini war eine ziemliche Baustelle. Da hieß es für sie als große Schwester: Ärmel hochkrempeln und ran an die Arbeit!

»Was meinst, was soll ich morgen zum Feuerwehrfest anziehen?«, fragte er mit vollem Mund.

Sie wusste genau, welches Outfit sie ihm zusammenstellen würde.

»Lass das nur meine Sorge sein.«

19

Donald Gruber öffnete die Tür zu seinem Arbeitszimmer. Es war mit einem Wandverbau, der eine ganze Seite einnahm, Regalen und einem imponierenden Schreibtisch eingerichtet, doch die Aufmerksamkeit wurde durch eine von der Decke hängende, breite Wärmelampe auf die hintere Ecke des Raumes gerichtet. Sie erinnerte mit einem wuchtigen, künstlichen Baumstamm, Schlingpflanzen und exotischen Blüten an einen tropischen Dschungel. Am Boden befand sich ein kniehohes Podest im Ausmaß von geschätzt zwei mal zwei Metern mit einem etwa fünfzehn Zentimeter hohen Rand. Die Fläche war mit Rindenmulch und Blättern bedeckt, und Martin konnte zudem einen Miniaturpool erkennen. Hatte Gruber versucht, sich in seinem Büro ein kleines Stück Paradies zu schaffen?

Martin sah genauer hin.

Scheiße! Das Paradies war komplett – samt riesiger Schlange! Wenn nicht die gespaltene Zunge hervorschnellen würde, könnte man sie für eine Attrappe halten, dazu gedacht, unvorbereitete Besucher einzuschüchtern.

»Darf ich vorstellen? Maximilian. Er ist ein Netzpython«, sagte Gruber, der geradezu auf das Erschrecken seiner Gäste gelauert hatte und es sichtlich genoss.

»Gehört der nicht in ein Terrarium?«, entfuhr es Martin heftiger als gewollt.

»Ach, Maximilian läuft nicht weg. Er fühlt sich unter seiner Wärmelampe pudelwohl.« Gruber grinste. »Seien Sie versichert: Das hier ist artgerechte Haltung, wie sie dem Tierschutzgesetz entspricht. Ich lasse mir nichts zu Schulden kommen.«

Gruber ging weiter auf die Schlange zu; Martin und Kerstin blieben nahe der Tür stehen.

»Was …« Kerstin starrte Gruber an, der das Kaninchen streichelte und weiterhin lächelte, nur dass seinem Lächeln jegliche Wärme fehlte. »Was haben Sie vor?«

»Wie ich sagte – es ist Zeit für die Fütterung.«

In plötzlichem Verstehen keuchte Kerstin auf.

Gruber hob das Kaninchen vor sein Gesicht und tat, als ob er nur mit diesem sprach wie zu einem Kind. »Lenchen, süßes Lenchen, so ist die Natur, meine Kleine, nicht wahr? Du hast gefressen ... und jetzt –«

»Sie können doch nicht –«, schrie Kerstin.

»Das nennt man das Leben«, antwortete er von oben herab. »Es heißt fressen und gefressen werden. Unser kleines Lenchen hier steht in der Nahrungskette nun mal weit unten.«

Er setzte das Kaninchen schwungvoll auf den Blättern ab und trat eilig einen Schritt zurück. Gruber warf ihnen einen raschen Blick zu, wohl um ihre entsetzte Reaktion zu genießen. Seine Zunge schnellte vor, um die Lippen zu befeuchten; er sah seinem Reptil verdammt ähnlich.

Martin zuckte zusammen, als Maximilian in Bewegung kam. Ganz langsam schob sich die Schlange auf dem Querast vor. Ihr Züngeln wurde hektisch.

Gruber lachte boshaft. Mit dem dünnen Schnauzbart und dem Kinnbärtchen erinnerte er stark an die durch die im Internet aktiven Anonymous-Aktivisten benutzte, grinsende Guy-Fawkes-Maske. Dämonisch! »Sie können nichts, absolut nichts tun.«

»Ich bin am Land aufgewachsen! Als Kind war ich sogar beim Schlachten dabei. Aber das ... das war krank! Richtig krank! So ein Psycho!«

Kerstin wischte sich die Tränen von den Wangen. Noch mehr als eine Stunde später machte ihr das Vorgefallene schwer zu schaffen. Vanessa Liebetegger, die zusammen mit Treichel heute Nachtdienst hatte und früher zum Ablösen gekommen war, legte ihren Arm um ihre Schultern.

»So ein Arsch!«

»Er hat Lenchen einfach so …« Kerstin erschauderte.

Hilfsbereit hielt Vanessa ihr eine Packung Taschentücher hin, und Kerstin schnäuzte sich mit kräftigen Trompetenstößen.

»Das ist doch Tierquälerei! Wir müssen ihn dafür drankriegen können, oder nicht? Findest dazu nichts?«

Die letzte Frage galt Martin, der im Journaldienstraum am Computer saß und gerade danach googelte.

»Hier steht, dass die zur Schlangenfütterung erforderlichen Wirbeltiere wie Mäuse nach Möglichkeit als tote Futtertiere zu verwenden sind. Anscheinend kann man in Zoohandlungen sogar tiefgefrorene Nagetiere kaufen.«

»Wäh«, machte Vanessa. »Meine Buben haben Wüstenrennmäuse. Die sind doch viel zu herzig, um als Schlangenfutter zu enden!«

»Na bitte!« Kerstin schaute grimmig drein.

»Es kommt ein ›aber‹«, warnte Martin und las weiter im Text, bevor er seinen Kolleginnen eine Zusammenfassung lieferte. »Manche Schlangen nehmen keine toten Tiere als Futter an, und in diesen Fällen dürfen die Wirbeltiere lebend verfüttert werden.«

»Ich glaube, das ist dem Gruber egal. Dem taugt das doch, wenn seine Schlange ein Kuscheltier tötet!«

Martin konnte bis zu einem gewissen Grad durchaus nachvollziehen, dass Schlangenbesitzer ihre Tiere nicht verhungern lassen wollten und ihnen im Notfall lebende Futtertiere überließen. Aber die Nummer, die Gruber abgezogen hatte, war tatsächlich krank gewesen. Wer schaffte es, ein süßes Kaninchen zuerst ausgiebig zu streicheln und zu kosen, es zu füttern und es dann einer riesigen Schlange auszuliefern? Wie herzlos musste man sein?

Gruber hatte es einen Heidenspaß gemacht, Kerstin und Martin zu schockieren, sonst hätte er die Schlange nie in ihrer Gegenwart gefüttert. Herrje, Kerstin und Martin hätten seine Protzvilla nach der Befragung verlassen können, ohne jemals zu erfahren, dass er sich einen Netzpython hielt! Nein, es war pure Berechnung gewesen. Erst hatte er Kerstin das Kaninchen herzen und füttern lassen, ihr darüber hinaus erlaubt, ihm einen Namen – Lenchen – zu geben, um sie dann in sein Arbeitszimmer zu führen und mit der Schlange zu konfrontieren. War das seine irre Art gewesen, für Martins Fragen Rache zu nehmen?

Martin hörte die Eingangstür ins Schloss fallen; schwere Schritte näherten sich und gleich darauf stand Treichel im Raum. Als der Chef Kerstins verweintes Gesicht sah, verzog er seine Miene und sah peinlich berührt weg.

»Chef … es gab da was«, begann Martin.

»Hm.« Treichel starrte zum Flur hin, der in die hinteren Räume führte, und blinzelte. »Du kannst es mir sofort erzählen. Aber zuerst sagt mir bitte jemand, ob ich ein Fall fürs Irrenhaus bin, oder ob da echt ein weißes Kaninchen herumhoppelt!«

»Das ist es, was wir dir erklären müssen. Nimm lieber Platz.«

Unterstützt von Kerstin, die ihn immer wieder unterbrach und der Geschichte mit emotionalen Ausbrüchen mehr Würze verlieh, erstattete Martin Bericht. Treichel schlug sich die Hand vor das Gesicht und stöhnte laut, als sie zu der Stelle kamen, an der Gruber das Kaninchen absetzte – und Kerstin eine spontane Rettungsaktion startete. Das hätte voll ins Auge gehen können.

»Was hätte ich denn tun sollen?«, verteidigte sich Kerstin. »Lenchen von der Schlange auffressen lassen?«

Martin wurde jetzt noch schlecht, als er daran dachte. Impulsiv, und ohne an ihre eigene Sicherheit zu denken, war Kerstin vorgestürmt und hatte sich Lenchen geschnappt. »Verdammt, war das knapp gewesen!«, fluchte Martin.

Wie ein Pfitschipfeil, die Bewegung war fast zu schnell für sein Auge gewesen, hatte der Netzpython keinen Moment später zugestoßen – doch war sein geöffnetes Maul ins Leere gefahren.

Das allein wäre schon schlimm genug gewesen. Doch Maximilian hatte sich sein Fressen nicht einfach wegnehmen lassen wollen. Selbst Gruber hatte aufgeschrien, als die Schlange über das Podest hinausgeschossen war und die Verfolgung seiner Beute aufgenommen hatte.

»Wir hatten ein unglaubliches Masel, dass die Tür noch offen stand. Wir sind durch …«

»… und der Martin hat sie gerade noch rechtzeitig hinter uns zugedroschen«, vervollständigte Kerstin. »Dann hat's schon Rums gemacht.«

Nämlich als die hungrige Schlange offensichtlich mit vollem Karacho gegen das Türblatt geknallt war.

Treichel wurde blass um die Nase, als Kerstin mit ihren Händen zeigte, wie dick Maximilian gewesen war. »Und locker drei Meter lang. Das war ein richtiges Biest.«

»Leitln, Leitln. Mein Gott, seids a bissl vorsichtiger!« Völlig fertig ließ sich Treichel auf einen Drehsessel plumpsen. »Ich will keinen Bericht schreiben und darin erklären müssen, dass einer von euch von ana Schlangen aufgefressen wurde! Wie schaut denn das aus?«

»Was hast du getan?«

Tessa starrte ihren Mann entgeistert an. Er schüttelte sich vor Lachen, als er ihr erzählte, wie er die beiden Polizisten mit Maximilian erschreckt hatte. Sie konnte das nicht komisch finden.

Abgesehen davon, dass sie Donalds Vorliebe für diese grauslichen Schlangen nicht teilte, fand sie es mehr als verwegen von ihm, die Polizisten auf diese Art herauszufordern. Das Letzte, was sie gebrauchen konnten, war, dass die Bullen aus persönlichen Rachegefühlen heraus ihre Geschäfte zerpflückten. Wo doch erst am Vortag Tanjas Leiche gefunden worden war. Typisch Junkie, war sie an einer Überdosis gestorben, wie es in der überschäumenden Gerüchteküche hieß.

»Du hättest diese Pfeifen sehen sollen! Fast hätte mein guter Maximilian die Polizistin erwischt.«

»Wie kannst du die Polizei so provozieren? Du bist ja verrückt!«, rutschte es ihr heraus.

Als ob ein Schalter umgelegt worden war, verschwand Donalds Grinsen aus seinem Gesicht.

»Ich hab's nicht so gemeint –«

Er verpasste ihr eine Ohrfeige.

Tessa presste sich die Hand auf die schmerzende Wange und wich vor ihm zurück.

»Hast du Angst vor den Bullen?«, fragte er mit viel zu ruhiger Stimme. »Hast du Dreck am Stecken, Tessa?«

»Nein!«

Er feixte. »Na bitte. Wer vor der Polizei nichts zu befürchten hat, kann sich ruhig einen Spaß erlauben.«

Tessa zog sich in die Küche zurück, aber er folgte ihr und beobachtete sie, wie sie sich ein Glas Wasser nahm.

»Stundenlang warst du im Beautysalon? Davon ist nicht viel zu sehen!«

Sie lachte verlegen auf und stellte das halbvolle Glas ab, bevor sie ihm als Beweis ihre Hand mit den frisch gegelten Nägeln hinhielt.

Er zeigte sich unbeeindruckt.

»Bist du heute Abend daheim?«, fragte er, wobei ihm anzuhören war, dass es ihn nicht wirklich interessierte.

»Es ist Freitag. Da ist immer viel los.«

Er verließ die Küche.

Tessa räumte ihr Glas in den Geschirrspüler, schnappte sich ihre Tasche und eilte aus dem Haus, das ihr mehr als Gefängnis erschien. Im Auto klappte sie die Blende herunter und prüfte im kleinen Spiegel ihr Gesicht. Die Wange war gerötet. Verstohlen wischte sie sich über die Augenwinkel, warf einen letzten Blick zum Haus und fuhr los.

Über die Freisprechanlage wählte sie Tommys Nummer.

»Ich muss dich sehen.«

Sie hasste es, wie flehend ihre Stimme klang.

20

Treichel hatte die gesamte Mannschaft für den frühen Morgen einberufen, auch Michl Berger war mit zwei seiner Kollegen gekommen. Sie standen im Journaldienstraum vor der an der Wand hängenden großen Karte des Bezirks. Rücksichtslos machte sich Treichel mit einem roten Permanentmarker darüber her.

Der Spittaler Kriminaldienst war nicht untätig gewesen, und es war Michl gelungen, über einen Informanten nähere Hinweise auf eine Mölltaler Drogenkuchl zu erhalten: Eine solche sollte sich im Raum Obervellach-Mallnitz befinden. Doch das in Frage kommende Gebiet war, wie ein ernüchternder Blick auf die Landkarte zeigte, groß.

»Schon mal was von der Nadel im Heuhaufen gehört?«, maulte Gerhard. »Das Labor – wenn's überhaupt eines gibt – finden wir nie und nimmer!«

»Was schlägst du vor? Nix tun und warten, bis wir die nächsten Toten haben?«, schnappte Kerstin.

»Übertreiben müssen wir aber auch nicht! Wir haben frühestens nächste Woche mal einen Obduktionsbericht von der Mühlbichler –«

Treichel fuhr zu Gerhard herum und wollte ihm wohl in gewohnter Manier den Zeigefinger vors Gesicht halten; nur hatte der Chef vergessen, dass er den Stift in der Hand hielt. Was dazu führte, dass Gerhard einen roten Strich quer über die Nasenspitze abbekam. Völlig unabsichtlich, wie Treichel danach beteuerte. Blöd halt, dass es ein extra wasserfester Permanentmarker war, mit Betonung auf permanent.

Nach einem Blick in den Spiegel bekam sich Gerhard fast nicht mehr ein. »Verdammte Scheiße! Morgen bin ich zum Mittagessen bei meinen zukünftigen Schwiegereltern eingeladen! Wie schau ich denn aus? Wie a Sau!«

»Genau«, bestätigte Kerstin und feixte. »Und an roten Strich hast auch noch auf der Nase!«

Sicherheitshalber suchte sie dann sehr schnell hinter Michl Schutz, obwohl von der Masse her der Treichel die weit bessere Wahl gewesen wäre. Gerhard machte Anstalten, sie sich zu greifen, aber Michl hielt ihn auf Armlänge zurück. »Ruhig, Brauner.«

Daraufhin sah sich Treichel gezwungen, ein seinem höheren Rang entsprechendes Machtwort zu sprechen, um dem Koller ein Ende zu setzen. »Reißt euch zusammen!«, befahl er streng. »Wir sind alle gereizt, aber es bringt nix, wenn wir uns gegenseitig an die Gurgel springen.«

Gerhard versuchte, noch das letzte Wort zu haben, aber da es an der Tür läutete, fuhr ihm Treichel scharf über den Mund. Vanessa bat die Partei herauf und ging dieser entgegen, um sie an der Tür abzufangen und in eine Kanzlei zu geleiten.

»So, jetzt im Ernst. Was machen wir?« Treichel sah in die Runde.

Michl trat näher an die Karte heran. »Gibt's vergrößerte Luftbildaufnahmen von dem Gebiet, auf denen wir Gebäude erkennen können?«

»Über Google Maps vielleicht?« Kerstin setzte sich an den PC.

»Von Ihnen will ich nichts. Wo ist der Schober?«, hörte Martin eine allzu vertraute, raue Stimme aus dem Flur.

Gleich darauf platzte Sepp Flattacher herein. Als er sich einer geballten Ladung Polizeikräfte in Uniform wie auch zivil gegenüber sah, verzog er spöttisch den Mund. »Was wird denn das? Machts gerade a Gruppentherapie oder plants an Betriebsausflug in den Eselpark im Maltatal?«

»Einsatzbesprechung«, antwortete Michl höflich – im Gegensatz zu den Obervellacher Polizisten kannte er Flattacher noch nicht.

»Brauchen Sie etwas?«, fragte Martin.

»Es geht um die Hanfplantage oben im Wald.«

»Wir haben jetzt Wichtigeres zu tun. Kommen S' nächste Woche wieder«, mischte sich Treichel ein.

Flattacher ließ sich nicht so einfach abwimmeln, sondern kam richtig in Fahrt. »Wie Parksünder abstrafen? Was kann's Wichtigeres geben, als die jungen Leute vor dem Drogenscheiß zu schützen! Machts euren verdammten Job!«

»Das tun wir«, erwiderte Martin betont ruhig, während Treichel noch mit hochrot angelaufenem Kopf nach Worten suchte.

»Ha!«, schimpfte Flattacher verächtlich.

»Jetzt reicht's aber«, knurrte Treichel ihn an. »Raus!«

Wie festgefroren blieb Flattacher stehen und stemmte die Hände in die Hüften. Ein Glück, dass er sein Gewehr nicht dabeihatte, dachte Martin. Der Jäger sah so aus, als ob er es gern benutzen würde.

»Wenn ich euch nicht zeig, wo's langgeht …«

Treichel stapfte drohend auf ihn zu, wohl um ihn mit etwas mehr Nachdruck von der Polizeiinspektion zu entfernen.

»Moment!«, rief Martin. »Er hat gar nicht so unrecht.«

»Was?«, kam es von Treichel wie Flattacher zugleich; wer von den beiden überraschter war, konnte nicht festgestellt werden.

»Mit dem Zeigen, wo's langgeht.« Martin grinste. »Der Flattacher kennt sich im Wald aus wie kein anderer. Er kann uns mit den Örtlichkeiten weiterhelfen.«

Nachdem der Jäger über die Drogenermittlungen ohnehin im Bilde war, konnten sie ihn doch als Ressource nutzen und sein Expertenwissen anzapfen. Michl äußerte sich skeptisch, aber Kerstin klärte ihn im Flüsterton rasch über Sepp Flattacher auf.

Martin winkte ihn zur Landkarte her, und Flattacher rammte seinen Zeigefinger auf eine Stelle. »Die Hanfplantage ist –«

»… gerade zweitrangig. Es gibt Hinweise, dass es in der Gegend eine Drogenküche gibt, in der die blauen Made-im-Mölltal-Designerdrogen hergestellt werden.«

Flattacher fielen beinahe die Augen aus dem Kopf. »Ha?«

Michl skizzierte für ihn die Anhaltspunkte, die sie hatten. »Abgelegene Almhütten, Ferienhäuser und verwaiste Keuschen sind ein heißer Tipp«, erklärte er.

Flattacher rieb sich über seinen struppigen Bart und studierte die Landkarte. »Zu den Revieren auf der Schattseiten müssts die dortigen Jäger befragen.«

Dann begann er, mit einem jeweiligen »Da« auf die Karte zu tippen. Treichel hatte Mühe, mit seinem Permanentmarker mitzuhalten und Ringe zu malen.

»Danke. Sie haben uns sehr weitergeholfen«, sagte Michl und reichte Flattacher die Hand.

Der ignorierte sie und schnaubte gewohnt unfreundlich: »Wie immer. Langsam könnts mich dafür bezahlen, wenn ich dauernd eure Fälle lösen muss!«

Martin packte ihn leicht an der Schulter und schob ihn vor sich her in Richtung Ausgang.

»Dann starten wir um Punkt zwölf Uhr die Suchaktion«, dröhnte Treichels tiefe Stimme aus dem Journaldienstraum. »Wir bilden am besten Zweierteams und –«

»Auf Wiedersehen, Flattacher«, sagte Martin und schloss die Tür hinter ihm.

In Sepp kochte es. Vom Polizeiposten heimgekehrt, ging er rastlos in seinem Haus auf und ab. Das konnte es doch nicht geben! Drogenherstellung im großen Stil und das noch dazu vielleicht in seinem Revier? Da waren Pete und Ossi mit ihrer Hanfplantage a Schas dagegen!

»Himmelherrgott Kruzitürken verdammt noch einmal!«

Er sah auf die Uhr. Kurz vor zehn. Wenn er sich vorstellte, wie die Kieberer durch den Wald stolperten …

»Das wird nix«, teilte er Akko mit.

Er dachte an Reini, der sich immer noch mit Kevin Staller herumtrieb. Was nutzte es, wenn er sich die jungen Männer her fing und sie zurechtstutzte? Das waren nur kurzfristig wirkende Maßnahmen. Nein, er musste das Problem an der Wurzel packen und es gründlich vernichten, so wie er es mit den fünfzehn Cannabisstauden getan hatte. Von denen war nichts mehr übriggeblieben, als er mit ihnen fertig geworden war.

Nur wie? Sepp bat nicht gern andere Leute um Hilfe. Wer sich auf andere verließ, der war meist verlassen. Aber in diesem Fall blieb ihm keine Wahl. Nicht einmal er konnte die Waldgebiete rings um Obervellach und Mallnitz allein abdecken.

Entschlossen griff er nach seinem Handy und begann zu telefonieren.

Fünf Minuten vor zwölf zeigte sich: Sepp hatte es noch drauf; er war noch immer der Alte. Wenn er rief, kamen sie – fast – alle. Die Meute sammelte sich brav auf dem Parkplatz vor der Polizei. Karl Hartmann, Toni Brugger, Vinzenz Hinteregger und sogar Walter Liebetegger waren als Vertreter der Hubertusrunde gekommen. Hinzu kamen Mitglieder der beiden anderen Jagdvereine, deren Reviere als Tatorte in Frage kamen. Nicht dabei war Irmgard Leitner – aus gutem Grund: Ihr Name schien zwar auch auf seiner Kontaktliste auf, aber er hatte bewusst weitergeblättert. Nicht etwa weil sie eine Frau war und man einen Einsatz wie den heutigen landläufig als Männerarbeit bezeichnete, oh nein. Es waren sehr wohl drei Jägerinnen vertreten, wie er feststellte. Aber er hatte keine Lust gehabt, sich auf eine Diskussion mit ihr einzulassen. Er wollte sich nicht länger von ihr zum Deppen machen lassen! Wie ihre Vorgänger musste sie lernen, dass es ihm als Aufsichtsjäger der Hubertusrunde völlig am Arsch vorbei ging, wer *unter* ihm als Obmann oder Obfrau diente.

»Was wird denn das, wenn's fertig wird?«, rief Treichel überrascht, als er – von seinen Leuten gefolgt – aus dem Gebäude kam und sich der Jägerschar gegenübersah.

Sepp ging ihm entschlossen entgegen. »Ich habe ein paar Kindermädchen organisiert, damit keiner von euch im finsteren Wald verloren geht.«

»Wie bitte?«

»Im Revier kennen wir jeden Steig.« Einer raschen Einschätzung nach waren etwa gleich viel Jäger wie Polizisten angetreten. »Wenn schon Zweierteams, dann richtig.«

Er hatte mit heftigem Widerspruch seitens der Kieberei gerechnet; aber Treichel zeigte sich einsichtiger als erwartet.

»Also gut, kommts mit als Begleiter, aber wir von der Polizei haben das Kommando«, ordnete er an.

Sepp hatte kein Problem, Treichels strengem Blick standzuhalten. Man konnte sich auch ohne Worte einen Machtkampf liefern. Wobei – klare Worte waren doch hilfreich.

»Im Wald übernehmen wir die Führung«, konterte er daher und fügte ein stummes »in jeder Hinsicht« hinzu.

Und diese Führung begann hier und jetzt. Als Treichel begann, Teams einzuteilen, mischte Sepp mit und sorgte dafür, dass Reini den Kommandanten begleitete und er selbst sich Martin Schober sicherte. Den konnte er noch am ehesten von dem ganzen Haufen über mehrere Stunden hinweg vertragen. Mit einer großen Portion Schadenfreude drückte er dem Giftzwerg Gerhard Koller – mit dem war er schon öfters zusammengeknallt, wenn Belten oder sein Schwiegersohn Anton Nowak ihm wegen Nachbarschaftsstreitereien wieder einmal die Polizei an den Hals gehetzt hatte – ausgerechnet Toni Brugger aufs Auge. Das passte keinem der beiden, zumal es Koller gewesen war, der vor Kurzem wieder einmal Tonis Führerschein einkassiert hatte.

»Vorsicht ist angesagt! Wenn jemand ein verdächtiges Objekt entdeckt, heißt es Meldung machen und Verstärkung abwarten. Diese Kriminellen sind gefährlich«, warnte Treichel. »Keine Eigenmächtigkeiten!«

»Jaja«, murmelte Sepp, der sein geladenes Gewehr im Suzuki wusste.

Von Undercover und unauffällig war noch die Rede; die Gauner sollten möglichst nichts vom Polizeigroßeinsatz mitbekommen, bis es zu spät war. Dieser Hinweis blieb hängen, und als er zwanzig Minuten später im Wald aus seinem Suzuki gestiegen war, musterte er Schober skeptisch.

»Als Waldbauernbua gehen Sie so nicht durch.« Er öffnete die Hecktür, hieß Akko aufzustehen, griff sich seinen alten, löchrigen Wetterfleck aus grünem Loden und warf ihn Schober zu. »Ziehen Sie den drüber.«

Akko war nicht gerade erfreut, seine weiche Unterlage zu verlieren; Schober, der ihn im Reflex aufgefangen hatte, zog angewidert die Nase kraus. Zugegeben, der Wetterfleck roch ein bisserl nach nassem Hund.

»Vergessen Sie es!«

»Wie war das mit Tarnen und Täuschen?«

»Der Fasching ist schon lang vorbei, und außerdem reicht es, wenn Sie wie ein Wilderer aus dem 19. Jahrhundert ausschauen.«

Schober warf den Wetterfleck zurück ins Auto; besitzergreifend legte sich Akko drauf und machte mit einem Knurren deutlich, dass er ihn sich nicht ein zweites Mal wegnehmen lassen würde. Nun gut, bei der heutigen Aktion war ein Jagdhund ohnehin fehl am Platz, und Akko hatte es sich verdient, gemütlich im Auto zu schlafen.

Sepp griff nach seinem Gewehr, aber Schober legte seine Hand auf seinen Arm und hielt ihn zurück. »Oh nein!«

»Einer von uns sollte schon bewaffnet sein«, grummelte er.

»Das bin *ich*.« Schober klopfte auf den Einsatzgurt, den er sich über die Jeans geschnallt hatte. Wie blöd sah denn das aus! »Und nein, Sie wärmen jetzt keine alten Heldengeschichten auf«, kam ihm Schober zuvor, bevor Sepp ihn an den letzten Obervellacher Mordfall und seinen Meisterschuss erinnern konnte. »Gehen wir!«

Als kleine Rache ließ er den Polizisten ein paar Meter in die falsche Richtung marschieren, bevor er ihn zurückpfiff und auf einen kaum erkennbaren Wildwechsel wies.

»Ich sag, wo's langgeht«, erinnerte er Schober.

Sepp hatte bewusst diesen Abschnitt für ihre Suche gewählt. Er wusste, dass etwa fünfhundert Meter weiter oben – also steil hinauf quer durch den Wald, was für einen waschechten Jäger natürlich kein Problem war, aber den Kieberer hoffentlich ins Schwitzen und Straucheln brachte – ein Ferienhaus stehen musste. Beim Haus oben hatte er zwar nichts verloren, und es war Ewigkeiten her, seit er zum letzten Mal daran vorbeigekommen war. Er wusste nicht einmal, wem das Haus jetzt gehörte; angeblich hatte es irgendein Auswärtiger gekauft und ließ es vor sich hin verrotten. Was ihn ärgerte, war, dass der lange, kurvenreiche Zugangsweg gleich zu Beginn durch einen verschlossenen Schranken versperrt war, und es ihm bis dato nicht gelungen war, jemanden ausfindig zu machen, der den Schlüssel dazu besaß. Dabei wäre der erste Wegabschnitt ideal, um einen weiter östlich liegenden Hochsitz mit dem Auto zu erreichen.

Gefolgt von Schober pirschte Sepp durch den Wald, wobei Sepp noch mehr als sonst darauf achtete, wo er hintrat. Sein Besuch im Reptilienzoo war ihm noch in lebhafter Erinnerung. Keineswegs ängstlich – er doch nicht –, aber mit einem Mordsrespekt suchte er den Boden vor ihm nach verdächtigen Bewegungen ab; jeder unter Schobers Füßen knackende trockene Ast ließ ihn zusammenzucken, da er das Geräusch im ersten Schreck mit einem warnenden Rasseln verwechselte. Freilich war von einer Schlange weit und breit nichts zu sehen, was zu erwarten war. Wie standen die Chancen, auf die ausländische Giftschlange zu treffen? Eher würde er einen Lottosechser erzielen, als im Wald einer Klapperschlange zu begegnen. Sepp ärgerte sich über sich selbst, dass er sich überhaupt Sorgen machte. Er war doch nicht so dämlich wie der Reini! Entschieden schüttelte er den Kopf und seine irrationalen Ängste ab.

Sie näherten sich dem Haus von Südosten her und verharrten hinter dem Gštaudach, das ihnen Deckung gab.

Das Ferienhaus war keine urige, einladende Almhütte, sondern ein einstöckiger Bau ohne Charme; vermutlich wurde er Ende der sechziger oder Anfang der siebziger Jahre errichtet. Der einst helle Putz der Vorderseite war zu einem schmutzigen Grau verkommen und blätterte an mehreren Stellen ab. Die Südseite – ziemlich sicher auch die westliche und nördliche Außenwand – war mit weißen Eternitplatten verkleidet; sowohl unter dem Dach wie auch an den Hauskanten waren viele davon ausgeschlagen. Angesichts des gewiss hohen Asbestgehaltes der Fassadenverkleidung war es eh besser, wenn niemand mehr in dem Haus wohnte, zumal es zusätzlich mit stark verwitterten Asbestzementwellplatten eingedeckt worden war.

»Und, was meinen Sie?«, fragte Sepp ungeduldig. »Verdächtig, oder?«

Weder war ein Fahrzeug zu sehen, noch gab es sonst ein Lebenszeichen zu entdecken. Alles war ruhig und verlassen. Daraufhin trat Schober auf den geschotterten Vorplatz hinaus. Sepp folgte ihm langsam, ein dumpfes Pochen im Hals, das er sich nicht erklären konnte. Er hatte ein ungutes Gefühl, als sie sich dem Haus näherten.

Das an der Haustür prangende Schild mit den Umrissen eines Dobermannes und dem Hinweis »bissig« konnte man getrost ignorieren; jeder Wachhund, der etwas auf sich hielt, hätte schon längst angeschlagen, und bei den verwendeten Baumaterialien wäre »Vorsicht, giftig!« eher angebracht.

Schober ging an der Südseite des Hauses entlang. Hier hatten vor langer, langer Zeit zwei hölzerne Bänke und ein Tisch, dessen Platte abgestürzt war, zum Verweilen eingeladen. Jetzt überwucherten Brennnesseln das sonnige Platzerl.

»Ja, verdächtig«, antwortete Schober. »Die Balken sind nicht nur verriegelt, die sind zugenagelt. Und schauen Sie genau hin.« Durch den Spalt dazwischen ließ sich ein Blick auf die Fenster erhaschen. »Da, die Fenster sind zusätzlich mit schwarzer Folie abgeklebt.«

Sepp schlich voraus um die Hausecke.

»Da ist jemand eingebrochen«, rief er.

Bei einem der beiden westseitigen Fenster hing ein Balken schief in den Angeln, der zweite war komplett ausgebrochen und lag davor in den auch hier wuchernden Brennnesseln. Darauf bedacht, nicht auf das morsche Holz zu steigen – auch etliche größere Glasscherben bargen Verletzungsgefahr –, ging Sepp näher heran.

»Das schaut weniger nach einem Einbruch aus.«

Schober stieg auf einen recht wackeligen, größeren Stein, um ein paar zusätzliche Zentimeter zu gewinnen, und musterte das hinige Fenster. Obwohl kein Zwerg wie dieser Koller, langte Schober, unsicher auf dem Fußballen balancierend, gerade mal mit den Fingerspitzen an die Fensterbank heran. Erkenntnisreiche Einblicke waren leider nicht zu erwarten, denn jemand, wohl der Hausbesitzer, hatte den Schaden bemerkt und das Fenster mit neuwertigen Brettern zugenagelt. Das konnte dem Zustand des frischen Holzes nach noch nicht allzu lange her gewesen sein.

»Blödsinn! Was soll es denn sonst gewesen sein?«

Diese Dorfpolizisten waren an Inkompetenz nicht zu überbieten! Ein verdächtiges Haus, das sich garantiert als das gesuchte Drogenlabor entpuppen würde, und ein zerbrochenes Fenster. Da konnte doch jeder Depp eins und eins zusammenzählen!

»Hm«, machte Schober.

Sepp verrollte die Augen.

»Gibt's bei der Polizei überhaupt keine Ausbildung mehr? Lernts denn gar nix, außer einen Strafzettel zu schreiben? Das sieht doch ein Blinder mit Krückstock, dass da jemand rein ist!«

Schober sprang vom Stein und wischte sich die Hände an der Hose ab.

»Eher raus.«

Schober trat mit dem Fuß Brennnesseln um, bevor er sich niederhockte und vorsichtig nach einem größeren Stück Fensterscheibe langte.

»Wollen S' mir weismachen, dass da kana eingebrochen, sondern ana ausgebrochen sein soll?«

»Die Spuren sprechen dafür, ja.«

»Warum zum Teufel sollte jemand … Wer … Glauben S', dass einer von den Drogendealern …«

»Hier geht's nicht um glauben, sondern um wissen. Den Spuren nach ist jemand von drinnen raus, weil auch die Scherben hier draußen am Boden liegen. Jetzt heißt es, eben keine voreiligen Schlüsse zu ziehen, sondern mehr herauszufinden. Das, Herr Flattacher, lernen wir bei der Polizei. Oder schießen Sie als Jäger blindlings auf alles, was sich bewegt, und schauen erst dann, was am Boden liegt, und wundern sich groß, wenn's ein Treiber oder ein Bundesheerler ist?«

Zornig ballte Sepp die Hände zu Fäusten, weil Schober damit mitten ins Jägerherz traf. Bei seiner Ehre, nie würde er auf etwas schießen, das er zuvor nicht korrekt angesprochen hatte, und er fuhr mit jedem Jäger Schlitten, der unter seiner Aufsicht verantwortungslos zu handeln wagte.

»Ich weiß genau, auf was ich schieße! Ich habe noch nie –«

»Ich habe Ihnen nichts unterstellt«, unterbrach Schober ihn mit einem herausfordernden Glitzern in den Augen. »Im Gegenteil, ich gehe davon aus, dass Sie als erfahrener Aufsichtsjäger etwas von der Jagd verstehen. Umgekehrt erwarte ich mir von Ihnen, dass Sie meine Kompetenz respektieren.«

»Welche Kompetenz?«, brauste er auf.

»Genau das meine ich.«

Schober schüttelte den Kopf und ließ ihn einfach stehen.

An der Nordseite des Hauses schloss sich ein flacher, langgezogener Anbau an.

»Still«, sagte Schober und legte den Kopf schief; er lauschte. Sepp hielt den Atem an.

»Hören Sie das? Dieses Brummen?«

Jetzt hörte es auch Sepp. »Klingt nach einem Stromgenerator«, murmelte er.

»Ja.«

Sie umrundeten den auf der Rückseite fensterlosen Anbau und fanden vorn eine schmale Tür. Schober drückte die Klinke hinunter; freilich war sie abgeschlossen. Der Versuch, durch ein vergittertes, halb blindes Fenster in den Raum zu spähen, schlug fehl – auch hier klebte zusätzlich dunkle Folie. Hatte es die beim Walter Liebetegger im Baumarkt im Sonderangebot gegeben?

Da hatten sie ein mächtig verdächtiges Haus gefunden und standen nun blöd davor wie der Ochs vorm Scheunentor! Also wirklich! Sepp fuhr prüfend über den Türrahmen und besah sich das Schloss. Schober müsste nur einmal kräftig dagegentreten, war er sich sicher, und schon …

»Mit ein bisserl einen Ruck kommen wir rein«, teilte er ihm hoffnungsvoll mit.

»Wir dürfen die Tür nicht einfach aufbrechen.«

So ein Hosenscheißer!

Schober rief Treichel an und sagte diesem, dass Sepp und er *vielleicht* etwas gefunden hätten.

»Vielleicht«, schnaufte Sepp angefressen. »Schauma hålt eine, bevor wir die Pferde scheu machen! Vielleicht ist auch gar nix drinnen, und dann stehen wir da wie die größten Deppen.«

Schober faselte was von wegen Hausfriedensbruch und dass er den Staatsanwalt anrufen müsste zwecks Beschluss zur Hausdurchsuchung. Himmel, so ließ sich doch kein Blumentopf gewinnen! Genervt ging Sepp zum Haupthaus und stieg zwei bröckelnde Steinstufen zur Tür hinauf. Etwas kräftiger als notwendig rüttelte Sepp an der Klinke. Vielleicht lehnte er sich ein wenig dagegen. Wer konnte das schon so genau sagen?

Auf jeden Fall kam endlich Bewegung in die Sache.

»Die Tür ist offen!«

»Flattacher! Sie können nicht einfach –«

»Reingehen? Zu spät. Bin schon drin!«, rief er ihm triumphierend zu und schickte ein leises »Ätsch« hinterher.

Er ließ die Haustür weit offen, damit etwas Sonnenlicht hereinfallen konnte, und tappte über die knarrenden Dielenbretter voran. Rechter Hand – eine Tür hing nicht mehr in den Angeln – befand sich eine Küche.

»Schober! Kommen S' herein! Das müssen Sie sehen!«, schrie er laut.

21

»Ich bin eh da.«

Flattacher zuckte erschrocken zusammen. Er hatte Martin wohl noch vor dem Haus gewähnt. Von wegen! Er stand direkt hinter ihm.

»Sie können nicht einfach so in Häuser einbrechen.«

Dann sah er die Küche und stieß einen Pfiff aus.

»Die Tür war offen«, beharrte Flattacher. »Ehrlich!«

»Ehrlich gesagt ist mir das jetzt wurscht.«

Martin zog die Taschenlampe aus dem Gürtel und leuchtete die Arbeitsflächen der Küche ab. Nein, es stapelten sich keine Drogenpakete; doch es gab zwei professionelle Schweißgeräte, eine große Schachtel mit leeren Plastiktüten und jede Menge vorgedruckte Etiketten mit dem vertrauten »MiM«-Logo und dem Werbespruch »Simply the best – Made im Mölltal«. Volltreffer.

»Greifen S' nix an«, warnte er Flattacher. »Wir brauchen die Spurensicherung.«

»Ich wette was, dass das Gfick irgendwo im Haus herinnen auch die Drogen hat.«

»Flattacher …«

Für den bräuchte er eine Leine! Mit einem Seufzer folgte Martin ihm.

Flattacher hatte eine weitere Tür zu einer Art schmalen Vorraum geöffnet. Dem Aussehen nach war es eine relativ neue Zwischenmauer, die hier eingezogen worden war und eine Ecke des vermutlich größeren Raumes abteilte. Im Schein der Taschenlampe sah sich Martin um. Außer einem hölzernen Regal an der Wand, in dem sich mehrere Eimer mit Deckel befanden, und einer Art Garderobe, an der metallene Stecken mit Haken sowie zwei Jutesäcke hingen, gab es nichts zu sehen. Vorsichtig stieß er mit dem Fuß gegen einen Eimer, der leer wirkte, bevor er vorsichtig den Deckel hob und hineinleuchtete. Leer.

Direkt vor ihnen befand sich eine weitere, sichtlich neue Tür.

Ungeduldig, wie er war, hatte Flattacher längst schon die Hand auf der Klinke. »Weiter geht's.«

Zu Martins Überraschung war auch diese Tür unverschlossen.

»Wir sollten auf die Verstärkung warten«, mahnte er halbherzig, aber wenn er sich selbst gegenüber ehrlich war, war er nicht weniger gespannt als Flattacher, was sich noch alles in diesem merkwürdigen Haus verbarg.

Der Bauherr verstand eindeutig nichts von Architektur: Den linken Türrahmen trennten nur wenige Zentimeter von der seitlichen Wand, dennoch waren die Bänder rechts angebracht. Statt dass sich die Tür also wie üblich zum Raum hin öffnete, versperrte ihnen das Türblatt beim Eintreten die Sicht auf denselben. Zudem ging sie recht schwer auf, da die oben angebrachte Selbstschließeinrichtung sehr streng eingestellt war.

»Lassen S' mich sicherheitshalber vorgehen«, forderte Martin.

»Blödsinn!«, widersprach Flattacher und drängte sich grob an ihm vorbei.

»Geh, seien S' doch nicht so kindisch!«

Bei dem Gerangel schlug Flattacher ihm unabsichtlich, wie Martin zumindest hoffte, die Taschenlampe aus der Hand. Sie fiel klackernd zu Boden und rollte tiefer in das große Zimmer, bis sie in etwa drei Meter Entfernung liegenblieb. Ihr Lichtkegel fiel zur fensterseitigen Wand hin; eine alte Kommode und ein achtlos auf den Boden geworfener Hut – oder war es ein Sack? – wurden erhellt; der Rest des Raumes blieb weiter in düstere Schatten gehüllt.

Martin tastete, während er mit dem Fuß die Tür offenhielt, neben dem Türrahmen nach einem Lichtschalter. Er fand einen, nur dass er selbst bei mehrmaliger Betätigung kein Lebenszeichen von sich gab. Nur ein Sirren ließ sich vernehmen. Dieser verflixte Lichtschalter ... Nun gut, dann musste es eben seine Taschenlampe tun.

Flattacher, der bereits tiefer im Raum stand, machte keine Anstalten, sie aufzuheben. Vermutlich hatte er Angst, dass ihm ein Zacken aus der Krone fiel. Verärgert stieß Martin die Luft aus. Die Tür fiel deutlich hörbar hinter ihm zu, während er zu Flattacher ging, froh, über kein Hindernis zu stolpern.

»Ist das der Heizraum?«, fragte er, denn ihm brach der Schweiß aus.

Hier drin war es unerwartet warm. Richtig heiß. Er war gerade dabei, sich mit ausgestrecktem Arm nach der Taschenlampe zu bücken, als Flattacher mit gedämpfter Stimme, aber nicht weniger scharf »Stopp!« rief.

»Nicht rühren!«, flüsterte Flattacher drängend.

Martin fror wie beim Kinderspiel »Versteinerte Hexe« ein – und das in der zugegeben unbequemen, halb gebückten Haltung. Allerdings war das seine geringste Sorge, als er wieder dieses komische Sirren vernahm; diesmal lauter, mehr aus der Nähe. Ein Klappern, wie von einer Kinderrassel. Suchend glitt sein Blick über den Boden.

Er musste zweimal hinschauen.

Was er vorhin für das Surren einer Neonlampe gehalten hatte, die nicht anspringen wollte, war das aufgebrachte Rasseln einer Klapperschlange!

Sie lag zusammengerollt da, direkt neben der Taschenlampe und, obwohl vom Lichtkegel nicht direkt erfasst, beim genauen Hinsehen deutlich erkennbar. Ihr Kopf befand sich kaum einen Meter von seinen ausgestreckten Fingern entfernt.

»Keine Bewegung«, sagte Flattacher leise – und völlig überflüssig.

Martin war gar nicht in der Lage, einen Muskel zu rühren. Aus den Augenwinkeln heraus nahm er im Schein der Taschenlampe eine weitere Bewegung wahr. Was er auf einen ersten flüchtigen Blick hin für einen Hut gehalten hatte, entpuppte sich als zweite, dicke Schlange; sie kroch langsam über den Boden und verschwand hinter einer Bananenschachtel.

Scheiße! Wie viele von diesen Monsterreptilien verbargen sich noch in der Dunkelheit?

Sepp hatte Mühe, Luft zu holen. Sein Rücken war schweißnass, das Hemd klebte auf seiner Haut. Vorsichtig, ohne seine Augen von der Schlange zu lösen, die Schober fixierte, hob er ganz langsam seine rechte Hand und fingerte das Handy aus der Brusttasche seines Hemdes heran. Ihm fiel nur ein Mensch auf Gottes Erden ein, der ihnen in dieser Situation beistehen konnte. Wie gut, dass er Nummern immer einspeicherte.

»Frau Happ«, wisperte er, sobald am anderen Ende abgehoben wurde. »Sie müssen uns helfen!«

»Reden Sie lauter, ich hör Sie kaum!« Auf seinen reichlich gestotterten – und geflüsterten – Einwand hin versicherte sie ihm: »Keine Angst! Eine Schlange kann uns nicht hören! Schlangen können mit dem Innenohr zwar Bodenvibrationen wahrnehmen, aber sonst sind sie taub. Sie können ruhig normal reden.«

Daraufhin schaltete Sepp die Lautsprecherfunktion ein, damit auch Schober mithören konnte.

»Rasselnde Klapperschlange und der Schober hat seine Hand viel zu nah dran«, schilderte Sepp die Notlage.

»Ruhe bewahren! Ganz ruhig bleiben«, sagte Happ. »Das ist das Wichtigste. Wir schaffen das!«

Laut und deutlich klang ihre Stimme aus dem Telefon, was irgendwie eine beruhigende Wirkung hatte. Ob sie als Schlangenflüsterin fungieren könnte? Ach nein, die Biester waren ja taub!

»Mit dem Rasseln warnt die Schlange. Herr Schober, ziehen Sie Ihre Hand langsam zurück. Langsam! Schlangen beißen immer in die Bewegung.«

Im Zeitlupentempo nahm Schober seine Hand zurück, richtete sich vorsichtig auf und trat einen halben Schritt von der Schlange zurück. Um nichts in der Welt würde Sepp mit ihm tauschen wollen.

Zu seiner unendlichen Erleichterung wurde das Klappern leiser, die Schlange schien sich zu beruhigen. Schober machte sicherheitshalber noch einen Schritt zurück – und ein wütendes Rasseln hinter ihm ließ sie beide einfrieren. Sepp kniff die Augen zusammen und spähte in den dunklen Schatten. War dort noch eine Bewegung zu erkennen, zwischen dem Polizisten und der Tür? Er könnte es schwören. Und das Rasseln war ihm jetzt schon vertraut und unverkennbar.

»Shit, Shit, Shit!«, fluchte Schober kaum hörbar und wagte einen vorsichtigen Schritt – wie auf rohen Eiern – halb nach vor, halb zur Seite auf Sepp zu, bevor er einfror.

Gebannt lauschten sie auf das Rasseln; es verebbte ein wenig, flackerte wieder auf. Verdammt!

»Können Sie sich in Sicherheit bringen? Raus aus der Gefahrenzone?«, fragte Happ.

Wie? Schober hatte keine Chance, sich die Taschenlampe zu schnappen, ohne mit neunundneunzigprozentiger Wahrscheinlichkeit gebissen zu werden. Auf dem Weg zur Tür lauerte mindestens eine Schlange, die sie im Schatten auf dem dunklen Boden aber nicht entdecken konnten. Bei ihrem Glück traten sie auf wilder Flucht aus Versehen noch auf sie drauf!

»Können die Viecher im Dunkeln sehen?«, fragte Sepp nervös.

»Klapperschlangen haben das sogenannte Grubenorgan, mit dem sie die Infrarotstrahlung erfassen. Grob gesagt wie bei einer Wärmebildkamera.«

Natürlich.

Sepp schluckte schwer.

Sie standen bis zum Hals in der Scheiße!

»Wir kommen hier nicht ohne Hilfe raus«, gestand er in zunehmender Verzweiflung.

Schobers Dienstwaffe war für den Hugo. Abgesehen davon, dass Sepp generell an der Treffsicherheit von Polizisten zweifelte, war es für Schober nicht ratsam, nach seiner Pistole zu greifen und sie auf die Schlange neben der Taschenlampe zu richten. Er war einfach zu nah an ihr dran und eine derartige Bewegung geeignet, sie zum Zubeißen zu animieren. Eine zweite Schlange lauerte hinter ihm, die zwar nicht mehr ganz so zornig klapperte wie vorhin, aber sich doch immer wieder bedrohlich hören ließ. Warum kroch das tepate Getier nicht einfach weg? Im Gegensatz zu Schober und ihm konnte die Schlange im Dunkeln doch sehen!

»Alles wird gut«, antwortete Happ. »Nur nicht die Nerven verlieren. Bleiben Sie ganz ruhig, bewegen Sie sich nicht. Schlangen verwechseln Menschen nicht mit Beutetieren. So lange Sie ihnen nicht zu nahekommen, und sie sich nicht verteidigen müssen, beißen sie auch nicht. Ich bin schon beim Auto. A bisserl wird's aber dauern, bis ich von Klagenfurt im Mölltal bin.«

»Beeilen Sie sich!« Seine Stimme klang flehentlich; das würde ihm vielleicht später peinlich sein, jetzt war es ihm scheißegal.

»Frau Happ«, sagte Schober, sichtlich bemüht, bis auf die Lippen kein Körperteil zu bewegen, »wenn Sie am Straßenrand diese runden Taferln mit dem roten Rand sehen – ignorieren Sie die Zahl darin! Ich kümmere mich persönlich um jeden Strafzettel. Versprochen.«

Wie konnte Schober in dieser Situation blöde Polizistenwitze machen? Schnappte er über? War das Hysterie? Sepp spürte, wie es ihm selbst im Hals kitzelte, schluckte die Aufwallung völlig unpassenden Humors jedoch hinunter.

Aber die Happ, die lachte! »Keine Angst. Ich gebe mit Folgetonhorn und Blaulicht Vollgas.«

»Haha«, knurrte Sepp, bevor er im Einverständnis mit ihr den Anruf beendete.

Die Taschenlampe flackerte einmal.

Sepp leckte sich über die ausgetrockneten Lippen. Schober räusperte sich.

Die Taschenlampe flackerte erneut.

»Hoffen wir, dass die Batter–«

»Verschreien Sie es ja nicht, Schober! Verschreien Sie es nicht!«

22

»Flattacher. Rufen S' den Treichel an und sagen Sie ihm, was los ist.«

»Wie lautet seine Handynummer?«

Die wusste Martin nicht auswendig. Das war der Nachteil der modernen Handyzeit: Dadurch, dass man alle Nummern einspeicherte, merkte man sie sich nicht mehr. »Wählen S' 133. Wenn das kein Fall für den Notruf ist, weiß ich auch nicht.«

Die Kollegen von der Bezirksleitzentrale in Spittal dachten zuerst an einen blöden Scherz, als Flattacher ihnen mitteilte, dass sie beide in einem Raum mit x Klapperschlangen gefangen waren. Zum Glück erkannte Martin die Stimme der netten Kollegin.

»Ina, das ist kein Witz!«

Gleich darauf läutete Flattachers Handy; Treichel war dran und glaubte, mit Martin zu reden.

»Gratuliere, habts das Drogenlabor gefunden! Haha, das mit den Schlangen war a guter Witz! Wo doch der Flattacher bissiger ist als jede –«

»Das ist ka Schmäh, das ist todernst«, knurrte Flattacher ins Telefon. »Der Schober kann nicht amål vor Angst in die Hosen scheißen, weil ihm sonst die Klapperschlange in den Arsch beißen tät!«

Drei Sekunden lang sagte Treichel nichts.

»Wollts mich verarschen?«, polterte der Chef dann los. »Wenn das so ein Faschingsscherz wie von der Kerstin ist, dann tret ich euch beiden derart in den Hintern, dass ihr eine Woche lang nicht sitzen könnt!«

»Helga Happ vom Reptilienzoo ist bereits unterwegs«, sagte Martin laut, bevor Flattacher ein hitziges Wortgefecht mit Treichel anzettelte, wo sie doch wirklich andere Sorgen hatten.

»Verstanden«, antwortete Treichel ernst. »Ich lass sie im Ort abfangen und heraufbegleiten. Durchhalten!«

Leichter gesagt als getan. Martin stand stocksteif da; nicht einmal das Gewicht wollte er von einem Fuß auf den anderen verlagern, geschweige denn, sich mit dem Ärmel den Schweiß aus dem Gesicht wischen. Die neben der Taschenlampe lauernde Schlange hatte er im Blick; die erschien dadurch längst nicht so unheimlich wie jene, die er aufgrund ihres Rasselns in seinem Rücken wusste. Alles in ihm schrie danach, zurückzuweichen, zu fliehen. Nur wohin, wenn er nicht sah, wohin er trat? Er kam sich ähnlich ausgeliefert vor wie Kerstins Kaninchen, Lenchen, angesichts des Netzpythons.

Wer immer auf die Idee gekommen war, Klapperschlangen als Wachhunde einzusetzen, verstand etwas von Schlangen. Wie Gruber. Freilich hielten sich viele Leute exotische Reptilien, weil's angeblich cool war. In kriminellen Kreisen war häufig ein Faible für starke Kampfhunde und gruselige Terrarienbewohner zu bemerken. Doch die Verbindung zwischen Donald Gruber, Thomas Schneider und der toten Tanja Mühlbichler war eindeutig stärker geworden. Martin glaubte nicht an Zufälle.

»Das wär was«, murmelte Flattacher und riss ihn aus seinen Überlegungen. »Kennen S' diese lustigen Tiroler Grabsprüche? So wie von dem uralten Totengräber, beim dem steht ›Wer andern eine Grube gräbt, fällt endlich selbst hinein‹?«

»Wieso kommen S' jetzt auf so etwas?«

»Na, was glauben S' denn, was bei uns draufstehen könnte, wenn wir an einem Klapperschlangenbiss eingehen?«

Martin biss die Zähne zusammen. Mehr an Regung konnte er sich in seiner Lage nicht erlauben.

»Ich würde jetzt lieber nicht an Schlangenbisse denken!«

»Ich mein ja nur. Wenn wir uns unterhalten, vergeht die Zeit schneller.«

»Okay, wir können über alles reden, nur nicht über Schlangen.«

Schweigen.

Das wunderte Martin nicht. Worüber sollte er mit dem

eigenbrötlerischen Jäger auch reden? Über das Wetter? Sie hatten nichts gemein.

Er ließ seine Gedanken zurück zum Fall schweifen. Mit größter Wahrscheinlichkeit würden sie in diesem Haus jede Menge Drogen finden – weil so gut bewacht – und mit etwas Glück auch das Labor selbst ausheben können. Schwieriger wäre es, die Hintermänner auszuforschen, wobei er nach wie vor auf Thomas »Tommy« Schneider setzte. Die Frage war nur, wie sie an ihn herankämen und es ihm beweisen könnten.

»Wissen S', was jetzt richtig blöd wäre?«

»Was denn?«, fragte Martin genervt.

»Wenn einer von uns sachn müsste. Stellen Sie sich vor, wie –«

Martin schloss gequält die Augen. Aber es war zu spät. Er wurde das Bild nicht los.

»Flattacher! Bitte, halten S' einfach den Mund!«

Sepp hatte mit Stille normalerweise kein Problem. Nicht, wenn er allein zu Hause war, und schon gar nicht im Wald am Hochsitz. In diesem dunklen, durch die flackernde Taschenlampe nur spärlich erhellten Raum voller Giftschlangen machte ihm die Ruhe aber gehörig zu schaffen, und er ärgerte sich über den maulfaulen Schober. Er lauschte auf jedes verdächtige Geräusch und zuckte bei jedem leichten Schaben zusammen. Dabei war er eh noch in einer besseren Lage als der zwischen zwei Schlangen eingekeilte Schober. In seiner unmittelbaren Nähe konnte Sepp keines dieser Mistviecher entdecken. Dennoch blieb er ruhig stehen wie ein Fischer.

Es dauerte eine gefühlte Ewigkeit, bis sie Motorengeräusche und gleich darauf Stimmen im Haus hörten.

Sein Handy klingelte; wieder der Treichel.

»Wir bleiben auf Abstand«, sagte der. »Das hat uns Helga Happ geraten. Wir werden nicht vor eurem Zimmer herumstampfen oder an die Tür klopfen, die Vibrationen könnten die Schlangen beunruhigen. Und das wollen wir alle nicht, ga?«

»Wo bleibt sie denn, die Happ?«

»Sie ist unterwegs, keine Angst.«

Keine Angst? Den Treichel würde er mal im Reptilienzoo einsperren, und dann würden sie schon sehen, wer Angst hätte. Natürlich müsste man das eine oder andere Terrarium dazu aufmachen ... Gab's da nicht auch eine ungiftige grüne Schlange, irgendeine Natter, deren Name Sepp sich nicht gemerkt hatte? Die sollte man freilassen und dem Treichel gegenüber behaupten, es wäre die Grüne Mamba. Oh ja!

Es dauerte ewig, bis Helga Happ eintraf, obwohl Treichel – seine dunkle Stimme war deutlich zu verstehen – die von ihr hingelegte Rekordzeit lobte.

Behutsam wurde die Tür geöffnet, dann wurde es hell. Sepp kniff die Augen zusammen, um dem grellen Lichtschein der starken Lampen zu entgehen – und nicht sehen zu müssen, was da alles am Boden kreuchte und fleuchte.

»Das haben wir gleich«, sagte Happ. »Atmen Sie durch und bleiben Sie ruhig stehen. Sie machen das sehr gut!«

Nichts zu sehen war noch schlimmer. Sepp riss die Augen wieder auf und beobachtete fassungslos, wie Helga Happ völlig furchtlos weiter in den Raum trat. Er hätte einen Kettenpanzer erwartet oder zumindest einen anständigen Schutzanzug, wie ihn Bombenentschärfer anhatten; oder wenigstens einen Imkerhut. Aber nein, die Frau trug zwar festes Schuhwerk, aber lediglich normale Jeans statt einer Lederhose. In der einen bloßen, *bloßen*, Hand hielt sie einen langen Schlangenhaken, in der anderen einen großen Jutesack. Sepp konnte nur hoffen, dass sie in ihrer schweren Umhängetasche mehr Werkzeug hatte; Betäubungspfeile oder weiß der Kuckuck was! Zumindest aber ein Fläschchen mit Gegengift.

Entgeistert beobachtete Sepp, wie sich Happ zuerst um jenes Biest kümmerte, das so verdammt nah hinter Schober am Boden lag und ihnen effektiv den Fluchtweg versperrt hatte. Das warnende Rasseln schreckte sie nicht. Seltsamerweise ergriff aber auch die Schlange keineswegs die Flucht, als Happ sie mit dem Schlangenhaken aufhob und in den Jutesack gleiten ließ, den sie mit einem Band in den Kärntner Landesfarben verschloss.

»So, Nummer eins hätten wir«, verkündete sie mit einem Lächeln.

Der Weg zur Tür war frei.

Das allein zählte.

Sepp rannte hinaus und hätte im Flur beinahe noch den Treichel höchstpersönlich über den Haufen gerannt. Nur raus, raus, raus!

Endlich konnte er wieder einen tiefen Atemzug nehmen. Sepp kämpfte gegen die Übelkeit an; vor all den Kieberern wollte er sich nicht die Blöße geben und speiben.

Eine halbe Stunde später kam Helga Happ aus dem Haus; ihr folgten zwei Polizisten, die eine große Styroporbox trugen. Das dazugehörige Schild wies groß und fett auf den Inhalt hin. »Klapperschlange« samt der lateinischen Bezeichnung stand darauf sowie eine Zahl: 7.

Sieben gottverdammte Schlangen, mit denen er in einen Raum gesperrt gewesen war. Mit hölzernen Schritten ging Sepp zum Waldrand, beugte sich vor und erbrach heftig. Er wischte sich mit dem Ärmel über den Mund und wünschte sich ein Stamperl Schnaps – oder seinetwegen sogar einen Prosecco –, um den grauslichen Geschmack loszuwerden.

Stattdessen reichte Martin Schober ihm eine Flasche Wasser. Ein kleiner Trost war, dass auch Schober noch sehr grünlich im Gesicht war.

Reini Hader, den Sepp vorhin Treichel zugeteilt hatte und der von diesem noch nicht ausgesetzt worden war, wuselte ihm wie ein aufgeregter Welpe um die Füße herum.

»Echte Klapperschlangen? Echt?«

Schober nickte.

»Wow.« Aufgeregt klopfte Reini mit dem Handrücken mehrmals gegen Sepps Arm, um seine Aufmerksamkeit zu erlangen. »Wahnsinn. Wie bei dem einen Typen, wo wir zuerst gedacht haben, es war eine Kreuzotter, weißt noch? He, den haben wir eh nicht weit von hier getroffen, oder täusche ich mich? Sepp?«

Ihm blieb der Mund offen stehen. Kruzitürken! Wie konnte der Reini – alles andere als ein schlauer Fuchs – die Verbindung knüpfen, die ihm völlig entgangen war? An das Schlangenbissopfer hatte er überhaupt keinen Gedanken mehr verschwendet, dabei hätte es ihm spätestens, als er die rasselnde Klapperschlange vor sich hatte, klar werden müssen. Eindeutig, der Schock musste Sepp das Hirn eingefroren haben.

»Wovon redest du?«, fragte Schober Reini.

»Na, der Sepp und ich haben vor ein paar Tagen weiter unten«, er deutete mit der Hand Richtung Tal, »jemanden gefunden, der hat behauptet, a Klapperschlange hätte ihn erwischt.«

»Ah«, mischte sich nun auch noch Helga Happ ein, die dazugetreten war. »Wegen dem ihr bei mir im Reptilienzoo gewesen seid? Ist der *hier* gebissen worden?«

»Flattacher?«

Alle drei sahen ihn erwartungsvoll an.

»Leck Arsch!«

23

Nach dem erzwungenen Stillhalten fühlte sich Martin wie überdreht; er spürte förmlich das Adrenalin durch seine Adern zischen. Mit dem Handy am Ohr – er rief im besagten Krankenhaus an, in das das Opfer gebracht worden war – tigerte er auf und ab.

»Chef!«, rief er, die Hand über das Handymikrofon gelegt. »Durchbruch! Das Opfer ist Paul Winkler, der Freund von der Tanja Mühlbichler. Er ist seit zwei Wochen im LKH«, beeilte er sich mitzuteilen, bevor er mit dem Arzt weiterredete. »Kann ich mit Winkler sprechen? Es ist dringend ... Wir –«

Treichel riss ihm das Handy aus der Hand. »Wir rufen gleich noch einmal an«, informierte er den Arzt am anderen Ende.

»Chef –«

Treichel legte ihm die Hände auf die Schultern und hielt ihn fest. Martin hatte das Gefühl zu platzen, wenn er sich nicht bewegen konnte. Seine Hände zitterten.

»Martin, du bist auf hundertachtzig! Durchatmen! Die Kollegen vom KKD sichern das Haus, und wir fahren zurück auf die PI. Wenn du wieder rund läufst, geht's weiter.«

»Aber –«

»Das ist ein Befehl! Gerhard, Vanessa, schauts ihr beide, dass der Flattacher gut heimkommt. Seine Aussage nehmen wir morgen auf.«

»Ich kann allein –«, protestierte Flattacher gegen die Betreuung.

»Kusch! *Ich* habe das Kommando!«

Den Rückweg zur PI erlebte Martin wie ferngesteuert; auf dem Beifahrersitz presste er beide Hände auf seine Oberschenkel, da seine Beine nicht stillhalten konnten. Mehr als einmal warf ihm Kerstin einen besorgten Blick zu.

»Das war aufregender als mit Lenchen und dem bösen Maximilian, was?«, versuchte sie, Spannung abzubauen.

Martin lachte heiser auf. »Oh ja. Jetzt weiß ich wenigstens, wie sich das arme Kaninchen gefühlt hat.«

Verflixt hilflos und ausgeliefert, unfähig, zu agieren; dazu verdammt, abzuwarten, was die Schlange tat. Konnten Tiere in Todesangst so etwas wie beten?

»Wir müssen Frau Happ Bescheid sagen, dass sie vermutlich noch einen riesigen Netzpython einfangen muss.«

Martin langte nach seinem Handy, und erst, als er in die leere Hosentasche fuhr, fiel ihm wieder ein, dass es Treichel einkassiert hatte.

»Wir kümmern uns drum. Pass du lei auf, dass du mir nicht in einen Schock fällst.«

Er zwang sich, tief ein- und auszuatmen.

Im Nachhinein kam ihm alles so unwirklich vor.

Er starrte aus dem Fenster.

Bäume, deren Blätter vom Mölltaler Wind aufgewühlt wurden.

Ein Radfahrer, der sich mit einem jauchzenden Buben im Kindersitz die Mallnitzer Straße hinaufquälte – von den auf seinen Rücken klatschenden Patschhändchen des Kindes angespornt.

Leben.

Puh.

»Wird das jetzt eine tiergestützte Psychotherapie, oder was?«

Gerhard kam in den Aufenthaltsraum und war sichtlich irritiert von dem Anblick, den Martin bieten musste. Kaffee und Kuchen vor ihm waren ja alltäglich; dass er ein Kaninchen im Arm hielt, weniger. Das hatte ihm Kerstin ungefragt überreicht. Und ehrlich gesagt war es sogar angenehm, ja, beruhigend, über das flauschige Fell zu streicheln.

Gerhard schüttelte den Kopf, nahm sich einen Kaffee und setzte sich an den Tisch. Mit schief gelegtem Kopf betrachtete er den angeschnittenen Marmorkuchen.

»Von Vanessas Mama?«, fragte er.

»Ja.«

»Genießbar?« Tja, Vanessas »Mamakuchen« waren legendär.

»Geht so«, antwortete Martin wahrheitsgemäß.

Anscheinend war Gerhards Lust auf Zucker größer als seine Skepsis. Er schnitt sich ein großes Stück ab.

Dem Kaninchen wurde wohl fad, denn es versuchte, an Martins Brust hinaufzuklettern. Er hatte Mühe, es sanft festzuhalten.

»War das Viecherl nicht weiß?«, wunderte sich Gerhard.

»Lenchen ist weiß. Das hier ist Willi«, klärte er ihn auf.

Gerhard spülte den Bissen Kuchen mit einer halben Tasse Kaffee hinunter.

»Sag bloß, die Kerstin hat noch a Kaninchen vor einer Schlange retten müssen. Wenn das so weitergeht, können wir bald einen Zoo aufmachen! Und wer putzt das Riesentrum von Käfig, was drüben im Journaldienstraum steht? Hat Kerstin das auch angeschleppt? Typisch Weiber.«

»Nein, das war der Chef.«

»Was?«

Martin grinste.

»Treichel ist gestern noch runter nach Spittal einen Käfig kaufen und hat sich in der Tierhandlung den Willi hier aufschwatzen lassen. Weil ein Kaninchen allein soll man nicht halten, das wird einsam.«

Gerhard zeigte ihm den Vogel. »Ihr habt ja alle miteinånd an festen Teckn!«

Zusammen mit Kerstin kam Treichel, ein paar Blätter in der Hand, herein; Gerhard konnte es nicht lassen, ihn anzuzipfen. Er wies mit dem Zeigefinger auf Willi.

»Ist das der Sonntagsbraten?« Er lachte spöttisch. »Ich könnte dir einen Römertopf leihen!«

So schnell konnte Gerhard gar nicht schauen, hatte der Chef die Blätter zusammengerollt und ihm das improvisierte Schlaginstrument über den Kopf gezogen.

»Denk nicht einmal dran! Martin, ich habe mit den Kollegen in Villach gesprochen. Die sind schon unterwegs ins LKH und werden Winkler befragen.«

Als Freund von Mühlbichler und Opfer einer Klapperschlange musste der einiges wissen. Martin wollte sich jedoch nicht zur Untätigkeit verdammen lassen; Willi hin oder her, er saß wie auf Kohlen.

»Was ist mit Thomas Schneider?«

»Sein Handy ist ausgeschaltet. Wir haben eine Streife bei ihm zu Hause und auch bei seiner Oma vorbeigeschickt – er ist weder dort noch da«, antwortete Kerstin.

»Was ist in der Firma? Er arbeitet beim Gruber.«

»Da gibt's kein eigenes Firmenbüro. Das läuft alles über Grubers Privatadresse.«

»Na, dann sollten wir noch einmal zu den Grubers. Mit etwas Glück finden wir dort Tessa Gruber und Thomas Schneider«, erwiderte Martin.

Treichel sah ihn prüfend an. »Bist wieder fit?«

»Fit wie ein Turnschuh.«

Gerhard legte das halbe Kuchenstück zurück auf seinen Teller. »*Ich* fahr mit. Das ist nichts für die Kerstin.«

Ausnahmsweise stimmte Martin ihm zu.

»Ziehts die Schutzweste an«, befahl Treichel. »Sicher ist sicher.«

»Hilft die auch gegen Schlangenbisse?«

»Nicht witzig, Martin, nicht witzig.«

»Sorry.«

Er legte die Weste parat und holte den Einsatzgürtel heraus. Und ein zweites Magazin für die Dienstwaffe.

»Du hast was vergessen«, sagte Treichel.

Martin ging seine Ausrüstung durch. »Was?«

Treichel streckte die Hand aus und schnappte sich Willi. Den hatte Martin tatsächlich ganz vergessen!

»Der bleibt da, wenn ihr den Maximilian besuchen fahrt. Und wasch dir die Pfoten mit Seife! Nicht, dass du nach Kaninchen riechst und dich eine Würgeschlange aufzufressen versucht!«

»Weil ich rette dich nicht wie die Kerstin das Karnickel«, versprach Gerhard.

Wer solche Kollegen hatte …

Besuch war das Allerletzte, was Sepp sich wünschte. Aber das Klingeln an der Haustür hörte einfach nicht auf, und Akko wurde schon ganz windig deshalb und winselte, die Schnauze vor der geschlossenen Haustür an den Boden gepresst. Da er zudem wild mit dem Schwanz wedelte, konnte der ungebetene Gast nicht allzu schlimm sein.

Sepp öffnete die Tür.

Vollgepackt mit kunterbunten Plastiktschreapn und einem Papiersackerl mit dem Logo eines Bäckers stand Reini auf der Matte.

»Tschuldige, dass ich so spät komm«, Sepp hatte ihn weder eingeladen noch mit ihm gerechnet, »aber der Reindling war noch im Rohr.«

Die übereinander gestapelten Behälter balancierend, streifte Reini im Flur die Schuhe ab und latschte weiter in die Küche.

»An schönen Gruß von der Mama«, sagte er. »Ah, ist eh noch warm.«

Gut, Reini war häufig bei ihm zu Besuch und kannte sich mit dem Hausbrauch aus. Dennoch fühlte sich Sepp gehörig überrumpelt, als er ihn dazu drängte, sich auf die Bank zu setzen und dann pfeifend einen Suppenteller und einen Löffel holte.

»Gulasch!«, verkündete er. »Und frische Semmeln dazu. Das weckt die Lebensgeister.«

Reini sah ihn so erwartungsvoll an, wie es sonst nur der Akko konnte, wenn er für eine gelungene Apportarbeit gelobt werden wollte.

»Hm.«

Sepp griff nach dem Löffel, kostete das Gulasch und stieß einen Seufzer aus.

»Guat?«, fragte Reini gespannt.

»Sehr guat.« Er aß noch zwei Bissen.

Reini öffnete den Deckel einer weiteren Tschreapn. »Ah, die Leberknödelsuppe. Die hätte ich dir vorher –«

»Macht nix. Die ess ich als Nachtmahl«, brummte Sepp und schlürfte einen weiteren Löffel von dem deftigen Gulasch.

Die Haderin, die konnte kochen! Er zerriss eine Semmel und ließ die Brocken ins Gulasch sinken. So musste es sein.

»Willst nicht auch was?«, fragte er Reini.

»Ich hab schon daheim zwei Teller … aber wenn du meinst, dass gnua ist …«

Ohne Hilfe könnte Sepp eine Woche daran essen. Er nickte. Reini verschlang noch einen Teller voll Gulasch mit zwei Semmeln. Der Bua war sicher noch im Wachstum.

Danach warf Sepp die altersschwache Kaffeemaschine an, die spuckend und zitternd fast zehn Minuten brauchte, bevor sie zwei Tassen voll hergab. Derweil schnitt Reini den halben Reindling in Stücke.

»Geht's dir wieder gut?«, erkundigte er sich besorgt.

»Was soll mir denn fehlen?«

Reini sah verwirrt auf. »Na ja. Der Treichel sagte doch … War das kein Schock für dich? Dort drinnen mit den Klapperschlangen …«

Einen Moment fürchtete Sepp, das Gulasch könnte zum Geisterfahrer werden.

»Pffh«, stieß er zwischen den Zähnen hervor und schnaufte einmal über. »So was haut doch einen Jaga nicht um.«

Reini schüttelte den Kopf. »Ich glaub, ich hätte mich angeschissen vor Angst.«

»Aber geh! So schlimm war's auch wieder nicht.«

Es war der schlimmste Tag seines Lebens. Wenn er heute nicht zehn Jahre gealtert war, wäre es ein Wunder. Mit der Kirche hatte Sepp es nicht so. Aber morgen, ja morgen, wollte er die Sonntagsmesse besuchen und mindestens ein Lichtlein anzünden. Oder zwei. Die paar Cent war es ihm wert.

»Du, wegen den Drogen …«

»Ich fasse nichts mehr an, schwöre!«

»Wieso hast überhaupt damit angefangen? Wozu soll das gut sein?«

Das ging Sepp einfach nicht in den Kopf.

Betreten sah Reini weg. »Ich weiß nicht. So hålt.«

»Zum Lockerwerden, hast du gesagt.« Sepp hatte sich jedes einzelne Wort gemerkt und die schwammigen Erklärungsversuche zu analysieren versucht, ohne auf einen grünen Zweig zu kommen.

In den letzten Tagen war Sepp so wütend gewesen, auf die Drogenhändler, auf Kevin und ja, auch auf Reini. Zorn verspürte er jetzt keinen mehr. Nur ein Bedauern und den Wunsch, es zu verstehen; zu begreifen, was in seinem jungen Freund vorging.

»Red mit mir«, bat er ihn mit belegter Stimme.

»Ich tu mir so schwer«, wisperte Reini. »Mit den … mit den Madln.«

Nein, Sepp hatte sich nicht verhört.

Er rieb sich die bärtige Wange, bevor er aufstand, und zur Speis ging. Mit Kaffee allein kämen sie nicht weiter.

»A Stamperl nur«, ermahnte er sich und Reini gleichermaßen und goss den guten Marillenschnaps in zwei Gläser.

Die hochprozentige Nervenstärkung brauchte er mehr als Reini. Er kippte sich den Inhalt hinunter, stellte das Stamperl hart ab und atmete durch.

»Reden wir!«

24

»Ah, die Polizei«, sagte Donald Gruber, heute im Anzug, als er ihnen die Tür geöffnet hatte. »Sie wollen zu meiner Frau.« *Schon wieder*, schwang in seinem Ton mit. »Sie ist da, ja. Aber wir haben gerade Besuch. Ich hoffe, Sie respektieren das?«

Gruber fürchtete – nicht zu Unrecht –, dass die Polizei im Haus am Saubermannimage kratzen könnte.

»Natürlich.«

Gruber ging voraus zum Wohnzimmer, entschuldigte sich – etwas Geschäftliches kam dazwischen – und teilte seiner Frau durch die Blume mit, dass auch ihr Typ gefragt war. Sprich, werd den Besuch rasch los und komm nach. Nur dass Gruber es weit vornehmer auszudrücken verstand.

»Sie können in meinem Büro warten«, schlug Gruber dann vor, wobei er sich den Anflug eines bösen Grinsens nicht verkniff.

Martin lächelte betont freundlich. Was Gruber als Besucherschreck diente, konnte sie nicht mehr erschüttern; sie wussten schließlich, dass dort ein Netzpython wartete – und ehrlich gesagt konnte ihn eine ungiftige Würgeschlange nach den Klapperschlangen nicht in Panik versetzen. Ebenso vorbereitet, ließ sich auch Gerhard nichts anmerken, als sie das Büro betraten.

Gruber nahm im ledernen Chefsessel hinter seinem protzigen Schreibtisch Platz, Martin und Gerhard in den bequemen, wenn auch recht tiefen Stühlen davor. Martin rückte seinen leicht schräg, sodass er Maximilian im Blick behalten konnte. Der Netzpython lag träge auf seinem Ast, und wer ihn so sah, würde nicht ahnen, wie blitzschnell er zuschlagen konnte. Unheimliche Biester.

»Es geht noch immer um diese Tanja, nehme ich an?« Gruber klang gelangweilt, lehnte sich in seinem Stuhl zurück und verschränkte die Finger vor der Brust ineinander. »Das muss ja eine interessante … Dame sein.«

»Sie ist tot«, schnappte Gerhard, obwohl Martin davon ausging, dass Gruber das längst wusste.

»Ach. Wenn das das Interessanteste an ihr ist«, sagte Gruber maliziös.

Keine Spur von Mitgefühl. Wenn ihm Gruber nicht schon zuvor derart unsympathisch gewesen wäre, dann spätestens jetzt. Der war echt ein Psycho.

»Wenn ein Fremdverschulden vermutet wird, ja, dann wird es für uns sehr interessant«, erwiderte Martin schroff.

Gruber setzte sein Pokerface auf.

»Und was hat das mit meiner Frau zu tun?«

»Sie war ihre Arbeitgeberin und kann uns sicher mehr über Frau Mühlbichler erzählen.«

Gruber runzelte im gespielten Missverstehen die Stirn.

»Also, Arbeitgeberin ist doch wohl Frau Schneider. Meine Frau ist im ›Lusthaus‹ nur Kellnerin.«

»Geschäftsführerin, sagten Sie beim letzten Mal.«

»Wortklauberei. Jedenfalls glaube ich nicht, dass Tessa mehr über das Privatleben der Mädchen weiß. Das ist doch … uninteressant.«

Gruber kam sich dermaßen schlau und gerissen vor, dass Martin ihn am liebsten an der Seidenkrawatte packen und diese dann ganz langsam zuziehen würde.

»Aber wenn Sie unbedingt mit ihr reden wollen«, sagte Gruber mit einem Seufzer, der deutlich machte, dass er es für reine Zeitverschwendung hielt. »Lassen Sie mich sehen, wo Tessa bleibt.«

Das war Martin nur recht. Gruber erwies sich als aalglatt; vielleicht war seine Frau zugänglicher. Sie stöckelte hinter ihrem Mann ins Büro und grüßte Martin und Gerhard kühl. Während Gruber sich wieder hinsetzte, blieb sie neben ihm stehen, die Hand auf die Rücklehne seines Stuhls gelegt. Sie präsentierten eine elegante, einmütige Front; wie aus dem Katalog entstiegen. Oder wie auf einem durchinszenierten PR-Foto hochrangiger Politiker.

»Die Polizei möchte dich zu Tanja befragen.«

»Tragisch. Sie starb an einer Überdosis, habe ich gehört? Ich wusste selbstverständlich nicht, dass sie Drogen nahm.«

Ihre Antwort klang verflixt einstudiert. Während Gruber eine am Spieltisch geschulte regungslose Mimik präsentierte, war es bei ihr wohl eine hohe Dosis Botox, die verhinderte, dass sie die Stirn runzelte.

»Wir gehen von Mord aus«, knallte Martin ihr an den Kopf. Überraschungsmomente hatten etwas für sich. Tessa Gruber schnappte nach Luft und fasste sich an den Hals.

»Ermordet? Aber –«

»Schrecklich, mein Schatz, einfach schrecklich«, fiel Gruber ihr ins Wort und tätschelte die Hand auf seiner Schulter.

»Aber Donny …«

»Ist schon gut. Keine Angst, die Polizei wird den Schuldigen finden. Haben Sie schon einen Verdächtigen?«

Oh ja.

»Nein. In Fällen wie diesen sehen wir uns das soziale Umfeld genauer an. Oft handelt es sich um Beziehungstaten«, in diesem Fall würde es Martin jedoch wundern, denn die ganze Geschichte stank nach Drogen, »und deshalb eruieren wir, mit welchen Personen das Opfer Kontakt hatte.«

»Also … sie hatte einen Freund … einen Pauli …«

Der als Einziger ein hieb- und stichfestes Alibi hatte.

Martin nahm dennoch seinen Block aus der Hemdtasche und notierte den Namen.

»Fällt Ihnen noch wer ein? Freunde, Bekannte?«

»Vielleicht ein unzufriedener Kunde«, warf Gruber spöttisch ein.

Martin sah von seinem Block hoch; normalerweise würde er nicht so böse sein, aber sein Gegenüber hatte es mehr als verdient. Er konnte nur hoffen, dass seine Frau ihre langen Kunstnägel einzusetzen verstand.

»Es ist mir etwas peinlich, Sie das vor Ihrer Gattin fragen zu müssen, aber waren Sie nicht auch ein Kunde von Tanja?«

»Ich habe Ihnen doch letztens gesagt, dass ich nicht im ›Lusthaus‹ verkehre!«

»Wortklauberei«, schleuderte Martin ihm sein eigenes Argument entgegen. »›Nicht im Lusthaus‹ ist nur eine örtliche Einschränkung und heißt nicht, dass Sie keine sexuelle Beziehung zu ihr hatten. Anderswo.«

»Doch, das heißt es! Hören Sie, ich lasse mich von Ihnen nicht anpatzen!«

Martin zuckte mit den Schultern. »Wie auch immer«, tat er ab, was klarstellte: Ich glaub dir kein Wort! »Aber Thomas Schneider war Stammkunde bei ihr.«

»Ich habe keine Ahnung, was Tommy in seiner Freizeit macht. Ich bin sein Boss in der Firma, nicht mehr.«

Martin sah Tessa Gruber fragend an. Sie nickte zögernd.

»Sie denken doch nicht, dass er etwas mit ihrem Tod zu tun haben könnte?«, fragte sie; ihre Stimme zitterte.

»Wie schon gesagt, eine Beziehungstat ist denkbar, und Herr Schneider hatte eine Beziehung zu ihr«, erwiderte Gerhard.

»Beziehung? Tommy hat die Nutte gefickt«, ätzte Gruber. »Das haben andere Kerle auch, und das hat nichts weiter zu bedeuten, oder?«

Hoppla! Da rutschte wohl einer in alte Sprachmuster zurück. Martin hob spöttisch die Brauen. »Ich bin sicher, Herr Schneider kann uns mehr dazu sagen. Ist er da? Das hier ist ja auch ihre Firmenadresse, und als Ihr Mitarbeiter …«

»Er hat ein paar Tage Urlaub.«

»Wie praktisch«, schnaufte Gerhard.

»Und Sie wissen natürlich nicht, wo er sich aufhält«, stellte Martin trocken fest.

»Er wollte Urlaub am Meer machen. Istrien oder Italien. Irgendwo an der Adria. Ich gebe Ihnen gern Bescheid, sobald er wieder da ist. Wäre das alles?«

Wenn Gruber erhoffte, dass Gerhard und er aufstehen und

mit eingezogenen Schwänzen gehen würden, hatte er sich getäuscht.

»Wir haben noch einige Fragen«, antwortete er in gespieltem Bedauern. »Ich hoffe, Sie haben Zeit?«

»Natürlich. Tessa-Schatz, bringst du uns Kaffee? Nachdem das hier länger dauern wird …«

Martin wechselte einen Blick mit Gerhard. Er war sich ziemlich sicher, dass Tessa die erste Chance nutzen und Schneider anrufen würde, um ihn zu warnen. Für eine Verhaftung der Grubers hatten sie zu wenig in der Hand; sie konnten ihre Kommunikation weder unterbinden noch auf die Schnelle eine Telefonüberwachung durchsetzen. Shit!

Gruber griff gelangweilt nach einer polierten Marmorkugel, die in einem silbernen Ständer auf seinem Schreibtisch gelegen hatte, und ließ sie von einer Hand in die andere gleiten. Hin und her. Hin und her.

»Sie trauen sich was, eine derart große Schlange außerhalb eines Terrariums zu halten«, sagte Gerhard, dem der Netzpython ebenfalls zu schaffen machte.

Maximilian hatte sich zwar noch immer nicht gerührt; dennoch gewann man den Eindruck, dass er sie mit seinen dunklen Augen anstarrte.

»Das ist irre!«

Gruber lachte. »Unsinn. Ich kenne mich mit Reptilien aus. Maximilian ist ein wahres Lämmchen – wenn er keinen Hunger hat. Da wir gerade davon sprechen: Wie geht es Ihrer bezaubernden Kollegin mit ihrem neuen Haustier?«

»Es geht beiden hervorragend«, antwortete Martin und zeigte ihm durch ein aufgesetztes Lächeln die Zähne.

»Grüßen Sie die Kollegin von mir. Ich fand es ja reizend, wie sie sich das Kaninchen schnappte. Leichtsinnig, verstehen Sie mich nicht falsch, und riskant. Aber süß. Wie nannte sie es? Ah ja, Lenchen. Lenchen hat ja noch so viele Schwesterchen und Brüderchen. Da muss mein Maximilian nicht verhungern.«

»Halten Sie noch mehr Schlangen, oder ist Maxi hier ein Einzelstück?«

Mit einem Grinsen legte Gruber die Marmorkugel zurück und stand auf. Eine Zimmerwand wurde von einem Wandverbau aus Nussholz dominiert; eindeutig eine teure Tischlerarbeit. Gruber öffnete schwungvoll zwei Schranktüren, hinter der man einen großen Fernseher vermutet hätte. Nicht so hier.

»Natürlich kann ich nicht allen meinen Lieblingen so viel Freiheit gewähren wie Maximilian. Mr. Green hier ist ein viel zu aufgewecktes Bürschchen.«

Gruber trat zur Seite und gab den Blick auf ein großes, beleuchtetes Terrarium frei. Eine dünne, giftgrüne Schlange schob sich an der Scheibe nach oben, als ob sie einen Weg heraus suchen würde, und züngelte eifrig.

»Sagen Sie nicht, dass das eine Grüne Mamba ist«, stieß Gerhard – er war erschrocken aufgesprungen – aus.

Martin musste sich dazu zwingen, ruhig sitzen zu bleiben.

»Gut, dann sage ich es nicht«, antwortete Gruber selbstzufrieden, um Martin hinter vorgehaltener Hand im bühnenreifen Flüstern mitzuteilen: »Natürlich ist es eine Mamba.«

Voller Stolz öffnete er noch eine weitere Kastentür.

»Hier haben wir eine Indische Kobra, also eine Brillenschlange.« Er fuhr mit der Hand vor der Scheibe hin und her, um sie dazu zu animieren, sich aufzurichten. »Schade, sie will uns ihren Nackenschild nicht zeigen. Na, macht nichts. Ein schönes Tier, nicht wahr?«

»Hübsch, ja«, log Martin.

Tessa Gruber kam mit einem Tablett in den Händen herein, fragte nach den jeweiligen Vorlieben und goss dann den Kaffee aus einer schlanken Edelstahlkanne in Miniaturtässchen. Es verlangte Fingerspitzengefühl, die kleinen Untertassen nicht fallen zu lassen, und Martin lächelte bei dem Gedanken, dass Treichel statt Gerhard neben ihm sitzen und mit dem Puppengeschirr kämpfen könnte. Der Kaffee war aber erstklassig.

»Netzpython, Mamba und Brillenschlange. Sie haben ja schon fast einen Reptilienzoo«, sagte er. »Klapperschlange haben Sie keine?«

Gruber führte die Tasse zum Mund, antwortete aber, bevor er trank. »Nein.«

»Wieso nicht?«, bohrte Gerhard nach.

»Klapperschlangen sind klobig und unelegant«, erwiderte Gruber mit einer wegwerfenden Geste.

»Stimmt, und so nervig mit ihrem ewigen Geklappere, finden Sie nicht auch?«

Martin rieb sich mit den Knöcheln der rechten Hand über das Kinn und schwieg bewusst ein paar Sekunden lang. Gruber hielt seinem Blick stand und ergab sich im Gegensatz zu anderen Befragten nicht dem Drang, nachzufragen. Am Pokertisch wollte Martin ihm nicht gegenübertreten; da wäre er so manchen Gehaltsscheck los.

»Warnt die Mamba eigentlich auch, bevor sie zubeißt? So wie die Klapperschlange?«

Gruber zog einen Mundwinkel nach oben. »Nein. Eine Mamba ist tödlich. Sie spüren den Biss kaum, höchstens einen kleinen Stupfer. Das geht ganz schnell, und Sie sind mausetot. Atem- und Herzstillstand.«

Martin leerte sein Tässchen und ließ sich nachschenken. Scheinbar an Gerhard gewandt, scherzte er mit einem Lachen: »Na, dann habe ich ja Glück gehabt, dass es Klapperschlangen waren und keine Grünen Mambas.«

»Hast du, ja«, pflichtete der ihm bei.

Martin zählte die Sekunden. Mal sehen, ob Gruber dieses Mal schwach werden würde. Tessa Gruber hantierte auf dem Tablett herum und verschob die Zuckerdose. Ihr Blick zuckte immer wieder zu ihrem Mann, aber sie schwieg beharrlich. Neben sich hörte er Gerhards Räuspern.

Dann knickte Gruber ein.

»Ich verstehe nicht …«

Bingo!

»Wie bitte?«, stellte sich Martin dumm.

»Was meinen Sie mit Klapperschlangen und Glück gehabt?«

»Ach, Richtung Mallnitz rauf haben wir im Wald ein sehr verdächtiges Haus gefunden. Eindeutig Kriminelle, die dort am Werk waren. Stellen Sie sich vor, die haben sieben Klapperschlangen als Wachhunde eingesetzt. Komisch, was? Auf was für Ideen die Leute kommen.«

Gruber reichte seine leere Tasse an seine Frau weiter; in ihren Händen klapperte die Tasse auf der Untertasse. Als sie ihm nachschenken wollte, schüttelte er unwirsch den Kopf.

»Sie kennen nicht zufällig andere Schlangenliebhaber in der Gegend?«, fragte Gerhard. »Bei so einem exotischen Hobby tauscht man sich doch mit Gleichgesinnten aus?«

»Ich bedaure, nein.«

Die Hände locker auf die Armlehnen seines Chefsessels gelegt, präsentierte Gruber eine offene Körperhaltung. Seine ungeschützte Brust sollte wohl beweisen, dass er nichts zu verbergen hatte. Martin stellte seine leere Tasse zurück auf das Tablett. Powerposen konnte er auch. Er verschränkte die Arme hinter den Kopf und lehnte sich lässig zurück.

»Kennt sich Herr Schneider mit Schlangen aus?«

Gruber schwieg.

»Immerhin ist er Ihre … rechte Hand und arbeitet hier in der Firma mit. Füttert er Ihre Haustierchen, wenn Sie übers Wochenende mal wegfahren?«

Von ihm erhielten sie keine Antwort, aber Tessa Gruber nickte kaum merklich, vielleicht sogar unbewusst.

Martin lächelte. »Interessant.«

Sein Handy klingelte, Treichel war dran. Martin stand auf und machte einen Schritt auf die Bürotür zu. Hier waren sie für heute ohnehin fertig.

Tessa Gruber stöckelte um den Schreibtisch herum auf Gerhard zu, der sich ebenfalls erhoben hatte. »Hat Tommy etwas damit zu tun? Glauben Sie, er …«

Martin hörte kaum, was sie mit sich überschlagender Stimme von sich gab. Was Treichel zu sagen hatte, war wichtiger.

»Passts auf, es ist Donald Gruber! Wir haben Winklers Aussage. Gruber steckt hinter den Drogen!«

Unwillkürlich zuckte Martins Blick zu Gruber. Der erinnerte ihn mehr denn zuvor an eine zum Zustoßen bereite Schlange. Kein Blinzeln, keine Regung. Dennoch strahlte er die pure Lust zu töten aus.

Und in dem Moment war klar: Gruber wusste, dass sie ihn hatten.

Das Adrenalin schoss nahezu spürbar durch Martins Körper.

»Herr Gruber –«

Weiter kam er nicht.

Grubers Hand schnellte vor und verschwand unter der Schreibtischfläche.

Martin ließ das Handy fallen und griff nach seiner Pistole. »Hände hoch!«

Mit einer Waffe in der Hand sprang Gruber auf.

Martin warf sich gegen Gerhard, als Gruber abdrückte. Er registrierte kaum, dass die Kugel hinter ihnen in die Tür einschlug.

Nahezu zeitgleich mit Gerhard feuerte auch er seine Waffe ab.

Laut splitterndes Glas; Tessa Gruber kreischte.

Mit einem Aufschrei wankte Gruber gegen die Schrankwand.

Er presste sich die Hand auf die linke Schulter. Zwischen den Fingern sickerte Blut hervor. Die Wunde schien sich oberhalb des Schlüsselbeines zu befinden; tödlich war die Verletzung nicht.

Gruber hob die Pistole.

Martin hatte den Finger am Abzug, bereit, zu feuern.

Aufleuchtendes Grün; eine pfeilschnelle Bewegung zu Grubers Hals hin. Da, und schon wieder weg. Nicht mehr als ein Huscher.

Martin keuchte. »Fuck!«
Einer von ihnen musste das Terrarium getroffen haben! Die Scheibe war zerborsten und Mr. Green ... Wo zum Teufel war die verdammte Giftschlange?
Wie ein dünnes Seil landete die Mamba am Boden und schlängelte sich blitzartig unter den Tisch. Martin konnte sie nicht länger sehen!
Gruber taumelte und krachte schwerfällig zu Boden.
Martin machte einen Schritt auf ihn zu, aber Gerhard riss ihn mit einem Ruck zurück. »Raus hier! Raus!«, brüllte er.
Martin packte die hysterisch kreischende Tessa Gruber am Handgelenk und zerrte sie mit sich.
Gerhard zog die Tür hinter ihnen zu und sprang wie das Rumpelstilzchen durch den Flur, bis er sicher war, dass ihnen keine Schlange gefolgt war.
»Gruber!«
»Du gehst da nicht rein!«, fauchte Gerhard ihn an.
Tessa Gruber jaulte wie ein Hund und brach, die Arme über den Kopf geschlagen, zusammen.
»Ich glaube, er wurde gebissen«, flüsterte Martin Gerhard zu.
»Na und? Selbst schuld!«
»Wir müssen ihm helfen!«
Er griff nach der Klinke, aber Gerhard stieß ihn mit beiden Händen heftig zurück.
»Denk nicht einmal daran«, fuhr er ihn an. »Greif die Tür an, und ich pfeffer dich, du lebensmüder Volltrottel!«
Telefonisch verständigte Gerhard Treichel und forderte Verstärkung, den Notarzt und – am wichtigsten – Helga Happ an.
Martin rutschte, den Rücken an die Wand gepresst, langsam zu Boden. Das Blut pochte laut in seinen Adern.
Aus dem Büro hörten sie einen abgehackten Hilferuf.
Dann folgte ein heiseres Stöhnen.
Tessa Gruber schluchzte und presste sich die Hand auf den Mund.

Röcheln.

Martin sah zu Gerhard auf, der vor der Tür Position bezogen hatte und mit zusammengekniffenen Lippen den Kopf schüttelte.

Dann herrschte Stille.

Endlich.

25

»Sei lei nix gschamig!«, raunte Sepp Reini zu.

Auf der Bühne spielte eine Liveband peppige Volksmusik und Schlager; ein paar besonders Mutige schwangen davor das Tanzbein. Die Biertische waren schon großteils gefüllt, die Stimmung gut, und Sepp würde viel lieber zu Hause sein.

Aber er konnte Reini nicht im Stich lassen. Nicht, nachdem der ihm sein Herz ausgeschüttet hatte. Einsam war er. Eine Freundin wollte er haben. Nur dass er Schwierigkeiten damit hatte, ein Madl »aufzureißen«, wie er gesagt hatte. Zu verklemmt wäre er, schüchtern und daher immer der Verlierer. Deshalb und nur deshalb hatte er sich von Kevin überreden lassen, es mit Drogen zu probieren. Um locker zu werden und endlich den Mut zu finden, lässig eine Gitschn anzureden.

»Das kann doch nicht so schwer sein«, hatte Sepp nach dem zweiten und allerallerletzten Stamperl gesagt und auf Reinis flehentliches »Wie?« hin versprochen: »Ich werd dir helfen.«

Es konnte doch keine Hexerei sein, für den Reini das passende Gegenstück zu finden. Kruzitürken, man musste sich doch nur am Feuerwehrfest umschauen, was da alles für Pärchen zusammengekommen waren. Das war teils zum Grausen! Aber bitte. Da musste doch auch jemand wie der Reini – kein unsauberer Bua, lei nicht der Hellste – eine abbekommen!

Am Ausschank spendierte Sepp ihm ein großes Spezi, und dann pirschten sie weiter.

»So, jetzt geht's ums Ansprechen.«

»Was? Ich soll eine anreden? Einfach so?«

»Geh, ansprechen sollst die Gitschn. Wie an Hirsch! Schauen, welche passen würde.«

»Ah, ansprechen!«

Reini sah sich um.

»Jetzt sag amål, welche dir gefallen tät.«

Gefallen würde dem Reini so manche. Sepp ärgerte sich, dass er nicht Zettel und Kuli dabeihatte, um eine Liste anzufertigen. Mit Listen war das Leben gleich viel einfacher und klarer. Egal.

Sie gingen an einem der Tische vorbei. An einem weiteren saß Kevin zwischen zwei Mädchen – und endlich sprach Reini mit großen Augen Klartext.

»De!«

»De?«, fragte Sepp nach und nickte mit dem Kopf zu einer sommersprossigen Rothaarigen, die gerade einen Pappbecher zum Mund führte.

»Na, nit de, de!«

Reini hatte sich in die Dunkelhaarige verschaut, die sich lebhaft mit Kevin unterhielt. Sie hatte das Bild eines Geweihträgers am Leiberl. So daneben konnte das Madl also nicht sein.

»Gut. Jetzt gehst ume zu ihr und fragst sie was.«

»Was soll ich sie fragen?«

»Irgendwas!«

Reini leerte seinen Becher auf einen Zug und musste prompt dank der Kohlensäure laut rülpsen. Sepp seufzte.

»Aber sie redet doch gerade mit dem Kevin! Und der Kevin ist viel cooler als ich«, jammerte der Jammerlappen.

Alles, was man nicht selbst in die Hand nahm, war zum Scheitern verurteilt! Sepp zog sich energisch den Hosenbund hoch.

»Komm mit!«

Um Kevin würde er sich kümmern. Mit dem größten Vergnügen. Wäre ja gelacht, wenn er dem nicht zeigen könnte, wer hier der Platzhirsch war! Er ließ seine Hand schwer auf dessen Schulter krachen.

»Ich muss mit dir reden!«

Kevin sah verdattert auf. »Ähm, worüber?«

»Das geht di an Schas an! Komm mit!«

Kevin zögerte kurz, stand dann aber auf und machte den Platz frei für Reini, der sich mit knallroten Ohrwaschln hinsetzte. Kevin sah so aus, als ob er protestieren wollte, aber Sepp packte ihn grob beim Arm und zerrte ihn ein paar Meter weiter.

Bahn frei für Reini! Wenn der seine Chance nicht zu nutzen verstand, tja, dann würde ihm Sepp eben weiterhin Nachhilfe geben müssen. Irgendwann würde es schon passen. Er warf einen Blick über die Schulter zurück. Ha! Reini unterhielt sich mit dem Platzhirschmadl. Gut so.

»Worüber willst jetzt mit mir reden?«

»Hm?«

»Du wolltest mit mir reden!«

»Nein, will ich nicht. Schleich di! Und bleib ja weg vom Reini.«

Sepp holte sich noch einen Becher mit einem Radler und bezog an der Ecke der Theke Position. Von hier aus hatte er Reini gut im Blick. Dass das Madl noch nicht abgesprungen war wie ein aufgeschrecktes Hirschtier, war ein gutes Zeichen.

»Grias di, Sepp.«

»Äh … Irmi.«

»Ich hab gehört, was los war. Wie du der Polizei geholfen hast.«

Er versteckte sein Gesicht im Becher, nicht sicher, ob sie ihn loben oder kritisieren wollte. Zumal er über ihren obfraulichen Kopf hinweg die Jäger der Hubertusrunde zusammengetrommelt hatte.

»Dass du da noch Lust auf ein Fest hast … wo du doch sonst so einen Wirbel vermeidest.«

»Ich bin mit dem Reini da«, rechtfertigte er sich. »Ich helfe ihm.«

Irmi sah zu Reini hinüber; ihre dunkle Braue zuckte hoch.

Fesch sah sie heute wieder aus. Eng geschnürtes Mieder und tief ausgeschnittene Dirndlbluse, das war eine perfekte Kombination.

»Wobei hilfst ihm?«

»Er tut sich schwer.«

Sie starrte ihn fragend an, und er wusste, sie würde keinen Frieden geben, bevor sie eine Antwort hatte.

»Mit den Madln.«

Irmi lächelte süffisant. »Reini tut sich schwer mit dem weiblichen Geschlecht … und da hat er dich um Hilfe gebeten?«

»Ja.«

Daraufhin lachte sie schallend auf. Die Tränen schossen ihr in die Augen. »Dich? Ausgerechnet dich?«

Eingeschnappt stellte Sepp seinen Becher ab und verschränkte die Arme vor der Brust. Er sah böse auf sie herab.

Sie bekam sich vor lauter Lachen gar nicht mehr ein; dann prustete sie hervor: »Das heißt ja den Bock zum Gärtner machen!«

Verärgert ließ er sie stehen. Nein, solche Feste waren echt nichts für ihn.

Er fuhr hinein ins Seebachtal, um mit Akko einen entspannenden Spaziergang zum Stappitzersee zu unternehmen. Mit einem treuen Hund an der Seite konnte er mehr anfangen als mit Menschen. Der bellte ihn wenigstens nicht blöd an und lachte ihn nicht aus.

Leider war er keineswegs allein unterwegs, und das Pärchen, das er am See antraf, dachte gar nicht daran, ihm seine selige Ruhe zu lassen.

»Juhu, Sepp, juhu«, winkte Doris aufgeregt.

Machten die beiden Piefkes noch immer hier Urlaub? Hatten die kein Zuhause?

»Unser letzter Tag«, antwortete Hans-Jürgen auf seine Frage hin. »Morgen müssen wir wieder heimfahren, leider. Wo es hier doch so schön ist.«

Sepp nickte ihnen zu und wollte weitergehen, aber Doris hielt ihn auf.

»Wir wollten uns noch einmal bei dir bedanken, lieber Sepp. Dass du uns gerettet hast. Sonst wäre es uns sicher schlecht ergangen mit den Bären.«

Hatte die beiden Deppen noch niemand aufgeklärt, dass es hier keine verflixten Bären gab?

Hans-Jürgen zog sich seine Wanderschuhe und die Socken aus. Ein unangenehmer Geruch stieg Sepp in die Nase.

»Hach, das ist eine Wohltat«, seufzte der Piefke, als er ins eiskalte Wasser watete.

»Oh ja!«, pflichtete Doris ihm bei, plumpste auf einen Stein und entledigte sich ebenfalls ihrer Schuhe.

Menschen. Deppen. Mit denen hatte er so seine liebe Not. Aber manchmal konnte man mit ihnen auch seinen Spaß haben.

»Seid ihr wahnsinnig«, brüllte Sepp sie an. »Ihr könnt doch da nicht ins Wasser steigen!«

»Wieso denn nicht? Ist das verboten?«

»Da war kein Schild!«

»Verboten? Nein«, schrie er. »Aber wollts, dass euch ein Alpenhecht in die Zehen beißt?«

Hans-Jürgen hüpfte erschrocken aus dem Wasser.

»Alpenhecht?«

Sepp setzte eine ernste Miene auf. »Die sind verflixt bissig! Fast so wie diese Piranhas in Südamerika. Ich würde mich nicht getrauen, in den See zu steigen.«

Hans-Jürgen schüttelte ihm kräftig die Hand. »Sepp, danke! Was täten wir nur ohne dich!«

»Jetzt hast uns schon wieder gerettet!«, stimmte Doris in den Lobgesang ein.

Er grinste breit und kraulte Akko hinter dem Ohr. »So bin ich hålt.«

26

Obwohl Gerhard und Martin gar keinen Dienst hatten – auch Treichel hatte frei – saßen sie mit Vanessa und Kerstin auf der Polizeiinspektion im Aufenthaltsraum. Der Chef hatte das übliche Sonn- und Feiertagsdienstübergabefrühstück zum Sektfrühstück ausgeweitet. Sie hatten es sich verdient, war seine klare Ansage. Nur die diensthabenden Kolleginnen mussten sich mit Orangensaft und einem Schuss Sekt begnügen.

»Ganz schön aufregend war's«, sagte Treichel und riss die Papiersackerln mit dem frischen Gebäck auf. Wiederverwendbar waren sie nicht mehr.

»Wer hält sich denn auch eine Mamba als Haustier?«, gab sich Gerhard mitleidlos.

Kerstin drückte Lenchen an sich.

»Weißt was, Gerhard. Da gebe ich dir recht. Der Gruber hat genau das bekommen, was er verdient hat!«

»Und wir haben erneut gezeigt, wie wir hier in Obervellach einen Fall lösen! Nämlich ruck, zuck.« Treichel freute sich wie ein Schneekönig. »Das müssen uns die Kriminaler erst einmal nachmachen!«

»Na, ein bisserl Glück war auch dabei«, sagte Martin und lachte.

»Pah, Glück! Können!«, beharrte der Chef. »Wenni-widi und ganz viel Wickie, das war's!«

Martin widersprach ihm nicht. Sie konnten sich freuen, dass der Mordfall Tanja Mühlbichler wie auch die Drogenherstellung im Handumdrehen geklärt worden waren. Paul Winkler hatte sich, als die Villacher Polizisten bei ihm am Krankenbett aufgetaucht waren, zuerst bockig gezeigt; auf die Mitteilung hin, dass seine Freundin Tanja unter dubiosen Umständen gestorben und ein Fremdverschulden nicht auszuschließen war, hatte er bereitwillig erzählt, was vor zwei

Wochen im verlassenen Ferienhaus im Wald geschehen war: Tanja und er hatten versucht, sich ohne Wissen des Drogenbosses mehr Drogen zu verschaffen und auf eigene Rechnung zu verticken, waren aber erwischt worden. Daraufhin hatte ihm der Boss – der eben nicht als »Tommy«, sondern unter dem Namen »Donny« bekannt war – heimtückisch angeboten, sich selbst zu bedienen.

Dass das nicht gut gehen konnte, wusste niemand besser als Martin. Prompt war Winkler von einer Klapperschlange in die Hand gebissen worden, aber schlau genug gewesen, nicht bei der Tür hinaus zu fliehen – wo ihn Grubers Männer fürs Grobe erwartet hätten –, sondern durch das Fenster zu türmen. Tja, und auf der Flucht quer durch den Wald war er dann von Flattacher gefunden worden.

Geschockt von den Geschehnissen hatte sich auch die so unverhofft zur Witwe gewordene Tessa Gruber kooperativ gezeigt und ihnen Schneiders Aufenthaltsort verraten. Er befand sich – was nicht verwunderte – keineswegs im Ausland, sondern war bei einer Dame im »Lusthaus« abgetaucht, wo ihn die Drautaler Kollegen gleich darauf abgeholt hatten.

Da Donald Gruber tot und das Drogenlabor aufgeflogen war, überschlugen sich Tessa Gruber und Thomas Schneider geradezu dabei, sich als möglichst schuldlos darzustellen und dem Toten alle Verantwortung zuzuschieben. Was die Ermordung Tanja Mühlbichlers betraf, lieferte ihnen Schneider handfeste Beweise. Die hatte er nämlich gesichert, nachdem ihn Gruber damit beauftragt hatte, ihre Leiche zu »entsorgen« – aus durchaus berechtigter Angst, sonst zum Handkuss zu kommen, wenn es hart auf hart kam und sein Chef einen Sündenbock bräuchte. Er übergab ihnen die gebrauchte Spritze, die noch Reste jenes Giftes enthielt, mit dem Gruber Mühlbichler getötet hatte. Gruber hatte gefürchtet, dass sie ihn doch bei der Polizei verpfeifen oder ihn erpressen würde und hatte das »Problem« daher auf seine Art gelöst.

Die weiteren Ermittlungen konnten sie zum großen Teil

dem Kriminaldienst überlassen, worüber Martin gar nicht böse war. Er hatte von Giftschlangen und Drogen die Nase voll.

»Gruber hat seine gerechte Strafe erhalten!«, bekräftigte Kerstin ihre Haltung. »Immerhin hat er seiner Mamba Gift abgezapft und damit Tanja getötet. Da ist es nur fair, dass sie ihn gebissen hat. Strafe muss sein.«

»Ich hätte ihn lieber vor Gericht und im Häfen gesehen«, sagte Martin. »Ein Glück, dass Paul Winkler aus dem Horrorhaus entkommen ist und den Klapperschlangenbiss überlebt hat.«

»Haha, und dass er die Erste Hilfe durch den Flattacher überstanden hat! Dass er ausgerechnet dem vor die Füße gefallen ist«, fügte Gerhard hinzu. »Der Flattacher als guter Samariter. Könnts euch das vorstellen?«

Nach dem Frühstück ging Martin in die Kanzlei, um ein paar Notizen einzutragen; Kerstin folgte ihm.

»Ich bin lei froh, dass euch nichts passiert ist mit all den Giftschlangen.«

»Ich auch.«

Er fuhr den PC hinunter und griff nach seiner Jacke, die über seinem Stuhl hing. »Übrigens, der Michl kommt heute noch herauf, weil's ja auch sein Fall ist, und ich ihm den ganzen Suchtgiftkram sehr gern überlasse.« Martin grinste sie an. »Und, tada, er ist Single.«

Das hatte Martin ganz diskret herausgefunden, als Michl sagte, er würde heute – obwohl Sonntag – heraufkommen. Ob er denn keine Freundin hätte, die da ein Wort zur Wochenendgestaltung mitzureden hätte? Nein, er war seit Kurzem geschieden und aktuell solo unterwegs.

Kerstin sah allerdings nicht so glücklich drein, wie er es erwartet hatte.

»Was ist los? Ich dachte, du freust dich darüber.«

»Schon.« Sie lehnte sich mit der Hüfte an die Fensterbank und kämmte sich mit den Fingern durch den Pferdeschwanz. »Es ist nur …«

Martin warf seine Jacke auf den Schreibtisch und ging zu ihr. Wie sehr hatte Kerstin ihn immer mit Bettina aufgezogen und die Entwicklung ihrer Beziehung mitverfolgt, von wegen Best Friends oder so etwas. Da war es nur fair, wenn er ihr beistand – auch wenn er sich verflixt unwohl und überfordert fühlte.

»Was?«

»Er ist toll und nett und echt schlau und sieht gut aus für sein Alter. Nur …« Sie seufzte tief. »Das ist es«, murmelte sie leise. »Er ist mehr als zehn Jahre älter als ich.«

»Ja und? Hast du ein Problem damit?«

»Ich nicht. Aber vielleicht er.«

Hallo? Wenn Martin von sich und den Männern ausging, die er kannte, war *das* sicher kein Problem.

Kerstin seufzte. »Ich meine, Achtzigjährige haben oft genug Frauen in meinem Alter als Freundin«, wenn das Bankkonto stimmt, dachte sich Martin, »und heutzutage nehmen sich auch reifere Frauen jüngere Liebhaber. Da ist nichts dabei, gar nichts! Trotzdem.«

Da sie sich bislang hauptsächlich mit Männern in ihrem Alter abgegeben hatte, wunderte es Martin, dass sie Michl attraktiv fand, der nicht in ihr übliches Beuteschema zu passen schien. Andererseits hatte keine ihrer bisherigen Beziehungen länger gehalten, und da war es vielleicht kein Fehler, einen Modellwechsel vorzunehmen und etwas Neues zu probieren.

»Fürs Protokoll: Das Alter spielt keine Rolle, wenn die Gefühle passen. Mach dir nicht zu viele Gedanken. Lass es einfach auf dich zukommen. Das Leben ist so scheißkurz.«

Kerstin schlang ihre Arme um ihn und drückte ihn so richtig fest an sich oder sich an ihn. Egal, die Wirkung war die gleiche – er bekam fast keine Luft mehr. Er klopfte ihr kumpelhaft auf den Rücken, was mehr einem Abklopfen beim Judo glich, mit dem man dem Gegner das Aufgeben signalisierte.

»Mit dir kann man echt gut reden, Martin. Du bist und bleibst halt doch mein B–«

»Sag es nicht!«
»F.«
»Du hast es versprochen!«
»I.«
Beste Freunde – oder -innen – für immer.
Er schloss gequält die Augen. Zu spät. Kerstin hatte zu ihrer gewohnten Form zurückgefunden.
Sie gluckste. »Hm. Ich könnte Daddy zu ihm sagen. Was meinst? Klingt das sexy?«
Wäre doch gelacht, wenn die ganzen TV-Serien keinen Bildungseffekt hätten; da blieben einige englische Redewendungen hängen.
»TMI! Too much information!«

Am späteren Nachmittag lag Martin mit Bettina in seinem Arm auf der Couch. Er hielt die Fernbedienung in der Hand und zappte sich durch die verschiedenen Filme, die zur Auswahl standen.
»Irgendetwas Lustiges. Nichts mit Drogen, Mord und auf keinen Fall Schlangen!«
Bettina lachte und schob ihr Bein über seine. »Hm, dann fällt ›Indiana Jones‹ weg. Weil in dem Film fällt er ja in eine Ausgrabungsstätte voller –«
Martin verschloss ihr den Mund mit einem Kuss. Wenn er daran dachte, wie … Nein, er wollte nicht mehr daran denken! Die Fernbedienung fiel unbeachtet auf den Boden, und er vergrub seine Hände in ihren Haaren. Ihr Geschmack, ihre Wärme, ihre weiche Haut – er konnte nicht genug von ihr bekommen. Bettina zerrte an seinem T-Shirt. Ihre Fingernägel kratzten über seine Haut, und er begrüßte den leichten Schmerz; er lebte! Er wollte, *musste*, fühlen, wie sie ihre Spuren hinterließ.
»Ups«, ächzte Bettina, als sie von der Couch rutschten.
Nur einen Moment hob Martin orientierungslos den Kopf, dann schlang sie ihre Arme um seinen Hals und zog ihn wieder an sich.

Sehr viel später schafften sie es zurück auf die Couch, nachdem sich Betti über die unbequem drückende Fernbedienung beklagte, auf der sie zu liegen gekommen war. Martin angelte sich die Kuscheldecke und hüllte sie beide darin ein. Bettina streichelte seine Brust und zupfte spielerisch an seinen Haaren, bevor er seine Hand über ihre Finger legte und sanft drückte.

»Ich liebe dich, Betti.«

Bettina schob sich etwas höher und küsste ihn zärtlich auf die Lippen. »Ich dich auch. Mach so was Riskantes wie heute nie wieder!«

Als er ihr das Vorgefallene geschildert hatte, hatte er das Geschehen abgeschwächt; sie musste nicht wissen, wie verdammt knapp es gewesen war. Lieber erzählte er ihr, wie ihm Flattacher auf die Nerven gegangen war. Im Nachhinein konnte er selbst darüber lachen. Wer bitte überlegte sich in einer solchen Situation passende Grabsprüche?

»Weißt du, was das Allerallerschlimmste gewesen ist?«

»Was?«

Sie stützte sich auf einen Arm ab und sah auf ihn herunter. Mit den Fingern fuhr sie seine Gesichtszüge nach.

»Als der Flattacher gesagt hat, wie dumm es wäre, wenn einer von uns ludln müsste. Wir mussten eine geschlagene Stunde auf Helga Happ warten, und ich konnte an nichts anderes denken! Ich fürchte, der Flattacher hat bei mir eine chronische Harnsperre ausgelöst.«

Bettina lachte schallend auf. »Oh mein Gott! Das ist so typisch für den!«

Jetzt fand es auch Martin lustig. In dem dunklen Raum, viel zu nah an einer Klapperschlange dran, hatte er seinen Humor verloren gehabt. Allein die Vorstellung, sein bestes Stück in Bissnähe auszupacken … Horror pur! Nein, da hätte er sich lieber in die Hose gemacht. Ganz sicher.

»Ob die Krankenkasse die Therapie zahlt?«, neckte Bettina ihn.

Martin runzelte die Stirn. »Frau Doktor, Frau Doktor!«,

sagte er gekünstelt hoch. »Ich getrau mich nicht, meine Hose runterzulassen, weil ich immer Angst habe, mir beißt eine Klapperschlange in meinen Schniedelwutz!« In normaler Stimmlage fuhr er fort. »Ja, das kommt sicher gut an. Die lässt mich sofort in die Geschlossene einweisen! Freud lässt grüßen!«

»Ein schwerer Fall«, bestätigte Bettina. »Da hilft eigentlich nur eine Schocktherapie. Du weißt schon, das Bild in deinem Kopf durch ein anderes ersetzen.«

Martins Brauen zuckten hoch, als Bettina an ihm hinunterrutschte.

Sie grinste verschmitzt und zog an der Decke; er hielt sie fest. Sie war hartnäckiger und setzte sich durch.

»Vor einer Klapperschlange musst keine Angst haben«, sagte sie und fletschte die Zähne. »Wenn dir jemand in deinen Du-weißt-schon-was beißt, dann ich.« Sie senkte ihren Kopf und warf ihm einen letzten herausfordernden Blick zu. »Hast schon Angst?«

Epilog

Am nächsten Sonntag trieb Martin mit einem schweren Hammer den letzten Holzpflock in die Wiese. Bettina schlang das gelbe Absperrband darum.

»Und? Wie schaut's aus?«, fragte sie.

Hand in Hand gingen sie ein paar Schritte weg und betrachteten ihr Werk.

»Hm. Wir können ja noch überlegen. Aber fürs Erste schaut's gut aus.«

»So haben wir mehr als genug Abstand zur Grundstücksgrenze und Platz für eine Terrasse.«

Martin legte seine Hand auf ihre Schulter und drückte ihr einen Kuss auf die Haare. Er sah hinüber zum Haderhof, wo Raimund und Barbara gemütlich auf einer Bank in der Sonne saßen. Eng beieinander. Ob Bettina und er in ein paar Jahrzehnten so vor ihrem eigenen Haus sitzen würden?

»Also, wegen der Dachform bin ich mir nicht so sicher.« Bettina zog zwei zerknitterte Prospekte aus ihrer rückwärtigen Hosentasche. »So ein flaches Dach gefällt mir optisch besser, aber passt das auch hier auf den Berg herauf? Da blast ja doch oft der Wind.«

»Fragen wir Raimund, der kennt sich aus.«

Martin hatte befürchtet, dass sich der Bauer stärker in den geplanten Hausbau einmischen würde; immerhin war es sein Baugrund – und seine Tochter – und er würde ihr Eigenheim vor der Nase haben und es Tag für Tag anschauen müssen. Da wäre es irgendwie verständlich, wenn er sich ein Mitspracherecht sichern würde. Das Gegenteil war der Fall. »Ihr Jungen müssts drin wohnen, euch muss es gefallen«, hatte Raimund gesagt. Nur wenn konkret um Rat gefragt wurde, gab er bereitwillig und fachkundig Auskunft.

Hingegen plante Barbara schon eifrig die Kücheneinrichtung bis zur Inneneinteilung der Laden, obwohl es noch gar keinen Grundriss gab. Bettina machte sich einen Spaß daraus, ihr immer neue Kataloge zu bringen und einmal von einer Landhausküche, dann wieder von einer hypermodernen Hochglanzversion zu schwärmen. Jedes Mal stand Barbara dann vor der Herausforderung, ihre Planungen zu adaptieren. Wobei laut Bettina schon die eine oder andere gute Idee dabei war, die man übernehmen könnte.

In weiser Voraussicht hatte Barbara zwei Häferln mehr herausgetragen und schraubte die Thermoskanne mit dem Kaffee auf, als sie sich zu ihnen setzten.

»Wie viele Kinderzimmer plants denn?«, fragte sie.

»Mindestens sieben«, erwiderte Bettina ernst.

»Geh, Betti! Schau, jetzt hab ich beim Einschenken gepatzt!«

Martin lachte und half mit einem Papiertaschentuch aus. »Wir kalkulieren mal vier Schlafzimmer ein«, antwortete Martin. »Dann haben wir immer genug Platz, egal, ob es dann Arbeits-, Gäste- oder Kinderzimmer werden.«

Barbara wollte einen Kommentar dazu abgeben, wurde aber durch einen in den Hof fahrenden Geländewagen abgelenkt.

»Jö, wer kommt denn da?«

»Der Flattacher.« Raimund klopfte seine Pfeife aus.

»Die ganze Sippschaft beinånd«, sagte Flattacher statt einer Begrüßung.

»Willst auch einen Kaffee, Sepp?«

Unschlüssig stand Flattacher neben der Sitzgarnitur. Einladend rückte Martin zur Seite, aber er blieb stur stehen und reichte Barbara ein Leinensackerl.

»Da hast deine Tschreapn zurück.« Dann murmelte er noch etwas in seinen Bart, was mit viel Phantasie als »Danke« durchgehen konnte.

Gleich darauf kam Reini in voller Jägermontur aus dem Haus gestürmt.

»Bin schon fertig«, rief er.

Flattacher sah vorwurfsvoll auf seine Armbanduhr. »Geplante Abfahrtszeit war vor vier Minuten!«

»Ja, eh. Ich habe mit der Dani telefoniert und die Zeit übersehen«, entschuldigte sich Reini keineswegs reumütig. Er strahlte übers ganze Gesicht.

Flattacher schaute verdutzt drein. »Wer ist denn des?«

»Na, die Dani. Du weißt schon, de vom Feuerwehrfest. Wo du gesagt hast, ich soll sie ansprechen, also, richtig ansprechen, nicht ansprechen.«

Reini griff sich ein Stück Kuchen und biss ein großes Stück ab.

»De mit dem Hirsch am Leiberl?«

»Genau! Sie ist der Hammer!«, schwärmte er mit vollem Mund. »Ohne dich hätte ich mich nie getraut, mit ihr zu reden!«

Verblüfft sah Martin von Reini zu Flattacher und zurück. War der Flattacher Reinis, wie soll man sagen, sein Wingman gewesen? Hatte er ihm geholfen, ein Madl aufzureißen? Der Flattacher? Und das Dirndl hatte nicht sofort schreiend die Flucht ergriffen? Blind tastete Martin nach seinem Kaffeehäferl.

»Wenn das was wird mit der Dani, dann musst du mein Trauzeuge sein, Sepp!«

»Jetzt aber langsam mit den jungen Pferden! Was redest schon vom Heiraten?« Flattacher schüttelte den Kopf. »Zahr ån, damit wir in den Wald kommen, bevor die Sonne untergeht!«

»Kann die Dani mal mit auf die Jagd? Sie hat gesagt, sie würd's interessieren …«

Bei Flattachers Gesichtsausdruck konnte Martin sich nicht mehr halten; er sah drein, als ob er in eine Zitrone gebissen hätte. Martin lachte laut, woraufhin ihm der Jägersmann einen gar finsteren Blick zuwarf.

»Darüber reden wir noch«, knurrte Flattacher.

»Die Dani …«

»Wirst jetzt wegen ana Gitschn ganz wurlat werden, oder was?«

Barbara sah sich wohl gezwungen, ihrem Sohnemann zu Hilfe zu eilen. »Mei, wenn er sich so freut. Warst ja wohl auch einmal jung und verliebt, Sepp!«

Flattacher blieb sichtlich die Spucke weg. Er trieb Reini zur Eile an und stapfte zu seinem Auto, was verdächtig nach Flucht aussah.

»Waidmannsheil«, rief Martin ihnen nach und lachte.

»Waidmannsdank, und rutschts mir doch alle den Buckl obe!«

Bettina wischte sich die Lachtränen aus den Augenwinkeln; selbst Raimund grinste und stopfte sich die Pfeife neu.

»Dieser Flattacher«, seufzte Barbara. »Ich weiß nicht, warum der Reini so einen Narren an ihm gefressen hat. Aber die zwa verstehen sich.«

»Mama, hat der Flattacher dem Reini echt beim Anbandeln geholfen?«

»Gesagt hat er es, ja. Frag ihn am besten selbst. Er redet eh von nix anderem mehr als der Daniela.«

Dass das Barbara sehr recht war, war nicht zu übersehen. Auch Martin freute sich ehrlich für ihn; eine Freundin würde Reini guttun.

»Ich habe auch eine tolle Neuigkeit«, begann Bettina.

»Bist schwanger?«

»Mama!«

Martin hoffte doch sehr, dass er – wenn es einmal so weit war – als Erster davon erfahren würde; noch vor ihren Eltern. Auch damit er sich auf deren Reaktion einstellen und sich wappnen konnte.

»Ich habe endlich mein Thema für die Abschlussarbeit.« Stolz zeigte sie ihr Smartphone. »Der Professor hat mir heute noch zurückgeschrieben, dass es für ihn passt und er die Arbeit betreut.«

»Und was wird's?«, fragte Martin gespannt.

Bettina lächelte schelmisch. »Deine Idee war gar nicht so übel, die mit den TV-Serien. Ich schreibe meine Arbeit über originelle Hauptfiguren. Je verschrobener und spinnerter, desto besser.«

Martin grinste und zerzauste ihr liebevoll die Haare. Er stellte sich auf viele, viele Stunden vor dem Fernseher ein. Aber wenn es für das Studium war … und Betti glücklich damit war, war er es auch.

»Eigentlich bin ich schon so ein Profi, dass ich selbst ein Drehbuch schreiben könnte«, sagte sie aufgedreht.

»Ein Drehbuch?«, fragte Raimund verständnislos.

»Für eine Actionkrimiserie! Wäre das nicht toll?«

»So etwas wie NCIS?«, hakte Martin nach.

»Warum nicht?«

Während sie ihrem Vater ein paar Serien aufzählte, von denen dieser noch nie gehört hatte, wurde Martin immer kribbeliger. Sollte Betti tatsächlich Drehbücher für eine US-Serie schreiben wollen – und ja, wenn sie sich etwas in den Kopf setzte, konnte sie sehr hartnäckig sein –, müsste sie dann nicht gründlich dafür recherchieren? Vor Ort? Was drohte als Nächstes? Der Vorschlag, nach Hollywood zu ziehen?

»Wo soll die Serie spielen?«, fragte er daher etwas beunruhigt.

»Na, wo denn wohl!«

Sie knuffte ihn in die Seite und sah erwartungsvoll zu ihm auf.

»Los Angeles? New York?«

»Quatsch! Bei uns da, im Mölltal!«

»Was, NCIS Obervellach?« Er lachte, überzeugt, dass er einem Scherz zum Opfer gefallen war.

»Warum nicht? Ich denke mehr in Richtung Tatort oder diese tollen Steirerkrimis. Nur halt in Kärnten.«

Bettina sprang auf und klatschte in die Hände. So zögernd sie sonst oft war und Entscheidungen hinausschob, wenn sie sich einmal festgelegt hatte, verstand sie es, sich selbst zu begeistern.

»Statt Sherlock Holmes wird's ein supercooler, sexy Polizist namens Mar...kus?« Sie zwinkerte ihm zu, und er fühlte sich schon ein wenig geschmeichelt. »Der es sogar mit Giftschlangen aufnimmt!«

Martin schnappte sich ihre Hand und zog sie auf seinen Schoß. Die Schrotflintenzeiten waren längst vorbei, und er hatte keine Angst, ihr vor ihrem Vater ein Busserl zu geben. Zugegeben, mehr Freiheiten würde er sich nicht herauszunehmen wagen.

»Du widerlegst gerade deine eigene These«, wandte er ein. »Oder siehst du mich als verschrobenen Spinner?«

»Mist, stimmt. Für die Hauptrolle brauchen wir ein kauziges Original, einen totalen Außenseiter, so einen richtigen Irren, der aber trotzdem irgendwie zum Gernhaben ist ...«

»Wie den Sepp?«, warf Barbara ein.

Spinner, ja. Gernhaben? Damit hatte Martin so ein bisserl seine Schwierigkeiten.

Raimund Hader schnaubte. »So a Blödsinn! Als ob jemand an alten Grantscherbm wie den Sepp im Fernsehen sehen wollte.«

Glossar

Die Schreibweise von Mundartausdrücken variiert von Tal zu Tal und orientiert sich in diesem Buch – unter Rücksichtnahme auf gute Lesbarkeit – vorrangig an:

Karin Hautzenberger/Petar Pismetrović: Leck Buckl! So ratschn die Kärntner (Graz ²2017).

Karin Hautzenberger/Petar Pismetrović: Leck Buckl II. Die Kärntna ratschn weita (Graz 2017).

Karin Hautzenberger/Petar Pismetrović: Leck Buckl III. Die Kärntna ratschn ohne end (Graz 2018).

Heinz-Dieter Pohl: Kärntnerisch von A–Z. Ein kleines Wörterbuch (Klagenfurt 1994).

Astrid Wintersberger: Wörterbuch Österreichisch-Deutsch (St. Pölten 1995).

a – auch

a – ein, eine

abspringendes Wild (Jägersprache) – rechtzeitig vor dem entdeckten Jäger in weiten Sätzen fliehendes Wild

ålle Ritt – immer wieder, alle Augenblicke

ållweil – immer

amål – einmal

ana – einer

(jmd.) ane auflegn – (jmd.) eine Ohrfeige geben

ångschodert – (ein wenig) tepat, blöd

ånlegen – Kleidung anziehen

ans – eines

ansprechen (Jägersprache) – genaues Beurteilen und Identifizieren des Wildes *vor* dem Schuss, damit eben kein falsches Stück geschossen wird, oder gar ein Mensch durch einen übereifrigen Waidmann zu Schaden kommt

ånzahrn – sich ins Zeug legen, beeilen, rasch weitermachen

apern – frei von Schnee werden

aufe – hinauf

(jmd.) ausspechteln – ausspionieren

auszuzln – aussaugen

Bandl, Banderl – Bändchen

Bartl (auch *Barthel); jmd. zeigen, wo der Bartl den Most holt* – jmd. zeigen, wo es langgeht

beinånd – zusammen

brunzn, prunzn – urinieren

Bua, Buam – Bub, Buben

Buckl – Rücken

daham – zu Hause

daschlågn – erschlagen

de – die

Diandle – Mädchen

dreckat – dreckig

Drogenkuchl – Drogenküche

Dübel – Joint

eina – herein

eine – hinein

Eizerl, Euzerl – ein Stückchen, eine kleine Menge von etwas

eppa, eppa går – etwa, womöglich

Erdäpf(e)l – Kartoffeln

Falott – Gauner, Person mit, sagen wir einmal so, etwas fragwürdigem Rechtsempfinden

Feitel – klappbares Taschenmesser; jmd. geht/springt der Feitel im Sack auf – jmd. gerät in Rage

Fetzen – Putzlappen; im übertragenen Sinn auch Rausch (jemand hat einen Fetzen). Jemanden mit dem nassen Fetzen zu (ver)jagen bedeutet, ihn recht unhöflich zu vertreiben beziehungsweise hinauszuwerfen.

fladern – stehlen

Flåschn – Ohrfeige

Flitschale – Flittchen

Fotz – Mund, Maul; nicht zu verwechseln mit der Fotzen (Ohrfeige). Einen Fotz machen/verziehen – den Mund verziehen, eine Grimasse schneiden.

frale(wol) – freilich

Fratn – eine durch Holzschlag entstandene Waldlichtung

Fråtz, Fråtzn (Mz) – ungezogenes Kind

Gatsch – Schlamm; schmutziger, halbgetauter Schnee

Genierer – Schamgefühl, Zurückhaltung, dessen Abwesenheit beklagt wird

Gesuder – Jammerei, Klagen; vgl. sudern – jammern, sich pausenlos beschweren

Gfick, Gfikh – Gesindel; auch eine Menge kleiner Tiere, Federvieh

Gfrast (Mz: *Gfrasta)* – ungute, schlechte Person; nerviges, unartiges Kind

Gitschn – Mädchen

glabsch, glabsche? (Osttirolerisch) – du glaubst, glaubst du?

gnua – genug

Goder – Hals, Kehle, Doppelkinn

goschat – frech, vorlaut, angeberisch

Goschn – abwertend für Mund

Grale – Zorn

Grant – üble Laune, Groll, Zorn, Missmut

Grantnzipf, Grantscherbm (Grantscheabn) – jemand, mit einem Grant; übellauniger, verärgerter Mensch

Grantscherbm, Grantnzipf – missmutiger, übellauniger Mensch

Graus – Angst, Gruseln

grissen – gerissen, heftig erschreckt

großkopfert – eingebildet, arrogant

gschaftig – (über)eifrig

gschamig – scheu, schüchtern

g(e)scheit – klug, intelligent, gut

g(e)scheiter – Steigerungsform von gescheit

Gscher – Mühe, Ärger

Gschisdigschasdi – (übertriebenes) Aufheben um eine Sache machen, Unsinn

gschlupft – geschlüpft

gschnaprig – schnippisch, vorlaut, bissig

Gschra – Geschrei, Lärm

Gschråp, Gschråpn (Mz) – Kind

gštåndner – gestandener

Gštaudach – Gebüsch

a Gštel beinånd haben – unordentlich sein

gštellt sein – fertig sein, bereit zur Abfahrt

Ha? – Als Frage ist die pointierte Abkürzung für »Wie bitte? Ich habe Sie nicht verstanden? Könnten Sie das nochmals wiederholen?«

Haberer – Freund, Liebhaber

Hackl, jemand das Hackl ins Kreuz hauen – jemanden hinterrücks angreifen, hintergehen, gegen jemanden intrigieren

Håckn – Arbeit

Hätti-Täti-Wari, auch *Hätti-Wari* – Hätte ich, täte ich, wäre ich. Der Konjunktiv wird gern rückblickend-selbstbemitleidend-rechtfertigend beziehungsweise an andere gerichtet vorwurfsvoll verwendet.

Häfen – Gefängnis

hålt – halt, eben, einfach; das ist halt so

ham – nach Hause

hamkemmen – nach Hause (ge)kommen

hapern – fehlen; es hapert – es fehlt (etwas), es mangelt an etwas

håsch (Osttirolerisch) – du hast

Hascher (Ha:scher), Haschå – armer Kerl, unglücklicher Mensch, auch geistig zurückgebliebene Person

Hax – Bein

haxeln – jemanden ein Bein stellen

herausapern – aus dem Schnee heraus kommen (apern = frei von Schnee werden); auch im übertragenen Sinn für generell herauskommen oder aufkommen von Problemen oder Geheimnissen.

Herumwetzen – unruhig sitzen, hin- und herrutschen; wetzen kann auch Geschlechtsverkehr haben bedeuten.

hin (hi:n), hinig – kaputt, zugrundegegangen

hinpraken – herfallen

Hupfer, junger Hupfer – junger, unerfahrener Mann

Jaga – Jäger

Jagarei – Jagd

als a junga – jung, in der Kindheit/Jugend

ka – kein

keppln – streiten, nörgeln, schimpfen

Ki(e)berer – Polizist

Kiloweis – jede Menge

klan – klein

Klåppan (Mz.) – Finger

kletzeln – zupfen, (mit den Fingernägeln) an etwas kratzen, pulen

Klopfer, einen Klopfer haben – dumm sein

Kråchane – Lederhose

krendln – spezifisches Formen der Kärntner Nudeln, das einiges Fingerspitzengefühl und Übung braucht

Kuchl – Küche

Kusch! – nicht ganz so höfliche Aufforderung, doch bitte den Mund zu halten

kutarn, kuttern (khu:tern) – kichernd lachen

Kuttenbrunzerbichl – abwertende beziehungsweise scherzhafte Bezeichnung für den Pfaffenberg (Kutte = typische Pfarrerskleidung, brunzn/prunzn = urinieren; das heißt, beim Kuttenbrunzer handelt es sich um einen Mönch oder Geistlichen; Bichl = Hügel)

Lampelschwaf (Lammschweif), zittern wie ein Lampelschwaf – große Angst haben

Lecker (Jägersprache) – Zunge des Schalenwildes wie Reh und Hirsch

lei – nur

Leit, Leitln – Leute

Loter – Mann, Bursche, Geliebter, auch Schürzenjäger

ludln – urinieren

ma – kurz ausgesprochen in Verbindung mit einem Verb für wir (fang'ma an – fangen wir an), lang gezogen ausgesprochen ein Ausdruck der Verwunderung

Madl – Mädchen

Mandle – Männlein, Männchen

Masel, Massel – Glück (aus dem Jiddischen stammend)

Metn, Mettn – lauter Spaß, Gaudi
miassn – müssen
Mordstrum – ein riesiges Stück von etwas
motschkern – nörgeln, kritisieren
na – nein
nåckert – nackt
narisch, narrisch (na:risch) – närrisch, verrückt
neamma – nicht mehr
nochand (Osttirolerisch) – dann, nachher
nullkommajosef – nullkommanichts
oache – hinunter
oba, obe – herunter
Oida – Alter
Pappm – abwertend für Mund
Påtschn – Hausschuhe, Pantoffel
die Påtschn aufstellen/strecken – sterben
Pfitschipfeil – Flitzbogen; schnell wie ein Pfitschipfeil – sehr schnell
Pipn – Rotzbua
Poppa – Baby
pumperlgsund – kerngesund
rachen – rauchen
Råtz – Ratte
Raunzerei, raunzn – Gejammer, Nörgelei; nörgeln, jammern
Rausch – alkoholisierter Zustand
Reidn, Reid – Kurve
rein – hinein
Rein, Reindl – (niedriger) Topf, Kasserolle; auch Schüssel
Rotz – Nasensekret

Rumsn – heruntergekommenes, schäbiges Lokal

sachn – urinieren

Sandler – Penner, Obdachloser

Schas – Furz, Blödsinn

Schastrommel – (abwertend) für (alte, eventuell übelriechende) Frau

schepfn – schöpfen, arbeiten

schiagln – verpetzen, verraten

Schlamperl – Schlampe; abwertend für promiskuitive Frau

Schlapfen – Hausschuhe, Pantoffel

schlatzig, schlutzig – schleimig

schlawuzig, schlabuzig – schlampig, schäbig, heruntergekommen

schmettern (schmettan), anschmettern – lügen, schwindeln; anlügen, anschwindeln

schnacksln – Geschlechtsverkehr haben

Schupfer – Schubs, Stoß

selba – selbst

siasslat – süßlich

siefln – rutschen. Auf dem Boden uma siefln – auf dem Boden herumrutschen. Den Hügl obe siefln – den Hügel hinunterrutschen.

Špal – Holzsplitter, Span

spechteln – neugierig schauen, beobachten, spionieren; mit Verlangen beziehungsweise erwartungsvoll auf etwas spähen

speiben, špaibm – erbrechen, kotzen

špekuliern, schpegeliern – nachdenken, spekulieren

spinnert, špinat – geistig nicht ganz normal, leicht verrückt

Spompanadeln – Dummheiten, Scherereien, Verrücktheiten

Spundus, einen Spundus vor etwas/jemanden haben – Angst beziehungsweise Respekt vor jemanden haben

Štirzler, Schtirzla – Herumtreiber, Landstreicher

sumpern – halblaut schimpfen, kritisieren

tamisch – wütend, zornig

tandln – handeln, verkaufen

Tanz (Mz.) – Faxen, Widerspenstigkeiten, Blödheiten

Tau, keinen Tau von etwas haben – von etwas keine Ahnung haben

Teckn – Schaden, im Sinne von »der hat einen Dachschaden«

Teixl eine! – So ein Mist!

tepat – dumm, blöd

terisch – schwerhörig, taub

Todl – dummer Mensch

Trampel – ungeschickte, schwerfällige, dümmliche Frau

Trum, Drum – großes Stück

Tschåld(a)ra – schwerfällige Frau

tschentschn – weinerlich jammern, raunzen, nörgeln

tscherfln – schlurfen

Tschick – Zigarette

tschicken – rauchen

Tschreapn – Geschirr, Töpfe

Tschriapl – einfältiger, ungeschickter Mensch

tschweaggn (Osttirolerisch) – jammern

tuan, tuat – tun, tut

tuttnzua sein – sehr stark betrunken sein

uma – herum

umafliegn, umagflogn – herumfliegen, herumgeflogen

ume – hinüber

vawordagglt – verdreht, verbogen, schief, missglückt

Verhåckertes – fein gehackter beziehungsweise durch den Fleischwolf gedrehter Speck, der als deftiger Brotaufstrich dient. Schmeckt am besten auf kräftigem Bauernbrot mit Knoblauch oder Zwiebel. Achtung: Solcherart nicht als Snack beim ersten Date geeignet. Oder beim zweiten.

verzupfen – sich davonmachen, verziehen

wachtln – winken, mit den Händen wedeln

Watsch(e)n – Ohrfeige

Weible – (alte) Frau

werkln – handwerklich tätig sein, basteln; im weitesten Sinn arbeiten

Willsch? (Osttirolerisch) – Willst du?

Wimmerl – Pickl, Mitesser

wurlat – verrückt, weggetreten

wuzln – bröseln, krümeln, (einen Joint) zusammendrehen

Zahr ån! – Beeil dich, leg einen Zahn zu, schau, dass weiterkommst!

zåm – zusammen

Zegga – Tasche, Rucksack

zerknudlt – zerknittert

Zniachtl – kleine, schwache Person

Zodn, Zotten – lange, strähnige, ungepflegte Haare

Zotl – Spitzbub, unguter Zeitgenosse (auch scherzhaft gemeint)

zua sein – sehr stark alkoholisiert sein

zwa – zwei

Danksagung

»Wachhunde« der anderen Art? Als mein liebster Jägers- und Ehemann mit dieser Idee kam, war ich skeptisch. Sepp hätte gesagt »A so a Schas!« Wie soll denn das bitte gehen? Wie? Das erklärten Helga und Sabine Happ vom gleichnamigen Reptilienzoo in Klagenfurt. Sie steuerten das für dieses Buch unverzichtbare Fachwissen bei. Besonders freut es mich, dass Helga Happ eine (für die Helden durchaus lebens-) wichtige Rolle in der Geschichte übernahm. Danke!

Expertenwissen zum Thema Schlangenbisse und wertvolle Hinweise auf reale Fälle erhielt ich vom Kärntner Gerichtsmediziner Dr. Wolfgang Tributsch. Ebenso danke ich dem Suchtexperten Prim. Univ.-Professor Dr. Herwig Scholz für die hilfreichen Auskünfte.

Schneller, als die Polizei erlaubt, antwortete stets Mag. Gert Grabmeier, Kommandant der Polizeiinspektion Obervellach, wenn mitten im Schreiben noch Detailfragen auftauchten. Als Krimiautorin könnte ich mir keinen besseren Ansprechpartner bei der Polizei vor Ort wünschen!

Als Quelle des Wissens – ob es nun um Schauplätze, »Insiderwissen« oder Fragen des Mölltaler Dialekts ging – erwiesen sich Paul Z., Michael »Michl« E., Hans K., Markus und Evelyn R. sowie Kevin. Meiner Familie sowie Freundinnen und Freunden danke ich für die zuverlässige Unterstützung und Motivation.

Ein herzliches Dankeschön meiner Literaturagentin Aenne Glienke, dem großartigen Team bei Emons sowie Lektorin Christine Derrer. Ein »Dreamteam«.